時間に抗う物語

文学・記憶・フェミニズム

中谷いずみ
Nakaya Izumi

青弓社

時間に抗う物語——文学・記憶・フェミニズム

目次

序　章　時間に／で介入する　11

1　文学と想像的世界の二重性　11
2　暴力に潜む時間——津村記久子『君は永遠にそいつらより若い』　13
3　距離をとりつつ、取り憑かれる——歴史の射程　19
4　本書の構成　22

第1部　運動／性／階級のポリティクス

第1章　フェミニズムとアナキズムの出合い　30
――伊藤野枝とエマ・ゴールドマン
1　女性の分断は何に寄与するのか？　33
2　フェミニズム批判のレトリック――エマ・ゴールドマンと伊藤野枝　39
3　男たちのアナキズム　46

第2章　プロレタリアの「未来」と女性解放の夢　66
――性と階級のポリティクス
1　無産階級運動と女性の要求　69
2　運動への献身と「貞操」をめぐるレトリック　79
3　〝個人的なことは政治的なことである〟　85
4　「女人芸術」の「プチブル的作品」が描くもの　93

第3章　残滓としての身体／他者　115
——平林たい子「施療室にて」と「文芸戦線」

1　闘争主体としての「母」　120
2　純化されるイデオロギーと残滓としての身体　126
3　同室の女たちと「私」　136

第2部　暴力を描く地点

第4章　強制労働の記憶／記録
——松田解子「地底の人々」 154
1　春川鉄男「日本人労働者」評と帝国主義をめぐるナラティブ 158
2　暴力の位相——松田解子「地底の人々」の初出と世界文化社版から 162
3　「中国人労働者」たちの蜂起と連帯 168

第5章　歴史の所在／動員されるホモエロティシズム
——大江健三郎『われらの時代』にみる戦争の痕跡 181
1　「停滞」する世界の表象 187
2　ホモソーシャル／ホモセクシュアルな欲望 191
3　歴史の免責と暴力の傷痕 200

第6章　「戦時」をめぐる歴史的時間の編成　213
――井伏鱒二『黒い雨』
1　「庶民」の表象と「異常な戦時」　216
2　去勢された家長と敗戦　221
3　「喪失」と「回復」をめぐる遠近法　225

終　章　未来を語る／語らないこと　239
――井上ひさし『父と暮せば』
1　『父と暮せば』の時間　240
2　記憶の回復／整序と再生産的未来　244
3　単線的時間の（不）可能性――大田洋子『夕凪の街と人と』を参照軸として　249

初出一覧 259
あとがき 261

装丁——北田雄一郎

凡例

［1］引用文中の旧漢字は新漢字に改め、旧仮名遣いは原文どおりに表記した。ルビは適宜省略した。

［2］引用文中の（略）は省略を、／は改行を表す。

［3］引用に際しては、書名は『　』に、新聞・雑誌名、記事のタイトルは「　」で統一した。

序章　時間に／で介入する

1　文学と想像的世界の二重性

　文学作品を読むとき、私たちは書かれてある文字列からある場面を想像してその世界を追体験し、あるいは批判的距離を置く。登場人物の感情や行動に共感したり苛立ったり、情景に心を奪われたり、息をのんだり、興ざめしたり、触覚的な感覚をも疑似体験したりする。また、描写のために尽くされた大量の文字をゆっくり追うことで、クローズアップやロングショットを織り交ぜながら、その世界のイメージを目の前に鮮やかに浮かべることもでき、ときに活字を追うのをやめてそこにとどまることもできる。情景描写だけでなく、ある一つの発話が心に刺さって読書行為を停止し、考え込んでしまうこともある。一方、逐一想像したり立ち止まったりせず、駆け抜けるように読み進めることもできる。どこでスピードを上げ、どこに時間をかけるかは、それぞれがもつ興味や関心の違い、どんなことに敏感でどんなことに鈍感か、何に感情や思考が動き何に動かないのかなどと関わるものであり、人によって異なるだろう。また、ある場面の出来事が自分の経験と重なる場合、想像された世界は文字で書かれていること以上の要素を含むものになる。いや、経験のあるなしにかかわらず、頭のなかに浮かぶイメージが過去の体験や見聞を想起させ、涙や震え、痛み、安堵、喜びなどをもたらすこともある。テクストの断片は私の記憶のドアを開けて心の襞にふれ、予期せぬ身体的反応を引き起こす。文字の並びはイメージを生み出し、私たちのなかにあるものを引き出しながら、その世界を体験させるのである。このように考えると、文学作品を読む行為は、想像的世界の私的かつ身体的な経験だといえるだろう。

だが、それは同時に、特殊な回路によって経験される他者との出会いでもある。なぜなら、他者の言葉や物語からイメージされた世界は、私的な世界でありながらも私の完全な占有物とはなりえないからである。自分が経験したことのない時間、場所、立場、社会的・歴史的状況を生きる他者の物語を、完全に私のものにすることはできない。自分にはわからないこと、想像できないこと、違うところなどをまといながら構築される「私の世界」は、それが他者の物語であることを常に突き付ける。そのため私は、そこに生まれる痛みや悲しみ、怒り、安堵などを我がものにすることはできないと知りながら、それらが自らの精神や身体に侵食するのを経験するのである。

この想像的世界を媒介として生じる、他者と私の二重化された世界の経験――実は、これは文学に限ったものではなく、ほかの表象文化でも起きることなのだが――は、本書で扱う「暴力」の問題を考えるうえで、重要な示唆を与えてくれる。

2 暴力に潜む時間――津村記久子『君は永遠にそいつらより若い』

ここでは、津村記久子の長篇小説『君は永遠にそいつらより若い』を取り上げ、そのことを検討してみたい(1)。テクストの語り手は、大学のゼミの飲み会で料理を「片っ端から貪」りながら「自動操縦のような態で、ひたすら相槌とよいしょと全肯定に徹」するような「わたし」である。自身を「女」としては「不良在庫予備軍」としながら「選択のしようもなく、わたしはそうでしか在れなかったことがよくわかっている」という「わたし」を捉えて離さないのが、理不尽な暴力や痛みの存在である。例えば友人男性の河北が、ほかの女性と浮気しながらも彼女であるアスミちゃんと別れない理由について「あいつの手首には疵がある」「おれはそっから離れられん」と「紗のかかったような目つき」で語る場面がある。手首に傷跡がある「女の子」の割合の高さを実感として知り、またその理由や出自がさまざまであることを知る「わたし」は、リストカットの傷から「ブッチャー」と呼んでいた中学時代の友人に会いたいと思う。アスミちゃんの自傷行為に河北も積極的に関わり、彼がそこに陶酔している（河北の生の言葉を思い出すのが所在ないという理由で、この場面は「わたし」の「大胆な脚色」としてちゃかして語られる）と気づいた「わたし」は、河北に『ナイトメアー・ビフォア・クリスマス』（監督：ヘンリー・セリック、一九九三年）の「主人公のガイコツの人の恋人」みたいに彼女も「改造してみたらどうだろう」と適当に描いたイラストを渡し、「そういうのは趣味じゃないのかな」と彼の陶酔を削ぐ。河北のそれを「語るための痛みじゃないか、それも他人の」と思い、また「ふと、本当はこんなことやめたいんだけどさあ、と泣いていたブッチャーのことを思い出」す「わたし」は、他者の「痛み」を物語化して横領することに苛立ちを覚えるのである。

この場面だけでなく、テクストは、さまざまな位相の暴力や他者の痛みとどのように関わりうるかを繰り返し問い続けていく。「わたし」が卒業後の職として児童福祉司を選んだのは、以前、四歳のときに失踪して十年たった男の子の話をテレビで見たからである。犯罪を手伝わされている、売春させられているなどの証言を聞いて「胃の底に黴がびっしり生えたような気分にな」った「わたし」は、しばらく日常生活を送れなくなる。しかし「あの子を探し出すのだ」とふと思いつき、ばかげた考えだと知りながら児童福祉司という「自分の決めた進路が彼につながっていると信じる」ことで「まともな生活を送れるように」なる。つまり同じ時間を、まったく異なる場所でまったく異なる経験をもって過ごしてきた男の子につながるための何かとして、「わたし」は職を選ぶのである。この男の子の挿話にあるように、暴力の発動を後で知る者は、暴力が振るわれた瞬間に間に合わない。例えば「わたし」が、大学で出会い親しくなったイノギさんとの会話のなかで「負けるのには慣れてるんだ！」と言い、小学生のころ、男子に二人がかりで殴られたエピソードを話す場面もそのことを示している。話を聞いたイノギさんは、ぼんやりとしたまなざしで「そこにおれんかったことが、悔しいわ」と言うことしかできない。暴力が振るわれた時点といまの間に横たわる時差は、暴力への無力さをあらわにするのである。

このような理不尽な暴力は、日常に潜む微細な権力を土台とするが、テクストにはそれに反応する「わたし」の姿も書き込まれている。例えば「わたし」は、大学一年のときの飲み会で「やたらにお笑いを語りたがる男」に「昭和のいる・こいる」の面白さを主張するためにあらゆる角度から検証し、ギャグまでやって彼を怒らせ、あげく彼が女子小学生フィギュアがついた雑誌を買っていたと暴露した経験がある。会話の際、女性は知性や知識量が劣っていると思い込み、相手の女性がその話を望むか否かにかかわらず一方的に説明／説教し続ける男性の行為をマンスプレイニングと呼ぶが、この「お笑いを語りたがる男」をやり込める話は、マンスプレイニングへの反逆を思わせるものである。レベッカ・ソルニットは、「男は自分が何を言っているのかわかっていて、女はそうではない」かのように、女に「説明／説教したがる」男たちが女を沈黙させてきたと指摘する。[2] 女性として日常を過ごせばあちこちで遭遇する「説明／説教したがる」男たちの存在を権力関係の一形態とみる彼女の論は、説明／説教する男なるものが沈黙する女を動員しながら排除することで成り立っていると気づかせてくれる。そしてだからこそ「わたし」は、沈黙ではなく、あらゆる角度からの検証やギャグで「説明」し返すことで、その関係をひっくり返すのである。この「きっつい出来事」がゼミ仲間に知られていたら悲しいと思う語りによってこの行為の衝動性と自己省察が示されるが、少なくとも「わたし」が、その背後にある権力関係に反応したのだろうことは読み取れる。

では、日常的権力構造の延長にある暴力に対して、なすすべはあるのだろうか。泉谷瞬が指摘[3]するように、津村の作品は、無力さへの自覚がときに無力であることを超えうるかもしれない瞬間を描き出す。実は「わたし」と親密な関係になったイノギさんは、中学生のとき、乗っていた自転車に車をぶつけられ、廃車場に連れていかれてレイプされた経験をもつ。その話は次のような「わたし」の語りで伝えられる。


イノギさんはしばらく言葉をとめて、かすれた声で言葉を継いだ。

石で殴られた、角度が悪かったんやろう、そんで毛穴と耳の上んとこが潰れた。

イノギさんがなにを話し始めるのか、そのあたりで覚悟ができたような気がした。イノギさんも、わたしが話をきいたことがあるそんな目に遭った他の子たちと同じように、周辺のことから始めて、遠まわしに断片的に話をすすめた。

後ろから車をぶつけられて、車内に引き上げられた。銀色の車だった。ドアを開けようと暴れると車が停まって、逃げ出そうと脚を引きずると、髪を掴まれて石で頭を殴られた。狭い川沿いの、廃車だらけの空き地でのことだった。

事件の後に両親は離婚した。どちらもが起こったことを、起ったことが解決しないことをもてあまし、娘をもてあました。だからイノギさんはおばあちゃんに預けられ、そこで育てられた。


この後、「わたし」に焦点化した語りは、イノギさんが前の彼氏にこのことを話した後で何かがゆっくりとうまくいかなくなり、別れたことなどを叙述的に伝える。暴力は行為の瞬間やその直後で終わるものではなく、それが振るわれた時点から生に潜み作用するという時間的射程がここで示されるのである。さらに留意すべきは、イノギさんの話が「わたし」の概括的語りによって伝えられているという点であり、そこに彼女の被害の物語化を拒む力がはたらくのを見て取ることができる。イノギさんに起きたことの詳細が読者に伝えられるのは、イノギさんの話にうまく応えられなかった「わたし」が、大学を休学して実家にいるイノギさんを訪ねるためにフェリーに乗船している場面である。性暴力の現場だろうと思われる廃車場に行き、彼女の自転車の鍵を探した後の「わたし」の語りを通して、イノギさんに起きた出来事は語られる。当時、唯一の武器だった自転車の鍵で男の目を突いたイノギさんは、怒りを買って何度も蹴られて放置され、三日三晩雨に打たれた後、小学生たちに発見される。そのとき、まくれ上がったままのスカートと上着を降ろし、額をティッシュで拭いてくれた女の子を、「死にたくなるような記憶の延長上にいるというのに、時々すがるように思い出すことがある」と語るイノギさんは、その子が大人になったような顔をしていると「わたし」に言う。先にもふれたように、イノギさんの体験は、廃車置き場で見つけた鍵を持って彼女に会いにいく「わたし」によって語られるのだが、この語りの位相と物語内容の順序は、彼女の被害の物語化ではなく、寄り添い理解しようとする「わたし」の物語として読まれるようテクストを方向づける。またこの場面に挿入される、「そこにいることができなかったことを悔やみ、その巡り合わせを憎」むという語りは時差の残酷さを再び浮かび上がらせるが、しかしこの時差は、暴力が行使された時点に間に合わなかった者の介入を可能にしてくれるものでもある。イノギさんに起きたことを「彼女の言葉を借りないで反芻」することが、自分が彼女と関わっていくうえで重要なことのように思う「わたし」は、前述のとおり、そこかどうかも断定できない廃車置き場に行き、雨に打たれながらイノヤさんの自転車の鍵を探して地面をあちこち掘り返し、それかどうかもわからない鍵を見つける。実はその場面は、小説の冒頭に置かれている。

とにかく喉が渇いていた、とイノギさんは言った。手のひらを地面にくっつけると、雨の滲み始めた草むらはすぐに冷気をまといはじめた。わたしは、彼女の胸や頬に染み込んだであろう冷たさを思いながら、おそるおそる地べたに額を落とした。頭に血が上り、泥や小石が前髪にまとわりつく不愉快さに耐えられなくなり、わたしはすぐに顔をあげて、腕で額を拭いた。

「わたし」は降りしきる雨のなか、「その場に流れた時間を遡ることはできない」ことに怒りを感じながら、「こんなところで立ち上がれなくなることの痛みや無力感や、身体の表面に染み込む雨の冷たさを、いよいよなまなましく知覚するように」なる。暴力が行使された時点に戻ることはできず、またその後の苦痛を理解することもできないと知りながら、それでもなおその痛みや無力感や身体感覚を狂おしいほどに分かち合おうとする「わたし」の語りから、物語は始まるのである。これはまるで、イノギさんが抱えてきたであろう円環的時間に対する「わたし」の介入を表すかのようでもある。ここでいう円環的時間とは、暴力がもたらす「死にたくなるような記憶」が反復する時間であり、それを「わたし」が断ち切ることはできない。しかし反復は常にずれをはらみうる。

テクストの冒頭に唐突に置かれた「わたし」の行為は、イノギさんの円環的時間にずれをもたらすかもしれないのである。だとすればこの物語は、イノギさんの「記憶」を分かち合おうとする「わたし」が、暴力に抗して、彼女が抱える時間に介入しうるかもしれない瞬間を、その未来への過程を描いたものともいえるだろう。だからこそ、冒頭に呼応するかのように、小説の末尾で「わたし」は、「特にあなたがいちばん気になるんだと、これからもずっと気にするし、あなたがわたしのことをすっかり諦めて忘れてしまっても、わたしはあなたのことを気にしているんだろうということ」を、どうやってイノギさんに伝えようかと思うのである。(4)

3 距離をとりつつ、取り憑かれる——歴史の射程

津村の小説が描くように、他者の痛みを知ることはできず、また暴力が振るわれた時点にさかのぼることもできない。それは、より長い時差をもつ出来事においても同じだろう。例えば「戦後」に生まれ、生きる者たちは、戦時性暴力を受けた彼女たちの痛みを知ることはできない。身体的苦痛や胸のうちに抱え続ける痛み、長い時のなかで何度もよみがえったかもしれない恐怖の記憶などを理解することはできず、その暴力のすさまじさに、ただ立ち尽くすばかりかもしれない。しかし『君は永遠にそいつらより若い』の「わたし」がイノギさんの痛みを少しでも知覚し反芻しようとしたように、わからないこと、無力であることに打ちのめされながらも、その一端を分かち持とう

とすることはできる。暴力が振るわれた時点から現在までの時差を介入の余地と見なし、イメージを媒介として、誰かの経験を横領するのではなく知ろうとし続けること、それは暴力に抗する一つの手段になりうるのではないか。

このことを歴史的暴力の問題から論じたのが、ジョルジュ・ディディ゠ユベルマンである。彼は『イメージ、それでもなお』のなかで、ナチスの強制収容所の「生存者」の記憶にイメージがもたらした作用を論じている。(5) ブーヘンヴァルト強制収容所から帰還したホルヘ・センプルンは、ある日映画館に足を運び、ニュース映画を目にする。ある競技会の結果やニューヨークの国際会議の報道に続いて「避けがた」いかたちでスクリーンに現れたブーヘンヴァルト収容所の映像に直面した彼は、それが自分がいた収容所だとわかるものの、「自分でそこを見たということに確信が持てない。しかし私は見たのだ。あるいはむしろ、それを生きてきたのだ」と困惑する。だがその映画体験によって、「私の財、私の苦悩、私の人生のおぞましき糧」と彼が語る収容所についての個人的な記憶は客体化され、自分にとって異質な「〈悪〉についての、外部に現れた根源的な現実」にすぎないものになったとセンプルンは記す。

ディディ゠ユベルマンは、このセンプルンの記述を「現象学的な描写」と捉え、イメージをめぐる二重性について論じている。彼によれば、まず映画館にいるセンプルンの前に、競技会の結果やニューヨークの国際会議に連なる「普通の」歴史に属するものとして収容所のイメージが映し出されたことで、センプルンにとっては現実だった「見覚えのある」イメージが「脱現実化」される。一方、スクリーン、ズーム、黒白、背景音の不在など「映画の虚構的性質」が収容所のイメージを非個性的なものにしたことで、センプルンが囚われたまま内に抱えていた「生存者の証言できる」ものは彼自身の主観性を逃れて共有の「財」や「苦悩」となり、その結果、彼の「記憶自体ですら手の届かないような、桁外れの衝撃的な現実という次元」に移るという。そしてディディ＝ユベルマンは、センプルンがここから証言と伝達の仕事に着手したことにふれて、「距離をとりつつ」も「取り憑かれる」（傍点は原文。以下、同）という「二重の体制」によって、「ブーヘンヴァルトとのもっとも正確な距離を獲得」したと論じるのである。

こうして、収容所の「生存者」であるセンプルンと映像イメージの関係を論じたディディ＝ユベルマンは、アウシュヴィッツから持ち出されたフィルムによる四枚の写真イメージをあげて、いま、それらに向き合う者にとってもやはり「安心な自己イメージには決してならず」、「つねに〈他者〉のイメージのままである」るがゆえに「われわれを引き裂くようなもの」だと述べる。それまでのスキャンダラスな消費とは異なる仕方で、写真イメージから撮影者が置かれた状況とそこに刻み込まれた時間を読み解く彼は、この引き裂かれた状態でこそ果たされる「我有化しないままの接近」を重視する。彼によれば、それはなじみ深いはずの身近なまなざしの対象を変質させ、また観察に没頭するまなざしの主体の「空間的・時間的確信」を一瞬すべて失わせるような、マルセル・プルーストがいう「とつぜん自分自身の不在に居合わせる」ような経験をもたらすものであり、「自分がそこにいると信じ込む」ことや「証人の場所を横取りする」こととは対極的な「認識論的、美学的、倫理的な仕事[6]」なのである。こうしてディディ＝ユベルマンは現在の地点から、ほかのイメージや証言との共鳴や差別化を捉え、アウシュヴィッツの現実をもぎ取った四枚の写真イメージの「可読性」を呼び起こす。また、「知るためには自分で想像しなければならない」として、「想像とは、しばしばそう信じられているように、ただひとつの像の幻影に身を任せることではなく、相互に応答し合う複数の形態の構築とモンタージュなのだ」と述べる。そしてイメージや証言それぞれに刻まれた痕跡との呼応や差異などから、さまざまな時間の単独性や本質的な多義性を氾濫させようとするのである。(7) 現実のすべてを語る一つのイメージなど存在しないという前提に立つ彼の文章は、ユダヤ人虐殺の表象不可能性をめぐる議論のなかで書かれたものであることを踏まえる必要はあるが、(8) 途方もない暴力という歴史的対象に潜む時間群を、いまに出現させようとする深遠な試みであることは間違いないだろう。

4　本書の構成

本書では、暴力の問題に深く関わる文学や思想言説を取り上げ、階級やジェンダーをめぐる今日的な観点から資料や他テクストとの応答関係を捉え、そこに潜むさまざまな時間を呼び起こしてみたい。柿木伸之は、「危機の瞬間において歴史の主体に思いがけず立ち現われてくる過去の像をしかと留めておくことが重要なのだ」というヴァルター・ベンヤミンの言葉にふれたうえで、支配的権力の自己保存のために「英雄」の「偉業」のような過去が恣意的に選別された記憶に対し、「芸術作品は、トラウマ的な、非随意的に回帰する記憶を含めた、この無意志的な記憶のドキュメントとして、かつそれを今ここで不断に更新するような想起の媒体として、記憶の現場でありうるのではないか[9]」と述べている。冒頭で述べたように、文学作品は他者と私の二重の世界を出現させ、不意の身体的反応を引き起こし、「空間的・時間的確信」をも奪うものである。まさにこの「想起の媒体」である文学によって「非随意的に回帰」し「思いがけず立ち現れてくる過去の像」に対して、距離をとりつつ取り憑かれながら、資料やテクスト同士の共鳴や差異、そこに残存する時間などを探ることで、暴力をめぐる記録／記憶としての文学を論じることにしたい。

本書は、第1部「運動／性／階級のポリティクス」、第2部「暴力を描く地点」からなる。以下、それぞれの概要を記す。

第1部「運動／性／階級のポリティクス」では、それまで自明のものとされてきた格差に異が唱えられ、無産階級の立場から多くの人々が声を上げた一九一〇年代から三〇年代に注目し、異なる「未来」を目指して立ち上がった女性たちの語りや表象に目を向ける。国家権力による暴力に抗しながら、無政府主義運動やプロレタリア運動に「未来」を賭けた女たちは何を語り、どのような闘いに挑んでいたのか。男たちとともに新たな社会体制を目指した者たちに、性の政治はどのように作用したのか。また被抑圧的立場に置かれた者たちの存在はしばしば歴史として整序された単線的時間には編入されず、そのため歴史からこぼれ落ちる。そのことを踏まえながら、第1部では男たちとともに時代に抵抗した女たちの時間に注目してみたい。

第1章「フェミニズムとアナキズムの出合い——伊藤野枝とエマ・ゴールドマン」では、「青鞜」の一員であり、またエマ・ゴールドマンや大杉栄の思想を摂取しアナキストとして歩を進めた伊藤野枝を取り上げ、ありえたかもしれないアナキズムとフェミニズムの出合いの可能性を探る。廃娼論争での伊藤野枝のテクストがゴールドマンの論理をなぞるかのように書かれていることを明らかにし、アナキズム思想や大杉との関係が彼女にもたらしたものについて考察する。

第2章「プロレタリアの「未来」と女性解放の夢——性と階級のポリティクス」では、無産政党や労働組合が組織されていく時期に、無産者のための「未来」を目指す闘争のなかで女性の権利や解放がどのように議論されていたかをたどり、それらが運動に従事する女性たちにどのように作用していたのかを考察する。そのうえで、運動から疎外され、ときに性暴力の被害者ともなった彼女たちの痕跡を、ハウスキーパーを描く小説群などから探る。

第3章「残滓としての身体／他者——平林たい子「施療室にて」と「文芸戦線」」では、平林たい子の短篇小説「施療室にて」に描かれた妊娠・出産した女性闘士イメージの特異性を、掲載誌「文芸戦線」(文芸戦線社)の他テクストとの比較から検討する。またプロレタリア文学における闘士の再生／覚醒という主体化の物語によって抑圧された身体性や他者などの残滓が、妊娠・出産する女性身体や設定された時空間に描き込まれていることを論じる。

第2部「暴力を描く地点」では、強制労働や原爆、戦争などを題材にして一九四五年以降に発表された小説や戯曲を取り上げる。絶望的なほどの暴力の様態を事後的に描いたテクストには、その成立を可能にした複数の時間が刻まれている。とりわけ、ここで取り上げるテクストが見せる戦前・戦時・戦後という時間をめぐる遠近法は、共有財としての戦争の記憶の形成と支配的権力との関係について考えさせてくれるものである。戦後処理という現在も続く問題を考えるには、過去の暴力が、四五年以後にどのように捉えられてきたのかを問わなければならない。文学は過去に発動した暴力をどのように描き、記録／記憶してきたのか。この問いは、原爆被害認定や徴用工をめぐる訴訟、従軍「慰安婦」問題など、暴力の傷跡にどのように向き合うべきかを突き付けられた現在への問いでもある。

第4章「強制労働の記憶／記録――松田解子「地底の人々」」では、戦時の中国人強制連行・労働を早い時期に描いた松田解子の小説「地底の人々」を取り上げる。初出と初刊、そして改訂版の本文異同をたどることで、労働者の国際的連帯を求める一九五〇年代の左派言説におけるこの作品の位置づけを追う。さらに歴史記述上は封印されてきたかのような暴力が、戦後の言説のなかでどのように意味づけられていたかを考察する。

第5章「歴史の所在／動員されるホモエロティシズム――大江健三郎『われらの時代』にみる戦争の痕跡」では、一九五九年に刊行された大江健三郎の長篇小説『われらの時代』（中央公論社）が革命運動後の挫折という若者の「閉塞感」を、時間をめぐる修辞とともに描いている点に注目する。戦前・戦時・戦後の時間的断絶／接続を現代日本の若者とそのなかにいる在日朝鮮人の若者に代理表象させるこのテクストで、歴史の語りとホモソーシャル、ホモフォビックに配置された欲望がどのように動員されているかを考察することで、戦争の記憶の問題を論じる。

第6章「「戦時」をめぐる歴史的時間の編成――井伏鱒二「黒い雨」」では、一九六〇年代半ばに発表された井伏鱒二「黒い雨」を取り上げる。「イデオロギー」抜きで原爆を描いたといわれることの小説が、抑圧される庶民像を立ち上げながら、戦時を異常な時代と表現することで戦前と戦後の近接性を描き、そこに一貫した「日本」像を立ち上げるテクストであることを、日本の戦後処理の問題と関わらせながら論じる。

そして終章「未来を語る／語らないこと――井上ひさし『父と暮せば』」では、一九九〇年代に発表され、現在も再演が繰り返されている井上ひさしの戯曲『父と暮せば』に潜む時間区分に注目する。数多くの証言に基づいて原爆をめぐる記憶の喪失と未来への復帰を描いた本作は、大量破壊兵器の非道さを広く伝える作品として知られるが、同時に、異性愛体制下の再生産的時間に帰結し、原爆投下以外の時間を消去した物語でもあることを検討する。

『君は永遠にそいつらより若い』を論じた泉谷瞬は、小説中にしばしば現れる「延長上」という表現に注目し、過去の時点と現在のつながりは消えようがないことを示したテクストであると述べている。[10]前述のとおり、私たちがある暴力に間に合わなかったとしても、そこに潜む時間を「想像」し、理解し、介入するために問い続けることはできる。そしてその問いは、あたかもまなざしの対象がこちらを見返すかのように、私たちのもとへと跳ね返ってくるだろう。国家による思想弾圧、植民地主義、戦争、強制労働、原爆など歴史上の暴力をめぐる議論が忘却されたまま、安全保障の言葉が飛び交い、支配的権力の権限が拡大されていく現在の果てに、どのような未来がありうるのか。歴史的暴力のイメージが脱現実化され消費されるばかりとなった地点に、途方もない現実の暴力が回帰する日はこないと誰がいえるだろうか。いまこそ、忘却に抗い、暴力をめぐる想像力を、そしてその可能性を呼び覚ますことが求められているのではないか。本書がそのような試みの一部として読まれることを切に願う。

注

（1）本文の引用は、津村記久子『君は永遠にそいつらより若い』（〔ちくま文庫〕、筑摩書房、二〇〇九年）による。

（2）レベッカ・ソルニット『説教したがる男たち』ハーン小路恭子訳、左右社、二〇一八年、七—二五ページ

（3）泉谷瞬「「その場限り」に潜む希望——津村記久子「サイガサマのウィッカーマン」論」、原爆文学研究会編「原爆文学研究」第十七号、花書院、二〇一八年、一一六ページ

（4）泉谷は、時間概念に対して特別な傾向をもつという本作の性質にふれたうえで、冒頭での「わたし」の怒りの感情が「気にしている」という配慮の感情へと変化していくことを指摘している（泉谷瞬「配慮を生起させる構造——津村記久子『君は永遠にそいつらより若い』の倫理性」、大谷学会編「大谷学報」二〇二二年十一月号、大谷学会、一五ページ）。

（5）ジョルジュ・ディディ＝ユベルマン『イメージ、それでもなお——アウシュヴィッツからもぎ取られた四枚の写真』橋本一径訳、平凡社、二〇〇六年、一一三—一一六ページ。なお、ここで言及されているホルヘ・センプルンの文章は『ブーヘンヴァルトの日曜日』（宇京頼三訳、紀伊國屋書店、一九九五年）二三八—二四二ページに収められている。日本語訳は異なるが、本書ではこちらも参照して説明を加えた。

（6）前掲『イメージ、それでもなお』一一六ページ

（7）同書一五四—一六二ページ。ディディ＝ユベルマンは『時間の前で——美術史とイメージのアナクロニズム』（小野康男／三小田祥久訳〔叢書・ウニベルシタス〕、法政大学出版局、二〇一二年）のな

かで、ある時代がほかの時代へと侵入する「アナクロニズム」を拒否するような歴史学を批判する。そのうえで歴史家の現在や美術作品に含み込まれた複層的な時間を捉えることの重要性を訴え、「それぞれの歴史的対象において、あらゆる時間が出合うこと、衝突しあい、あるいは可塑的に基礎づけあうこと、分岐しあい、あるいはもつれあうことを理解しなければならない」（三八ページ）と述べている。

（8）二〇〇一年にパリで開催された「収容所の記憶」展とそのカタログについて、映画『ショアー』（一九八五年）の監督であるクロード・ランズマンや精神分析家ジェラール・ヴァイクマンらはナチによるユダヤ人虐殺の表象不可能性を訴え、写真という資料を用いたことを批判した。前掲『イメージ、それでもなお』は、その応答として書かれたものでもある。なお田中純は、この論争の背後にフランスのユダヤ系知識人特有の社会的状況がある可能性を指摘している（橋本一径「訳者あとがき」、田中純「解説 歴史の症候」、前掲『イメージ、それでもなお』所収、三〇七—三三二ページ）。

（9）柿木伸之『パット剝ギトッテシマッタ後の世界へ——ヒロシマを想起する思考』インパクト出版会、二〇一五年、二六—二七ページ

（10）前掲「配慮を生起させる構造」一五—一六ページ

第1部　運動／性／階級のポリティクス

第1章　フェミニズムとアナキズムの出合い
――伊藤野枝とエマ・ゴールドマン

はじめに

第1部「運動／性／階級のポリティクス」では、一九二〇年代から三〇年代にかけての無産階級運動の広がりのなかで、女性として生きる者たちが、思想面や行動面でどのように立ち上がり闘争に参加していったかについて考えることにしたい。

関東大震災後の一九二三年九月十六日、大杉栄とその甥である六歳の少年、そして大杉の妻である伊藤野枝が憲兵によって殺害された。甘粕事件と呼ばれるこの事件以外にも、震災発生直後には、警察や軍隊が関わって各地に組織された自警団が数多くの朝鮮人や中国人を虐殺し、多数の社会主義者、労働組合員が検挙された。亀戸警察署では、検挙された労働運動家たちが軍隊に虐殺される亀戸事件が起きている。混乱に乗じて公権力はあからさまな暴力を発動し、人々の命を奪った。このとき大杉栄は三十八歳、伊藤野枝はわずか二十八歳だった。

日本で最初の女性による文芸同人誌である「青鞜」(青鞜社、一九一一年創刊)に参加した伊藤野枝は、同誌が廃刊する約一年前(一九一五年)に編集発行を平塚らいてうから引き継いだ人物である。彼女はその前後から社会問題に強い関心を示すようになり、社会主義的なアナキズム(無政府主義)に傾倒していった。アメリカを代表するアナキストとして名を轟かせていたエマ・ゴールドマンや、らいてうに大きな影響を与えたエレン・ケイの翻訳を収録した『婦人解放の悲劇』を一九一四年に刊行した野枝は、その「自序」に「ゴルドマン」の小伝(同書収録)を「感激にむせびつゝ読んだ[1]」と書いている。彼女の関心は社会的なものに向けられ、自身が編集する「青鞜」でも貞操、堕胎、公娼問題を取り上げ、論争を引き起こした。やがて彼女の関心は「青鞜」の範囲に収まらなくなり、夫である辻潤と子どもを捨てて大杉栄のもとへ走るが、そのころの大杉栄は妻のほかに神近市子をも愛人としていた。「フリーラブ」を提唱する大杉と三人の女性の関係は、神近が大杉を刺すという葉山日蔭茶屋事件に至り、その結果野枝と大杉は夫婦になるが、二人は運動のうえでも社会的にも孤立することになる。その後、二三年に虐殺されるまで、野枝は大杉との間に五人の子どもをもうけ、家事・育児に追われながら、大杉を中心とする雑誌「文明批評」(文明批評社、一九一八年創刊)や「労働運動」(労働運動社、一九一九年創刊)の発行に関わった。

これまで伊藤野枝はその伝記的事実によって、強烈な個性をもった女性という面が注目され語られてきた。決められた結婚からの遁走と学校の教師だった辻潤との結婚、辻と子どもを捨てて大杉のもとへ走ったあげくの葉山日蔭茶屋事件、そして官憲に虐殺される前にみせた抵抗などは、野枝の激烈さを示すエピソードとしてよく知られている。こうした彼女の個性は、栗原康『村に火をつけ、白痴になれ』にみられるように、自身が欲するままに自由を追い求めて行動することを是とするアナキズムのアイコンとしても、しばしば用いられてきた。同書が「ただセックスがしたい」「欲望全開だ」「もはやジェンダーはない、あるのはセックスそれだけだ」[2]と野枝の心情を代弁するかのように語るとき、ジェンダー規範に抑圧されてきた女性の性欲や身体的衝動の解放は、アナキズム的なものとして言挙げされる。だが一方で、理性や知性を男性に属するものと見なし、女性をその対極に位置づけるジェンダー・ステレオタイプの根深さや、女性が客体化され商品化されてきた歴史を思い返せば、野枝のセクシュアリティを代弁するかのようなその語り自体が、女の内に秘められた性欲の暴露をポルノグラフィ的に消費する行為であるかのようにもみえる。もちろんこうした語りは、「炎」や「野性」という言葉で捉えられてきた伊藤野枝のイメージが引き寄せるものなのだが、しかし彼女の言動をその個性に収斂させ、身体的欲望の体現者としてアナキズムを代表させるような語りは、女性を客体化しながらその表象を占有するというホモソーシャルな共同体が繰り返してきた言説型式に近いものなのではないか。

こうした問題意識のもと、本章では伊藤野枝の書いたものを通して、アナキズムとフェミニズムが交差する地点を追ってみたい。「青鞜」で「新しい女」の一員になり、のちにアナキズムに開眼していった野枝は、当時の女性を取り巻く問題に対する危機意識と、新たな社会体制がもたらす「未来」への希望をあわせもった人物だったといえるだろう。野枝が感銘を受けたエマ・ゴールドマンは、一九七〇年代にアナーカ・フェミニズムが隆盛した際に、その祖として見いだされ再び注目を浴びた。同様に「現代思想」二〇一九年五月臨時増刊号（「総特集 現代思想43のキーワード」、青土社）の「アナーカ・フェミニズム」（村上潔）の項では、戦前日本の代表的運動家として伊藤野枝をあげている。では、「新しい女」だった野枝にとって、女性アナキストであるエマ・ゴールドマンとの出会いはどのようなものだったのか。彼女から何をどのように受け止め、自分のものにしようとしたのだろうか。それを考えるための糸口として、一五年に伊藤野枝と山川菊栄の間でおこなわれた公娼制度廃止をめぐる論争（廃娼論争）に注目し、野枝の文章をエマの女権論者批判を参照しながら読むことにする。そして野枝を通して、この時期のアナキズムとフェミニズムの出合いについて考えてみたい。

1　女性の分断は何に寄与するのか？

「青鞜」誌上の廃娼論争は、一九一五年末に、伊藤野枝と山川菊栄の間でおこなわれた。廃娼論争以前にも、女性の貞操をめぐる論争（貞操論争）、堕胎の可否をめぐる論争（堕胎論争）が誌上で起きたが、これらはすべて伊藤野枝が「青鞜」の編集責任者になって以後のものである。平塚らいてうから編集を引き継いだ野枝が「青鞜」を発行していた期間は短いが、その間に女性の権利問題を次々と焦点化した。これらは明らかにフェミニズム視点からの問題提起といえるだろう。

とはいえ、廃娼論争の契機になった伊藤野枝「傲慢狭量にして不徹底なる日本婦人の公共事業に就て」(3)をいま読むと、野枝が本当にフェミニズム的視点を有していたのか疑わしく思えてくる。野枝はこの文章で、現在の婦人の公共事業は「上中流階級に属する教養ある多数の婦人連」による団体が多くあり、それらは「相当の婦人としての価値を贖ふ為めの一交際機関」で、その事業も「虚栄の為めの慈善」にすぎないと批判する。そして、それらと異なるものとして宗教的信条に基づく婦人団体をあげ、婦人矯風会の廃娼運動を取り上げるのだが、しかしそれも「事業そのものに興味をもつのではなく」「名誉心」に基づくものであり、やはり「手段の為めの事業」にすぎないと批判する。そのうえで野枝は、廃娼が実現困難な理由として「偉大なる自然力の最も力強い支配の下にある不可抗力」である「男子の本然の要求と長い歴史」をあげ、廃娼運動のような大きな問題よりも「教育」に取り組むことのほうが価値があると主張するのである。

この野枝の見解に反論したのが、山川(青山)菊栄である。まだ書き手として駆け出しだった彼女は、翌月の「青鞜」一九一六年一月号に「日本婦人の社会事業に就て伊藤野枝氏に与ふ」という文章を寄せる。菊栄は、廃娼問題について女性の自覚が必要であると同時に諸制度の改革も必要だと主張し、遊郭の待遇のひどさを議論しないで、制度撤廃を訴える人々を批判する野枝に異を唱える。さらに、いわゆる買春が「男子の本然の要求」であることを否定したうえで、もしそうだとしても「女子にとって不都合な制度なら」反対すべきではないかと述べる。さらに海外も含む廃娼都市の統計などにふれながら「売淫制度」は「女の拘束の度に比例して隆盛」するものであり、「男子の先天性というより不自然な社会制度に応じてできたもの」(4)であるとして、野枝の主張を批判したのである。データを用いて理路整然と反論した菊栄は「この論争で初めて社会的な発言をし、理論家としての鮮やかなスタートを切[5]」ることになった。これに対して野枝は、菊栄の論文と同じ号に「青山菊栄様へ」という反論を掲載する。そのなかで野枝は「人間の本当の生活と云ふものがそんなに論理的に正しく行はれるものだと思つてゐらつしやいますか」といい、「不可抗性を帯びた」「男子の自然な要求」に対する「不自然な抑制は体をいためたり素直な性質をまげたりする[6]」ものだとあらためて主張する。しかし文中には「煩さいぢやありませんか」などの言葉もみられ、論理に行き詰まり苛立つ様子が文章からうかがえる。そして翌月の「青鞜」一九一六年二月号には、青山菊栄「更に論旨を明かにす」と伊藤野枝「再び青山氏へ」が掲載されたが、この号を最後に「青鞜」は休刊、以後復刊することはなかった。

この論争は、データを用いて公娼制度の問題を鋭く指摘し、野枝の主張の粗さを批判した山川菊栄に軍配が上がると、ひとまずはいえるだろう。彼女が野枝を批判した動機について田中寿美子は、一九一六年に警視庁が出した「私娼撲滅、公娼寛遇」という方針が実は業者の「寛遇」であることへの批判として巻き起こった廃娼運動を野枝が冷笑したこと、また「青鞜」の女性たちが公娼制度を「必要悪」とする社会の考え方に同調しているようにみえたことなどをあげている[7]。女性の性搾取を制度面から論じた菊栄に対し、「自然」の「意力」による支配という観点にこだわった野枝の応答は、今日からみれば説得力に欠けるものである。ただし野枝がこの論争で、大正天皇の即位礼＝「御大典」のときの芸妓の奉祝にふれ、矯風会の女性たちが「賤業婦」という言葉を用いたことを批判している点に留意すべきだろう。野枝はその言葉の使用者たちを、芸娼妓という職に至るプロセスを考えることなく当事者たちの無智に帰すような「傲慢さを、または浅薄さ」をもつ者たちと見なしたのである。以下、その部分を引用する。

一人の女が生活難の為めに「賤業婦」におちてゆく。それを彼女たちに云はせると何時でも考へ方が足りないとか、無智だからとか云つてゐる。成程それに相違はないが彼女たちはその可愛想な女の無智な苦悶やそこにまで考へのおちてゆくプロセスも考へず、一概にその無智を侮蔑するやうな傾きをもつてゐる。もしも彼女等が本当に「賤業婦」たちを可愛さうに思ふならば、今それを「止めろ」だなどゝ云ふよりもその無智な女たちが物を正しく解することの出来るやうな方法を講じてやるがいゝ、その方がどの位立派なことだかしれない。(8)

岩淵宏子は、「賤業婦」という言葉の差別性への反応や矯風会自体への野枝の批判について、藤目ゆきの廃娼運動研究を踏まえ、矯風会には娼婦への賤視と皇室や大日本帝国への崇拝と信奉があったとして、直観的にそれを捉えていたとみている。(9) また一九一五年発行の「廓清」(廓清会本部)に掲載された益富政助「御人典と芸妓問題」に、芸妓を「不潔不浄、非社会的、非国民不忠不義の輩」であり排除すべきだと書かれていることを指摘し、野枝の批判の背景にこうした排斥運動があったことを明らかにしている。ただこの点については、今日の廃娼運動研究を参照すると若干の留保が必要である。ここで「娼婦」と「芸妓」をめぐる語りについて確認しておきたい。

戦前の廃娼運動の言説を調査した林葉子『性を管理する帝国』によれば、一九一一年創設の廃娼運動団体である廓清会（副会長は矯風会の矢島楫子）の機関誌執筆者は主に男性だったため、「男性に議論の焦点を定めることにより娼婦は批判対象としてではなく、買春する男性たちによって生み出された被害者として表現されることになった」という。また廓清会の中心メンバーの一人だった益富政助は「娼婦」たちを「醜業婦」と「呼ぶのは間違いだと断言し」「彼等の多くは醜業婦といふよりも寧ろ一種の罹災者」、すなわち「図らずも窃盗に遭ひ、詐欺に罹り、或いは強盗に脅かされたといふ如き意味に於ての罹災者」[10]であるとも論じていた。つまり、矯風会につながる廓清会は買春の主体である男性を焦点化し、「娼婦」を「社会の経済状態」の「被害者」として論じていたのである。では「芸妓」に対する「不潔不浄」という言葉はどう理解すべきなのか。林は、大正天皇の即位礼である「御大典」（一九一五年十一月）の報道において、「皇族や旧華族の令嬢たち、大臣夫人たちと並んで、芸妓たちは準主役級の扱い」だったと指摘したうえで、「芸妓」に対する「廃娼運動家の語り」について次のように述べている。

　娼妓が同情すべき「罹災者」であり、救うべき「娘」であったのに対し、芸妓には、そうした憐れみの視線が向けられることは少なかった。代わりに向けられたのは、羨望のまなざしと激しい非難である。芸妓は、憐れみの対象にするような弱々しい存在ではなく、一時期は、その「美」によって絶大な力をふるっていたからである。（略）その芸妓の優位性を支えるものは彼女たちの「美」であったから、廃娼派の人々の一部は、「美」の概念そのものの価値転換を図って「美人」としての芸妓たちを、しばしば戦略的に「醜業婦」と呼んだ。（略）前述のような「美」を「醜」と読み替える価値転換の戦略がとられる一方で、廃娼運動の参加者の中からも、芸妓の「美」をそのまま「長所」だと見なした上で、妻（「奥様」）たちこそ芸妓の「美」から学び、芸妓の「もてなし」の技能を自ら身につけて「美しく」なるべきだという声が数多く挙がった。(11)

「娼妓」が救うべき「娘」と認識されていたのに対して「芸妓」に悲惨なイメージはなく、むしろその「美」が「絶大な力」をもっていたために「羨望」と「非難」の対象になったという。林によれば「醜業婦」という語は、こうした「美」の価値を転換するための戦略的呼称だった。男性を客とする商業的な場で磨かれてきた「美」や「もてなし」という価値が公の場で称賛される一方、再生産労働を担う妻たちは私的領域内に追いやられながら、「美」では芸妓と同じく序列化される。もちろん、こうした「美」の序列化による女性の分断は、客／夫として女性を客体化し価値づける権利をもつかのような男たちの視線に由来するものにほかならない。だとすれば、芸妓への羨望と非難の声を上げた者たちも、またその声を上げた者たちを批判した野枝も、女性を分断し対立させる論理に乗ってしまったのだということもできるだろう。ここで無傷のまま温存されているのが男たちの欲望であることは、あらためて確認するまでもない。芸妓や妻たちを評価する基準をもち、それを当てはめることで彼女らの地位や価値を決めることができるのは男たちであり、言説も含めた日常実践や権力構造で行使される彼らの力が、彼女たちをその価値基準に自発的に従わせ、競い合わせるのである。

編集責任者として「青鞜」誌上で女性に関する論争を提起していた野枝もまた、この罠から逃れられなかった。だがそもそも、野枝は芸娼妓たちの状況や彼女らを取り巻く運動／言説をどれだけ知っていたのか。廃娼論争の最後の応答となった「再び青山氏へ」のなかで、野枝は「売淫制度については、私はさう云ふ専門的な智識を私《（ママ）》は少しも持ちません[12]」と述べている。ではなぜ彼女は、詳しいわけでもない矯風会の廃娼運動を手厳しく批判したのだろうか。

2　フェミニズム批判のレトリック——エマ・ゴールドマンと伊藤野枝

廃娼論争での野枝について、折井美耶子は「詳しい実態は知らないままに、こうした運動に偽善的な匂いをかぎ反発した[13]」と指摘している。この論争以前の一九一四年に野枝は、バーナード・ショーの戯曲の登場人物で売春宿の経営で生活を支えてきたウォーレン夫人について「私は寧ろ蔑視される賤業婦達の自覚しながらも喰べる為めに生きたいばかりに嫌やな者共の機嫌きづまをとらねばならぬ悲痛な気持に同感する」と著している。またウォーレン夫人の娘で母親の仕事に反発する女子学生のような「何の意味もない馬鹿な顔して一人よがつてゐる女達」よりも、「まだ強い処があるやうに思ふ[14]」と書くなど、性売買の問題よりも階級問題に肩入れする姿勢をみせている。だが廃娼論争の契機になった「傲慢狭量にして不徹底なる日本婦人の公共事業に就て」は、こうした野枝の言葉だけには回収できないものである。なぜなら、そこにはアメリカの女性アナキスト、エマ・ゴールドマンの影響が如実にみられるからである。

エマ・ゴールドマン『婦人解放の悲劇』は、彼女の手になるアナキスト雑誌「マザー・アース」創刊号（一九〇六年）に掲載された。前述のとおり、野枝はこの翻訳を「青鞜」に掲載したのち、一九一四年に東雲堂書店から刊行した『婦人解放の悲劇』[15]に収め、その「自序」にエマ・ゴールドマンを感激にむせびながら読んだことを記している。そこで展開されるレトリックと野枝の矯風会批判が類似していることを確認するために、まずエマ・ゴールドマンの批評を、東雲堂書店版の野枝訳を通してみていくことにしよう。

『婦人解放の悲劇』で特徴的なのは、エマが「女性解放」を「人生と成長とに更に更に《ママ》有害なる内部圧制者である道徳及び社会上の習俗」(the internal tyrants, far more harmful to life and growth, such as ethical and social conventions) の問題として捉えていたことである。これはジェンダー規範を問題化する今日のフェミニズムに重なる視点であり、エマの先進性をうかがうことができる。ただ留意すべきは、この一文がフェミニズム批判の文脈で書かれていたことである。例えば前述の言は、「外部よりの圧迫を脱して独立する事をのみ必要と考へ」て「内部圧制者である道徳及び社会上の習俗」を「省みなかつた」ような、「解放の意義を実は理解してゐなかつた」「多数の進歩的婦人」(many advanced women) や「婦人解放論者の最も活躍せる代表者」[16] (the most active exponents of woman's emancipation) 批判として述べられていた。野枝訳によれば、エマは次のように書いている。

解放は女子をして最も真なる意味に於て人たらしめなければならない、肯定と活動とを切に欲求する女性中のあらゆるものがその完全な発想を得なければならない。全ての人工的障碍が打破せられなければならない。偉《おほい》なる自由に向ふ大道に数世紀の間横たはつてゐる服従と奴隷の足跡が払拭せられなければならない。

これが婦人解放運動そもそくの目的であつた。然るにその運動の齎らした結果はと云ふと反つて女子を孤立せしめ、女性にエッセンシャルである幸福の泉を彼女から奪つてしまつたのである。単なる外形的解放は近代の婦人を人工的の者と化し去つた。（略）女子内部本性の発想によつて達せらるる何等の形をも現はしてはゐないのである。(17)

エマは、同時代の女性解放運動を「外形的解放」と見なし、「女性にエッセンシャルである幸福の泉」を奪うことで女性を「人工的の者」にしてしまうと批判する。本文の別の箇所には、それらの「解放」は「真の自由なる婦人、愛人、母等の深き情緒中に含まれたる無限の愛と歓喜とを許すにはその範囲があまりに狭隘である」(Emancipation [⋯] is of too narrow a scope to permit the boundless joy and ecstasy contained in the deep emotion of the true woman, sweetheart, mother, freedom) とあり、前述の「幸福の泉」が「無限の愛と歓喜」を指すことがわかる。

時代を考えれば、こうしたエマの批判はアメリカ国内の第一波フェミニズムに向けられたものだといえるだろう。アメリカでは、一八四八年にニューヨーク州セネカ・フォールズで女性の権利獲得のための大会が開かれたことを機に、男女平等を求める動きが高まっていた。『アメリカ・フェミニズムの社会史』を著した有賀夏紀によれば、セネカ・フォールズで女性の権利に関するさまざまな決議が採択された際、「婦人参政権」は過激だと反対する声が多かったが、その後は参政権がアメリカ・フェミニズム運動の中心目標になっていったという。[18]ただし十九世紀末の「婦人参政権運動」では「女性が家庭の擁護者としての役割の延長線上において社会の諸悪をただすために選挙権が必要」という「既存の女性観」に立った議論が幅をきかせ、また二十世紀になると既存の体制崩壊を防ぐために社会の弊害を個別に除去し「改良」していこうとする「革新主義」とも結び付いていく。[19]

アナキストであるエマは、アメリカの「婦人参政権運動」を厳しく批判した。著者が調べたかぎり、同時代に日本語訳として活字化されたものは見当たらないが、エマは「婦人参政権 *Woman Suffrage*」(一九一〇年)[20]で、女性の「新しい偶像」である「婦人参政権」は「人々の奴隷化」に役立つにすぎないのに、女性たちの「盲目的献身」がそれをみえなくさせていると述べている。[21]また「女性が政治権力をもつところはどこでも、女性の狭い潔癖な生活態度のため自由にとって一層危険なものとな[22]」るといい、特に「中産階級のアメリカ婦人」たちは「夫と対等と思うだけでなく、特に清潔、善良、道徳などといった面では、夫の上役だと考え」る点で「尊大さと俗物根性」の持ち主だと批判している。[23]さらに女性の奴隷化の原因を男性からの抑圧よりも、ピューリタニズムなどの宗教概念や伝統を内面化した女性に見いだす点は特徴的である。彼女は『婦人解放の悲劇』で、「女権論者の運動」(the movement for woman's rights)の「偏狭なる清教徒的空想は男子を女性の惑乱者或は邪魔者と見做して彼等の情緒生活外に放逐した」(Their narrow puritanical vision banished man as a disturber and doubtful character out of their emotional life）として、中産階級女性による運動の宗教的潔癖さがもたらした害悪を批判するのである。小島良一は、エマがアメリカでの「女性の搾取体制や家父長制、政治権力による圧力」などの基盤を「キリスト教、特にピューリタニズム」[24]にみていたと指摘しているが、彼女はまさに「偏狭なる清教徒的空想」が、前述の中産階級の「女性の狭い潔癖」（woman's narrow and purist attitude）とともに「真」の「解放」を妨げるとして批判したのである。エマは『婦人解放の悲劇』で次のように記している。

私は且て真に新しき婦人と所謂普通の解放せられたる姉妹との間に有する関係よりも、常に子供の幸福と、自己の愛する人々の幸福を祈る旧き母と主婦とかの真に新しき婦人との間に有する関係が遥かに深いものであるといふことを述べたことがある。[25]

彼女は、女性解放論者たちを「清教徒的空想」や「潔癖」さによって「情緒」を鈍麻させた「人工的」な存在として退け、教養をもたないあるいはもつことができなかった階級の女性たちを「自然」で「真に新しき婦人」に近い存在として称揚する。クレア・ヘミングスは、エマ・ゴールドマンをフェミニズムの祖とする今日の見方は、フェミニズムや女性に対する敵対性を軽く見積もるものであり、彼女が、女性が置かれた立場を訴えながらも、女性（特にブルジョア女性）への非難や女性性の称揚をあらわにするような両面性をもっていたことに注意を促している。[26]またエマの婦人参政権運動批判は、アナキストゆえの議会代表制批判に加え、ピューリタニズム的道徳にからめとられた中産階級女性批判でもあった。キャシー・ファーガソンも指摘しているように、当時のアメリカの女性参政権論者たちのなかには女性労働組合連盟（WTUL）やほかの労働者階級女性の組織とつながりをもつ者もいてエマもそれを認めていたが、しかし全体としては中産階級の運動と見なして批判しているのである。[27]

あらためて、このエマの婦人解放論者批判と野枝の矯風会批判を並べると興味深いことがみえてくる。例えば、語の近接性である。野枝の矯風会批判「傲慢狭量にして不徹底なる日本婦人の公共事業に就て」には、そのタイトルからもわかるように、エマの文章中にみられる「狭隘」「偏狭」（原文では narrow）や「情緒」（emotion）などの語が散見される。またその批判が矯風会の信仰に向かうところもよく似ている。以下は野枝が書いた「傲慢狭量にして不徹底なる日本婦人の公共事業に就て」からの引用である。

殊にこの団体により多くの同情を失はしめる理由は彼女等〔矯風会：引用者注〕の宗教的偏狭である。彼女等は殆ど人間性と云ふものには全く盲目であると云つてもよい位である。彼女等は形式化した愚劣な魂のない宗教の信者の常として全く融通のきかない杓子定規の上に凡ゆる信をおく迷信者である。彼女等の信仰が度を高むる程彼女等の人間らしい情緒は削がれ狭められ圧しつぶされて行く。さうして次第に彼女等は神の最も尊き本然の意志——乃ち愛から遠ざかり寛容を忘れて遂に小さく狭き高慢なる最も神に遠い人となるのである。[28]

野枝が廃娼運動の担い手である矯風会を「宗教的偏狭」と批判するレトリックは、エマが女権論者たちを「偏狭なる清教徒的空想」と批判するレトリックと同型である。野枝は矯風会の女性たちを「信仰」ゆえに「人間らしい情緒」が「削がれ狭められ圧しつぶされ」「愛から遠ざかり寛容を忘れて遂に小さく狭き高慢なる」女たちと非難するが、それは、女性解放を「真の自由なる婦人、愛人、母等の深き情緒中に含まれたる無限の愛と歓喜」を許すには「あまりに狭隘」なものとするエマのそれに重なるものである。つまりエマが中産階級女権論者たちが抱えるピューリタニズム的道徳性を非難したように、野枝は信仰をもつ矯風会の女性たちを、「愛」などの「人間らしい情緒」を失った「小さく狭き高慢なる」存在として非難するのである。

このようにみていくならば、山川に突かれてもろくも崩れてしまった野枝の論理やレトリックは、エマ・ゴールドマンのように社会問題に取り組もうとし始めた彼女の格闘の痕跡といえるのではないか。ここには「青鞜」が掲げた「新しい女」としてだけでなく、「社会的な運動」への思いを募らせていく野枝の姿がうかがえる(29)。彼女は、エマの言葉を自らのものにすることで、新たな道を切り開こうとしていたのであり、野枝が批判の矛先として矯風会を取り上げたのも、信仰をもつ中産階級女性の運動という点でエマと批判対象を共有できたからだろう。だが、婦人参政権運動と廃娼運動は大きく異なる。例えばエマの参政権運動批判は、議会代表制の有効性を否定するというアナキズム思想に裏打ちされたものであり、階級をめぐる議論の枠組みを前景化することで性の政治を無効化するような論理の組み立てになっている(30)。しかし廃娼運動では、階級を前景化しようとしても、買う男/買われる女という性の政治を抜きにして考えることはできない。また、声を上げることが難しい暴力的制度のなかに囲われた女性たちの実情を踏まえれば、中産階級女性たちの運動を当事者性の欠如や宗教的潔癖さだけで一蹴することは難しい。その意味でも、一九一五年の時点で野枝が試みたエマ・ゴールドマンの「翻訳」は、成功とは言い難いものだったのである。

3　男たちのアナキズム

「かくありたいとねがう人間としてイメージされたのが、エマ・ゴールドマンだった」[31]と井手文子が指摘するように、社会に日を向けようとする野枝にとって、エマはあるべき姿の体現者だったと考えられる。野枝が自らをモデルにした小説「乞食の名誉」[32]には、『S』（『青鞜』を指す）という雑誌の仕事を引き継いだものの、同居する夫の家族との軋轢から自由に動けない主人公が、エマの伝記に強く引き付けられる場面が描かれている。そこには、『S』誌は「物好きなお嬢様の道楽」と世間から攻撃されていたが、道楽などではなく「皆んな一生懸命だつた」こと、しかし「さう見られても仕方のない程、みんなの生活は小さかつた」こと、「彼女等の極力排している因習のどの一つでも、現在の社会制度を無視して残りなく根こそぎにする事が出来るであらうか」と問えば「否」と答えるしかないことなどが書かれている。また、エマ・ゴールドマンが「社会の組織的罪悪を、その虚偽を、見のがす事が出来」ず、「たゞ、正しい自己の心を活かす為めに、多くの虐げられたものゝ為めに、全身全霊を挙げて其の虚偽に、罪悪に、ぶつかつて行つた」と知り、「今にも何か自分もさうした緊張した生活の中に悉てを投げ棄てゝ飛び込んで行きたいような気持に逐はれて、ぢつとしてはゐられないような気がする」主人公の姿が描かれている。この小説はのちの一九二〇年に刊行された『乞食の名誉』に収録されたものであり、また創作であるために留保が必要だが、野枝が小説に仮託して自らを語るときに「青鞜」からエマ・ゴールドマンへという移行を語っていることは、注目してよい。エマの言葉の細部を紐解き、その論理を自らのものとして自分を取り巻く現実を考えること、そうした野枝の「翻訳」行為が廃娼論争でうまくいったとは言い難い。しかし、それを失敗とも、借り物ともいうことはできないだろう。なぜなら、理論や思想とはまさに、日常実践での価値の転覆や自然性を問い直し、規範的反復行為の異化を試みる実践そのものだからである。社会問題に接近しようとする野枝は、エマの言葉や思想で現実を捉え直す過程を通じて、自らの言葉や思想を紡ぎ続けた。「青鞜」の「新しい女」の一人だった野枝は、エマのような女性アナキストとして歩を進めようとしていたのである。

では「青鞜」で芽吹いた野枝のフェミニズムがアナキズムと有機的に結びえたかといえば、必ずしもそうとはいえない。野枝はエマやアナキズムに関わる情報を自身の力で収集できるわけではなかった。当時、アナキズムに関わる情報を主に有していたのは男たちであり、そのため、エマの言葉や思想を欲する野枝の言葉もまた、男たちの言説に囲い込まれたものだった。例えば東雲堂書店版『婦人解放の悲劇』の自序には「私のこの仕事はまたTによつて完成されたものであることを私は忘れません[33]」とあるが、この「T」とは当時の夫だった辻潤を指す。さらにいえば、山泉進が指摘するように、エマの著作や伝記は夫である辻潤が野枝の教育のために訳したものだとのちに平塚らいてうが述べている[34]（『原始、女性は太陽であった』下、大月書店、一九七一年）。つまり、エマの翻訳は辻潤の存在抜きには語れないものだったのである。また『婦人解放の悲劇』の書評を著した大杉栄は以下のように述べている。

僕は、僕等と同主義者たるエンマ・ゴルドマンに、野枝氏が私淑したからと云ふので、直ちに氏をほめ上げるのではない。かう云つては甚だ失礼かも知れんが、あの若さでしかも女と云ふ永い間無知に育てられたもの丶間に生れて、あれ程の明晰な文章と思想とを持ち得た事は、実に敬服に堪へない。これは僕よりも年長の他の男が等しくらいてう氏に向つても云ひ得た事であらうが、しかしらいてう氏の思想は、ぼんやりした或所で既に固定した観がある。僕はらいてう氏の将来よりも、寧ろ野枝氏の将来の上に余程嘱目すべきものがあるやうに思ふ[35]。

大杉はここで、「無知に育てられた」女性であるにもかかわらず将来の伸び代をもつ野枝への期待を表明している。大杉からのこうした評価が、エマのようでありたいと願う野枝を喜ばせただろうことは推測に難くない。

前述のとおり、この数年後に大杉は、伊藤野枝、当時の恋人だった神近市子、妻だった堀保子との「自由恋愛」を実践し、そのもつれから神近に刺される。この葉山日蔭茶屋事件を経て、大杉と野枝は生活をともにすることになるのだが、大杉はのちに、自らの闘争に結び付けて野枝との出会いを語っている。一九一九年に発表した「死灰の中から」で大杉は、『婦人解放の悲劇』書評時に

「N子の中に初めて僕の唯一の本当の女友を見出したのであった」と記し、谷中村闘争の話を聞いて興奮したという「N子」(野枝)の「その幼稚なしかし恐らくは何ものをも焼き尽し溶かし尽すセンチメンタリズムを、この硬直した僕の心の中に流しこんで貰いたい」と書く。そして「彼女のこの血のしたたるような生々しい実感のセンチメンタリズム」に「本当の社会改革家の本質的精神[36]」に感激したと著している。思想的に未熟な野枝は、彼の欠如を埋める存在として語られるのである。そしてこの記述は、一八年に書かれた野枝の小説「転機[37]」に呼応するものでもある。「転機」には、谷中村闘争のことを考え続ける「私」に、辻潤を思わせる「T」が「センテイメンタルに考へ過ぎてゐるのだよ」と応じたことが書かれており、また谷中村闘争について周囲に理解をもつ友人もなく「独りきりで考へてゐるより仕方がなかつた」「私」が、大杉を思わせる「山岡」に初めての手紙を送ったことが書かれている。日蔭茶屋事件以後のこれらの作品では、谷中村闘争の挿話を起源にしながら、野枝の社会問題への接近を受け止めうる唯一の存在である大杉と、彼が失ってしまった「実感のセンチメンタリズム」をもつ野枝という関係の必然が語られるのである。ここで興味深いのは、二人の起源の物語に、両者の落差が組み込まれていることだろう。野枝の「幼稚」さに価値を見いだすという言説は、そこに教育者—被教育者的落差があったことを示すものでもある。

もちろんこれらは小説ゆえ割り引いて考える必要があるが、知識や情報、アクセシビリティにおける両者の落差を前提にするならば、野枝が大杉という男性アナキストからアナキズム思想を学んでいっただろうことは想像に難くない。例えば日蔭茶屋事件後の野枝が再度矯風会に言及した文章には、原始時代から「売淫」が存在する原因の考察にふれて、「ルトオルノオ」が「売淫」を「一夫一婦の結婚制度の困難」の例にあげているというくだりがある。[38] シャルル・ルトゥルノーに関しては、大杉栄が「動物の婚姻と家族」を訳しているが、そこには動物を例にあげて「婚姻とか家族とかいうことについても、自然には何の選り好みもない。どんな方法でも、それによって種が利益を得さえすれば、もしくは少なくとも、それによってはなはだしい害を受けさえしなければ、何でも歓迎される」[39] とあり、野枝が大杉の訳した言葉を取り込みながら自らの主張を立て直そうとしていたことを示す一例といえるだろう。しかしこの論理は、日蔭茶屋事件の原因になった「自由恋愛」を肯定するものでもある。

実は、「自由恋愛」と結婚制度に対する異議申し立ては、エマ・ゴールドマンにもみられるものだった。東雲堂書店版『婦人解放の悲劇』に野枝訳として収録された「結婚と恋愛」には、「資本制度と称する根本組織と相似たもの」である「結婚制度は婦人を寄生者とし、絶対の従属者とする」とあり、「自由恋愛？ まるで恋愛が自由以外のもののやうだ！」[40] とある。また、エマは一八九〇年代初めの数年間、アレクサンダー・バークマン、モデスト・アロンスタムとの間で「自由恋愛」を実践していた。ただしエマと大杉の「自由恋愛」を比較した田中ひかるによれば、エマを含む三人の関係は一九三一年発表の自伝で初めて明らかにされたと考えられ、同時代に広く知られていたわけではないようだ。田中は、エマのそれが男女対等な関係を築きえたのに対し、大杉栄のそれは、彼が主導権を握ってはかの女性たちがそれに従う「支配と従属の関係があった」[41] と指摘する。そして神近市子を取り上げ、男女の権力関係が成立しているなかで発動された「自由」が神近には不利にはたらいたこと、また大杉が「教え」、神近がそれを「学ぶ」という「ある種の師弟関係」が支配関係を強化した可能性があることなどを論じている。また、日蔭茶屋事件をめぐる言説と大逆事件のそれとの類似性を指摘する内藤千珠子は、「天皇制や家族国家観に対する抵抗や叛逆」だったはずの大杉の「自由恋愛」が、「天皇制と同じ、男性を中心とした権力的ジェンダー関係」を備えた「一夫多妻の天皇制の性愛構造を模倣(42)」することになったと論じている。田中が指摘するように、言葉のうえでは男女ともに「自由」でありえても、社会規範による男女の権力関係は、「自由」を女性の手の届かないものにする。大杉の「自由恋愛」は、男性優位の構造を温存したままに唱えられる「自由」なるものが、女性にとっていかに「不自由」でありうるかを、その暴力性とともに示す事例だった。このことは公娼制度が男性の構造的優位性を抜きに語れないものだったことと相似的である。公娼をめぐる言説や日常実践で優位にある男たちが設定した「美」の基準を、女たちが自らのものにすることで分断されてしまったように、大杉が設定した「自由恋愛」の基準(43)を、彼を取り巻く女たちもまた自らのものにしようとした。だがその「自由」という言葉で覆い隠された暴力に耐えかねた神近が、大杉に叛逆することでその権力関係は破られたのである。

この後、大杉と野枝は生活をともにするが、事件によって怒りや失望を抱えた周囲の人々は離れていき、大杉も野枝も多くの友人や仲間を失うことになる。「青鞜」やその周辺で結ばれていた女同士の関係は断たれ、野枝に残されたのは大杉と彼のもとに集まる男たちだった。「晩年の野枝を描くことは必然的に、野枝の内助の功によつてふたたび華々しい実践活動を開始した大杉について語ることにならざるをえない(44)」と岩崎呉夫が述べるように、彼女はその後出産や育児、大杉の活動の補助などに追われ、目立った活動はみせなくなる。また井手文子は、大杉らが第一次「労働運動」を刊行した一九一九年ごろから野枝が書いた婦人労働に関する評論をあげて、「それまでの野枝の文章のもつ生気もあまりみられない」といい、その理由を「婦人労働者については自分はまだ未熟」という自覚があり、「労働者に対しては謙虚でなければならないという自己規制のために、やや紋切り型の文章になったのではないか」[45]とみている。だが「自分は未熟」という思いを内面化させ、表現を「自己規制」させる力はどこからきたのだろうか。「青鞜」誌上で、女性の問題について伸び伸びと筆を走らせていた野枝の姿はそこにない。二一年四月に結成された、日本最初の社会主義女性団体といわれる赤瀾会には、山川菊栄とともに野枝も顧問格で参加し、講演や講習会の講師も担っていたが[46]、家事労働のほか、大杉らの雑誌にも関わっていた彼女が積極的役割を果たしていたとは言い難い。フェミニズムとアナキズムの出合いを存分に体現しえたはずの野枝は、大杉との関係によって「内助」の役割を担っていってしまうのである。

おわりに――失われた時間

だが、その役割は、野枝自身が望んだものだったのかもしれない。野枝訳のエマ・ゴールドマン『婦人解放の悲劇』には、次のような文章がみられる。

人生のあらゆる方面にわたる権利の平等を要求することは正しく公平なことである。しかしながら最も根本的の権能は畢竟愛し、愛せ《（ママ）》れることである。実際、婦人解放が完全にして真正なるものとなるの暁にはかの愛せらるゝこと——即ち恋人であり母であること——が奴隷であり、附属品であるといふことと同意義であるといふ様な滑稽な観念は排除されてしまはなければなるまい。[47]

エマが想定する女性の「最も根本的の権能」とは「愛し、愛せ《（ママ）》れること」だった。エマは「恋人」や「母」であることが「奴隷」や「附属品」と見なされることを批判し、「根本的」な女性の権利を「愛し、愛せ《（ママ）》れること」にみるのである。これは第2節で言及したような、「解放」婦人との間によりも「旧き母と主婦」との間にむしろ「真に新しき婦人」との深い関係をみるという姿勢に関わるものでもある。野枝もまた「婦人公論」一九一六年二月号掲載の「男性に対する主張と要求」で次のように述べている。

妄りに昔からの道だから歩かないと主張するやうな人は無智な皮相な人であると云はなければならない。殊に結婚をして子供を産むと云ふことは一番真実な女の使命であると思ひます。本統から云へばすべての女がさうならなければならないのです。併し其処に落ちつくまでのプロセスに、また、結婚生活、育児、家政と云ふことの隅々まで自分の意志をもつて働くのと他人の都合次第に動かされるのと異常な相違でなくてはならないと思ひます。[48]

野枝がいう「自分の意志」の重視とは、「結婚をして子供を産む」という「真実な女の使命」を前提としたものにほかならない。こうしたところに女性の「本然」を見いだす視点、いわば女性性の本質化がアナキズム思想とどのように関わっているかについては、より丁寧な考察が必要だろう(49)。少なくとも野枝のこの文章からは「内助」の役割を自ら望んだとも考えられる。だが、その自発的選択とは本当に「自由」ななかでおこなわれたものだったのだろうか。

一九二一年、野枝は「『或る』妻から良人へ」という文章を「改造」(改造社)に発表している(50)。彼女は大杉との結婚生活を振り返って、「愛し合つて夢中になつてゐる時」は「相手の越権を許してよろこんで」いるが、次第にそれが許せなくなり結婚生活が暗くなっていくか、あるいはどちらかが「自分の生活を失つてしま」うといい、そこで生活を失うのは「女」の側だと記している。妻や母という女性の役割を自分の意志でおこなえばいいのだと述べていた野枝は、この時点で自分の意志を貫けないことの問題にあらためて目を向けている。この文章の始まりのほうには、次のような文章がみられる。

もう随分ながく、私は自分の友達を持ちません。そして友達を欲しいと思つた事もありません。(略)それでも、此の頃、ひとりで日向ぼつこをしながら考へ事をしてゐますと、七八年も前に染井の片隅で、こんな日光を浴びながら、よくYさんと僅かな隙を見ては、カラタチの生垣ごしに、たすきがけで、その頃Yさんが一生懸命に訳してゐた『ソニア、コヴアレフスキイの自伝』の中から得る感銘や、お互ひに読んでゐる書物の批評、お互ひの周囲の人々の噂さや、もつと〳〵切実な自分達の生活に対する反省や計画や、いろんな事を真面目になつて話し合つた事をおもひ出します。そして、本当にひつそりした身のまはりをそつと見まはすような心持になります。

引用中の省略箇所には、日蔭茶屋事件で友人たちの態度が冷たくなったことに傷ついたことを思わせるような文章が書かれている。野枝はここで自分には友人がいない、ほしいとも思わないといいながらも、かつて隣人だった「Y」(野上彌生子)と、彼女が訳していたロシアの女性数学者の自伝や書物の批評、周囲の噂や自分たちの生活についてなど、いろいろなことを真面目に話し合ったことを思い出すと書く。大杉宛ての手紙というかたちをとったこの文章は、この後、夫である「あなた」がその「友人」の役割を果たしていること、しかし自分が「在来の『妻』といふ型」にはまってしまっていること、「もつと自分々々をよりよく守つて、他人の上にもつとインデイフアレントであるようにならねばならぬ」ことなどを書いている。関口すみ子は、ここに記された問題群が「女性改造」一九二三年四月号掲載の「私共を結びつけるもの」では消えていること、またそこで、大杉の「妻としてよりも友人としても、より深い信頼を示された一同志」[51]である喜びを記していることに注目する。そのうえで「『或る』妻から良人へ」と「私共を結びつけるもの」の間の二年間に、家事育児をともにおこなうという意味で家庭においても同志となり、有機的に補い合う関係が、またその変革可能性が築かれたと指摘する。そのうえで、「家庭」という社会変革の基礎単位で自分を生かす「人間生活のあり方」に達した野枝の姿がみられるとして評価している。[52]

ただ気になるのは、後者の「私共を結びつけるもの」で野枝が、二人は退屈することなく会話をしていると記したうえで「私は其の友人としての会話の間に教育されてゐるのです。多くの知識を授けられ、鞭撻され、警しめられ、訓へられるのです」と書いていることである。この記述から、大杉と野枝の間で教育者―被教育者という関係が続いていたことを見て取ることができるだろう。ここには「青鞜」の編集責任者として貞操論争、堕胎論争、廃娼論争を惹起し、女性問題に対する関心を広く集めた野枝の姿はない。家庭生活での自身のありようを模索していた彼女は、同じジェンダー規範にさらされる立場の者たちと、平たい関係のなかでその問題について話し合う機会をもたなかった。自分一人の経験としてだけではなく、広く社会的規範の問題として、さまざまな角度から議論するような場をもてなかったのである。しかし、その可能性がなかったわけではない。関口は、後期の野枝の文章のいくつかを、大杉のもとへ走った野枝に対して「第一の牢」から「第二の牢」へ入ることだと批判した野上彌生子に向けたものと読んでいる。[53]実際、「私共を結びつけるもの」の末尾にある「『ねえ、あなたの友達は馬鹿でなかつた事が分かつて下すつたでせうね。』私は何時かさういつて友人の信用をもう一度とりかへせるやうになつたのです」という言葉は彌生子に宛てたものと考えられる。この記述の後には、この言葉を可能にしたのは友人でもある夫だという言葉が続くのだが、しかし彼女が女同士の関係を懐かしく思い出すかたちでそれを記したこと、そして大杉との関係を否定されたことへの応酬だったとしても、また大杉を称賛する文脈だったとしても、彼女がこれを書きつけることで友人だった女たちに言葉を投げかけたことは注目に値するのではないか。

もし野枝が非業の死を遂げることなく、もう一度女たちとの結び付きを取り戻し、議論することができていたとしたら、どのような言葉を発していただろうか。もちろん、またけんか別れをしていたかもしれないが、彼女の経験とフェミニズム、そしてアナキズムの論理が交差し、異なる思想を織り成す可能性もあったはずである。しかし、この数カ月後に野枝は、大杉と六歳の甥とともに官憲に殺害される。いまとなっては夢想するしかないが、アナキズムとフェミニズムの幸福な再会が、そこにありえたかもしれないのである。

注

（1）伊藤野枝「自序」「婦人解放の悲劇」、伊藤野枝、井手文子／堀切利高編『定本 伊藤野枝全集』第四巻、学藝書林、二〇〇〇年、一一ページ

（2）栗原康『村に火をつけ、白痴になれ――伊藤野枝伝』岩波書店、二〇一六年、xiii-xiv ページ

（3）伊藤野枝「傲慢狭量にして不徹底なる日本婦人の公共事業に就て」「青鞜」一九一五年十二月号、青鞜社。本文の引用は伊藤野枝、井手文子／堀切利高編『定本 伊藤野枝全集』第二巻（学藝書林、二〇〇〇年）二八七―二九六ページによった。以下、同。

（4）山川菊栄「日本婦人の社会事業に就て伊藤野枝氏に与ふ」「青鞜」一九一六年一月号、青鞜社。本文の引用は田中寿美子／山川振作編集『山川菊栄集 第一巻 女の立場から――一九一六―一九一九』（岩波書店、一九八一年）二―一二ページによった。以下、同。

(5) 折井美耶子「解題」、折井美耶子編集・解説『資料 性と愛をめぐる論争』(論争シリーズ5)所収、ドメス出版、一九九一年、二九一ページ

(6) 伊藤野枝「青山菊栄様へ」、前掲「青鞜」一九一六年一月号(前掲『定本 伊藤野枝全集』第二巻、三〇二―三一一ページ)

(7) 田中寿美子「解題一」、前掲『山川菊栄集 第一巻 女の立場から』所収、二六七―二七二ページ

(8) 前掲「傲慢狭量にして不徹底なる日本婦人の公共事業に就て」(前掲『定本 伊藤野枝全集』第二巻、二九五ページ)

(9) 岩淵宏子「セクシュアリティの政治学への挑戦――貞操・堕胎・廃娼論争」、日本文学協会新・フェミニズム批評の会編『『青鞜』を読む』所収、學藝書林、一九九八年、三〇五―三三一ページ

(10) 林葉子『性を管理する帝国――公娼制度下の「衛生」問題と廃娼運動』大阪大学出版会、二〇一七年、四〇五―四二七ページ。なお、林葉子によれば、矯風会の代表的人物だった矢島楫子は婚外子を産んでいて、婚外子や婚外の性が許されなかった時代の当事者として〈娼婦〉をめぐる問題に関わり続けた可能性があるという。また矢島の甥である徳富蘆花が、婚外子を産んだことを公に「懺悔」せよと求めたときも懺悔せず、死後に蘆花は彼女を断罪した(同書五七ページ)。運動に関わる人のなかには、個別な事情や背景を抱えていたケースもあるだろう。

(11) 同書四一三―四一四ページ

(12) 伊藤野枝「再び青山氏へ」「青鞜」一九一六年二月号、青鞜社(前掲『定本 伊藤野枝全集』第二巻、三一一九ページ)

(13) 前掲、折井美耶子「解題」二九一ページ

(14) 伊藤野枝「ウォーレン夫人とその娘」「青鞜」一九一四年一月号付録、青鞜社(前掲『定本 伊藤野

枝全集』第二巻、四九ページ)、なお同年には、伊藤野枝子編としてバァナード・ショオ『ウォーレン夫人の職業』(〔世界学芸エッセンスシリーズ〕、青年学芸社)を刊行している。

(15) エンマ・ゴルドマン「婦人解放の悲劇」、エンマ・ゴルドマン／エレン・ケイ『婦人解放の悲劇』所収、伊藤野枝訳、東雲堂書店、一九一四年。本書では前掲『定本 伊藤野枝全集』第四巻、一三―二〇ページを参照した。

(16) 原文では以下のとおり。'The cause for such inconsistency on the part of many advanced women is to be found in the fact that they never truly understood the meaning of emancipation. They thought that all that was needed was independence from external tyrannies; the internal tyrants, far more harmful to life and growth, such as ethical and social conventions, were left to take care of themselves; and they have taken care of themselves. They seem to get along beautifully in the heads and hearts of the most active exponents of woman's emancipation, as in the heads and hearts of our grandmother.
なお、エマ・ゴールドマン著作の原文は Emma Goldman, *Anarchy and the sex Question: Essays on Women and Emancipation, 1896-1926*, PM Press, 2016 によった。以下、同。

(17) 原文は次のとおり。'Emancipation should make it possible for her to be human in the truest sense. Everything within her that craves assertion and activity should reach expression; and all artificial barriers should be broken and the road towards greater freedom cleared of every trace of centuries of submission and slavery. / This was the original aim of the movement for woman's emancipation. But the results so far achieved have isolated woman and have robbed her of the fountain springs of that happiness which is so essential to her. Merely external emancipation has made of the modern woman an artificial being [⋯] ; anything except the forms which would be reached by the expression of their

own inner qualities.'

（18）有賀夏紀『アメリカ・フェミニズムの社会史』勁草書房、一九八八年、七三ページ

（19）同書一一五ページ

（20）Emma Goldman, *Anarchism and Other Essays* (Mother Earth Publishing Assoc, 1911) に収められた。日本語訳はエマ・ゴールドマン『アナキズムと女性解放』（はしもとよしはる訳、ＪＣＡ、一九七八年、一一〇―一二四ページ）を参照。

（21）原文は次のとおり。'In her blind devotion woman does not see what people of intellect perceived fifty years ago: that suffrage is an evil, that it has only helped to enslave people, that it has but closed their eyes that they may not see how craftily they were made to submit.' なお、エマはこの「盲目的献身」を神に対するそれと同じと捉え、「参政権は、女性が大昔から仕えてきた神々の全能を強化する手段でしかない」という（原文は次のとおり。'Thus suffrage is only a means of strengthening the omnipotence of the very Gods that woman has served from time immemorial.'）。

（22）原文は次のとおり。'If no other reason, woman's narrow and purist attitude toward life makes her a greater danger to liberty wherever she has political power.'

（23）原文は次のとおり。'Few countries have produced such arrogance and snobbishness as America. Particularly is this true of the American woman of the middle class. She not only considers herself the equal of man, but his superior, especially in her purity, goodness, and morality.'

（24）小島良一「エマ・ゴールドマンのピューリタニズム批判」「東北薬科大学一般教育関係論集」第二十四号、東北薬科大学、二〇一〇年、一〇三―一一二ページ

（25）原文は次のとおり。'I once remarked that there seemed to be a deeper relationship between the old-fashioned mother and hostess, ever on the alert for the happiness of her little ones and the comfort of those she loved and the truly new woman, than between the latter and her average emancipated sister.'

（26）Clare Hemmings, "Women and Revolution," *Considering Emma Goldman: Feminist Political Ambivalence and the Imaginative Archive*, Duke University Press, 2018.

（27）Kathy E. Ferguson, "Emma Goldman's Women," *Emma Goldman: Political Thinking in the Streets*, Rowman & Littlefield Publishers, 2011, p. 257.

（28）前掲『定本 伊藤野枝全集』第二巻、二九二ページ

（29）野枝は、らいてうから「青鞜」を引き継ぐ際に発表した「『青鞜』を引き継ぐに就いて」（「青鞜」一九一五年一月号、青鞜社）のなかで「今迄はどうしても自分自身と社会との間が遠い距離をもつてゐるやうに思はれました。（略）今は社会的な運動の中に自分が飛び込んでも別に矛盾も苦痛もなささうに思はれました。たゞ併しまだ考へ方が進んだ丈けで私の熱情は其処まではまゐりません」と書いている（前掲『定本 伊藤野枝全集』第二巻、一五〇―一五一ページ）。

（30）ただしアナキズム思想の問題として考えるならば、階級と性の政治の交差についてより詳細な検討が必要だろう。見崎恵子によると、一九〇四年にフランスのアナキスト新聞「ル・リベルテール」紙上で起きたフェミニズム論争の立役者だったアンリ・デシュマンは、フェミニストによる結婚生活での女性の抑圧や搾取の訴えに対し、アナキズムにおいては資本制の基礎として否定すべき制度である「結婚にこだわり、擁護する」姿勢の現れと見なし、「ブルジョワ道徳」の称賛であると批判していたという。これを踏まえると、エマや野枝にみられたような「ブルジョワ道徳」批判をもって婦人運動を批判するという言説型式を個人に帰していいかどうかの疑問が残る。またデシュマンは売買春につ

いて、批判対象である「資本制社会」が生み出すものと位置づけながらも、自慰行為よりも「娼婦のところで性愛エネルギーを費や」すほうが知性や健康にいいと述べ、「道徳的偏見に囚われたフェミニストたち」の「貞節が、他の女たちを苦しめ軽蔑する」のだと非難していたという（見崎恵子「アナキストにおけるアンチ・フェミニズム――『ル・リベルテール』1904年のフェミニズム論争」「愛知教育大学研究報告 人文・社会科学編」第五十六巻、愛知教育大学、二〇〇七年、一二三―一三一ページ）。性売買に関する男性性の擁護は野枝の主張と共通するものでもあり、この時期のアナキズム思想と女性の性についてより詳細な検討が必要だろう。

（31）井手文子『自由それは私自身――評伝・伊藤野枝』（ちくまぶっくす）、筑摩書房、一九七九年、九六ページ

（32）伊藤野枝「乞食の名誉」、大杉栄／伊藤野枝『乞食の名誉』（社会文芸叢書）所収、聚英閣、一九二〇年（伊藤野枝、井手文子／堀切利高編『定本 伊藤野枝全集』第一巻、学藝書林、二〇〇〇年、二六四―二六六ページ）

（33）前掲「自序」、前掲『定本 伊藤野枝全集』第四巻、一二ページ

（34）山泉進「解題」、同書所収、四六二ページ

（35）大杉栄「『婦人解放の悲劇』（批評）」「近代思想」一九一四年五月号、近代思想社、一七ページ

（36）大杉栄「死灰の中から」「新小説」一九一九年九月号、春陽堂。のち前掲『乞食の名誉』に収録（秋山清ほか編『大杉栄全集』第十二巻、現代思潮社、一九六四年、二四〇、二八一―二八二ページ）

（37）伊藤野枝「転機」「文明批評」一九一八年一月号―二月号、文明批評社。のち前掲『乞食の名誉』に収録（前掲『定本 伊藤野枝全集』第一巻、二二七―二三二ページ）

（38）伊藤野枝「喰ひ物にされる女」「婦人公論」一九一八年七月号、中央公論社（伊藤野枝、井手文子

／堀切利高編『定本 伊藤野枝全集』第三巻、学藝書林、二〇〇〇年、五六―五七ページ）

（39）大杉栄「動物の婚姻と家族 シャルル・J・M・ルトゥルノー」「新小説」一九一一年七月号、春陽堂。のちシャルル・ルトゥルノ『男女関係の進化』（社会学研究会訳、春陽堂、一九一六年）に収録（秋山清ほか編『無政府主義の哲学 第2』〔「大杉栄全集」第三巻〕、現代思潮社、一九六四年、一九三ページ）

（40）前掲『定本 伊藤野枝全集』第四巻、二六―二七ページ。原文は次のとおり。'It is like that other paternal arrangement—capitalism.' 'The institution of marriage makes a parasite of woman, an absolute dependent.' 'Free love? As if love is anything but free!' (Marriage and Love) .

（41）田中ひかる「アナーキズムによる女性の抑圧――大杉栄の「自由恋愛」とエマ・ゴールドマンの「三角関係」の比較から考える」、初期社会主義研究会編「初期社会主義研究」第二十八号、弘隆社、二〇一九年、五一―七六ページ

（42）内藤千珠子『愛国的無関心――「見えない他者」と物語の暴力』新曜社、二〇一五年、九八ページ

（43）大杉は、互いの経済上の独立、別居の生活、性関係を含むお互いの自由の尊重という三条件を守ることを主張したが、実際には家を出た野枝が大杉と暮らし、また大杉は神近の経済力に依存していたという（神近市子『神近市子自伝――わが愛わが闘い』講談社、一九七二年、一四三―一六五ページ）。

（44）岩崎呉夫『大杉栄の妻 伊藤野枝伝――近代日本精神史の一側面』七曜社、一九六四年、三二五ページ

（45）前掲『自由それは私自身』一八八―一八九ページ

（46）ほかに、寄付による援助もおこなっていたという。堀切利高「解題」、前掲『定本 伊藤野枝全集』

第三巻所収、四五九ページ

(47) 原文は次のとおり。'The demand for various equal rights in every vocation in life is just and fair, but, after all, the most vital right is the right to love and be loved. Indeed if the partial emancipation is to become a complete and true emancipation of woman it will have to do away with the ridiculous notion that to be loved, to be sweetheart and mother, is synonymous with being slave or subordinate.'

(48) 前掲『定本 伊藤野枝全集』第二巻所収、三三四ページ

(49) 「自然」化された女性性なるものに価値を置く言説は、アナキズムの思想的特性と結び付けて考える必要があるのだろうか。例えば、一九三〇年刊行の女性アナキストたちによる雑誌「婦人戦線」(婦人戦線社)などにも同様の言説がみられる。また、二八年の高群逸枝と山川菊栄の論争を取り上げた秋山清の文章にも、同様の記述がみられる(秋山清『自由おんな論争——高群逸枝のアナキズム』思想の科学社、一九七三年)。そこで秋山は「合理主義的な論法」で山川菊栄の優勢を認めながら、高群をその「女性の理解の深さ」や「可愛い女」であること、そして「女であることを男性との角逐においてではなく、男とともに生きるそのことのよろこびをひたすら求める「女」」であることなどから価値づけている。

(50) 伊藤野枝「『或る』妻から良人へ——囚はれた夫婦関係よりの解放」「改造」一九二一年四月号、改造社(前掲『定本 伊藤野枝全集』第三巻、二五〇—二五八ページ)

(51) 伊藤野枝「私共を結びつけるもの」「女性改造」一九二三年四月号、改造社(同書三五七—三五八ページ)

(52) 関口すみ子「伊藤野枝から野上彌生子への回答——「夫と子供を捨てて」「大杉の許へ走った」「社会主義かぶれ」?」「法学志林」第百十巻第四号、法政大学法学志林協会、二〇一三年、一七三—二

一五ページ

(53) 同論文

第2章　プロレタリアの「未来」と女性解放の夢
――性と階級のポリティクス

はじめに

前章では、伊藤野枝という一人の女性が書いたものを通して、一九二〇年前後のアナキズムとフェミニズムの出合いとそこに垣間見えた性と階級の政治を探り、ありえたかもしれない「アナーカ・フェミニズム」の未来が公権力の暴力によって奪われたことを論じた。本章では、それから十年もたたないころに、やはり格差が解消される「未来」を目指して立ち上がったマルクス主義陣営の女性たち、特に当時非合法だった共産党指導下の活動に身を投じた女性たちに目を向けたい。階級対抗的な闘争が組織されていくなかで、性をめぐる問題はどのように位置づけられていたのだろうか。

よく知られていることではあるが、無産者運動では階級が最重要課題であり、性の問題は後景化された。一九三四年に文部省思想局が作成した「思想調査資料」第二十四輯には、プロレタリア解放運動は「性の特性」を利用し、それに対応して運動を進めることはあるものの、運動に従事する者が「男であらうが女であらうがその性別の如何によつて、その運動に差違がある」ことはありえないとし、「寧ろ共産主義者は女性を男性と同格に取扱ふ事を屢々公言し、且それを誇りとしてゐるかに見えさへする」(1)とある。

プロレタリア解放運動が性差を問題にしないのは、階級差による対立という境界線が運動の根本にあり、またプロレタリアが解放された「未来」では女性も解放されると考えられていたからである。例えば、一九二七年に刊行されたレーニン/ツウェトキン『婦人に与ふ』には、革命後のボリシェビキによるソビエト政府は法律の土台のうえに婦人を男子と対等の地位に置く義務を負ったすべてのことをしたといい、ソビエト・ロシアでの法律上の婦人の地位は、最も進歩した諸国家からも理想的にみえるにちがいないというレーニンの言葉を収めている。(2)同様の記述は、二八年に創刊され、次第に左傾化していった女性文芸雑誌「女人芸術」(女人芸術社)などにもみられる。二八年十二月の同誌には、ゼシカ・スミス「ソヴヰエットロシヤの労働婦人」の一部が神近市子訳で掲載されている。そこには、革命後の一八年四月に労働組合ペトログラード評議会がすべての労働者と工場委員会とに宛てた「労働者が男であるか女であるかは問題であり得ない、たゞ単純に窮乏の度が問題となり得るのである」というアピールを紹介し、「工場も生産した物も私共のもの」であることを喜び「今は私共は自由です」と語る女性労働者たちの姿が記されている。(3)また二九年九月の

「女人芸術」では、山川菊栄が「ロシアにおける労働婦人の近状」で、労働組合の政策が功を奏し多くの産業部門で女性労働者が増加していること、特殊の資格を必要としないかぎりは男女労働者の賃金もほぼ同等であること、近年は労働組合や協同組合、政府の地位における女性の昇進も著しいことなどを報告している。(4) ほかにも秋田雨雀による視察報告「ソビエート・ロシヤに於ける女性活動」(5)や神近市子によるゼシカ・スミス『ソヴエートロシヤの婦人』の抄訳である「ソヴエートの母子保護施設」(6)など、数え上げればきりがないが、革命後のソビエト・ロシアでは女性解放と権利の平等がどのように遂げられつつあるかが伝えられていた。つまり、資本主義体制の打破によって女性の解放や権利獲得も果たされるという、プロパガンダ的ともいえる言説が流通していたのである。

そのため、女性の問題は後景化されたが、現実には階級をめぐる闘いのなかでも女性に対する権利侵害や抑圧は存在していた。法的・構造的・概念的差別は、女性として運動に参加する者たちを取り巻いていたのである。彼女たちは、運動に組み込まれた家父長制や性差別に直面し、それを問題化したり、無意識に内面化したり、引き受けたりしながら、闘いに臨んでいた。

本章では、プロレタリア解放のための運動における女性の立場に注目する。女として運動に従事する者たちは、階級的「未来」のための運動のなかに、女性解放の問題をどのように組み込もうとしたのか。

1　無産階級運動と女性の要求

まず、当時の女性の政治活動をめぐる状況について、簡単にふれておきたい。女性は政治結社への加入や政談演説会への参加を禁じられてきたが、平塚らいてうや市川房枝、奥むめおの新婦人協会が請願や宣伝普及に努めた結果、一九二二年に治安警察法の一部が改正され、女性の政談集会会同・発起が解禁される。しかし、政治結社に加入できないという状況は変わらなかったため、女性たちにとって婦人団体や労働組合は運動の重要な足場だった。

とはいえ、伊藤野枝を論じた第1章でもみたように、アナキズムやマルクス主義といった社会主義思想をもつ女性たちにとって、廃娼運動や婦人参政権運動などに取り組む婦人団体は中産階級の女性によるものであり、排撃の対象でもあった。そこに変化が生じるのは、一九二三年の関東大震災後のことである。震災の救援活動のなかで、党派や宗教、思想を超えて東京連合婦人会が結成された。鈴木裕子によれば、それまで市民的女性運動家と激しく対立していた山川菊栄や堺真柄といった社会主義女性運動家たちもそこに参加し、またこれを機に山川菊栄らが婦人矯風会の久布白落実らと全国公娼廃止期成同盟会を結成するなど、両者の共闘がみられるようになるのである[7]。こうした共闘の背景として、共産党に対する最初の弾圧である第一次共産党事件や大震災、そして一九二二年に発表された山川均「無産階級運動の方向転換[8]」をあげることができるだろう。均は、階級的に目覚めた少数者が一般大衆から孤立した状態で資本主義撤廃を求めるばかりではなく、大衆の現実的な要求にも立脚していくことの必要性を説いた。田中寿美子は、「ブルジョアジーが反動以外の何物でもなくなつた範囲に於ては、デモクラシー徹底の要求は、すべて吾々の要求である」ということの時期の均の主張を引用しながら、ブルジョア婦人運動を批判してきた菊栄も、ブルジョア・デモクラシーの要求を婦人解放論の目標に据えるよう理論を転換したと指摘している。[9] こうした転換は、鈴木裕子が指摘するように無産政党の綱領案に女性の問題を入れるよう訴えた菊栄の姿勢ともつながっている。[10] ただし一見すると、そこにねじれが生じているようにも見える。

男子だけを対象とする普通選挙法の成立（一九二五年三月）をにらんで、この前後の無産者運動は政治勢力結集のために動き始めていた。一九二四年四月、無産政党づくりを目的に、政治問題研究会を前身とする政治研究会が発足する。政治研究会は、二五年十月に無産政党綱領問題を討議するため、第三回臨時全国大会を開くこととした。その前に、加盟団体からの草案に基づく無産政党綱領・組織大綱案が起草されたが、女性や植民地の問題に関するものはわずかだった。そのため、政治研究会神戸支部や東京地方評議会婦人部は綱領の追加案を提出する。そこには「戸主制度ノ廃止」や「男子ニ比シテ地位ヲ不利ナラシムル一切ノ法律撤廃」「総テノ教育機関並ニ公私ノ職業ニ対スル女子及植民地民族ノ権利ヲ内地男子ト同等ナラシムル事」「無産者分娩費用及幼児ヲ有スル母親ノ生活費ノ国庫負担」「公娼制度ノ全廃」「性、年齢、民族別ヲ問ハズ同一作業ニ対スル同一賃金支払」などがみられる。[11] 政治研究会神戸支部に属していた山川菊栄は、さらにこの問題についての文章を「報知新聞」（一九二五年十月五日付―十六日付）に連載した。そこには、「婦人は一つの経済的階級として存在するものではないが、政治的、社会的に平等の権利を剝奪されている点では、各階級の婦人が共通の特殊利害をもっている」とし、「被圧迫者としての全婦人に通ずるデモクラシーの要求を代表すること」[12]は無産階級闘争の当然の任務だと述べられている。鈴木裕子は、この菊栄の「婦人の特殊要求」論は、「無産階級運動におけるアンチ・フェミニズム」と「男権中心的な運動」[13]への果敢な問題提起であり、そして「植民地民族」への言及を可能にした差別への複眼的思考に貫かれたものと論じている。

階級と性をめぐる議論は、日本労働組合評議会の婦人部設置問題としても展開していた。労働組合の全国中央組織だった日本労働総同盟（総同盟）を除名された左派は、一九二五年五月に日本労働組合評議会を創設するが、その本部に婦人部を設置するかをめぐって論争が生じる。鈴木によれば、いくぶんの留保はありながらも、女性労働者の組織化と教育を重視した評議会は、全国各地の評議会や労働組合婦人部長、女性活動家などを集めて、二五年十月に評議会婦人部全国協議会を開催した。婦人部設置の方向で内規や機関紙発行、テーゼ起草などについても決めたという[14]。婦人部のテーゼは菊栄が作成し、「女工」の数の多さから女性労働者の問題の重要性を説き、性による賃金差別の撤廃や産前産後の休養と賃金の全額支払い、長時間労働の制限や深夜業の廃止などの要求を掲げた。また婦人部は女性の特殊事情に基づく特殊の教育と訓練を講じる機関にすぎず、性別で分離対立させることなく、男女共通の全階級的問題として活動に参加することを求めた[15]。

しかし翌年四月の評議会第二回全国大会で、その多くが共産党ビューローの構成メンバーでもある評議会男性幹部から反対意見が続出し、一年間保留になる。鈴木は「無産者新聞」の「誌上討論・組合婦人部は必要か？」から反対意見の内容を以下のように整理している。①労働組合は経済闘争機関であり性的差別撤廃や封建的因襲の打破は職分外である、②女性の組織や教育は組織部・教育部で担えばよく、「女性オルガナイザー」で十分である、③女性の賃金が安いのは婦人の特殊的地位や性差別の問題ではなく経済的負担が軽いからである、④これまでの失敗を踏まえて、婦人部をつくるなら男子運動者によって構成されるべきだが、労働者の組織・教育にはすでに組織部・教育部があるので不要である、⑤女性労働者が多い繊維産業などは結婚前の短期間の就業であり、階級戦の中枢になりえないので男性未組織労働者に注力すべきである、などの意見があったという。[16]

また、山川均によれば、労働組合評議会婦人部への反対のなかに「婦人のみを集めておくと、反男子的傾向が現はれ」「階級戦線上における男女の協力を妨げる」[17]という説もあった。

一九二六年十二月三十日付の日本労働組合評議会中央常任委員会による「婦人運動に関する意見書――討議資料」は、この論争を評議会幹部が整理したものである。そこでは、婦人部反対論者は組合運動の職分を経済闘争の範囲に限定し、婦人労働者の特殊事情は無産政党や婦人運動の闘争目標になるべきだとする点で観念的考察にとどまる組合主義とされ、一方、設置賛成論者は婦人労働者の特殊事情に関するいっさいの闘争を労働組合に課す点で労働組合万能主義（サンヂカリズム）的であるとされている。そしてこれまでの論争では婦人部という一機関の活動能力や効果の問題、組合の女性に対する姿勢を問題にしてきたが、これは労働婦人だけでなく全無産婦人の領域での闘争であると位置づけ、無産婦人、農村婦人、小ブルジョア婦人の間に無産婦人を指導力とする共同戦線（婦人同盟）を組織し、ゆくゆくは労働農民党（労農党）へ発展転化させることを目指すべきと結論づけている。なお、協調会編『最近の社会運動』には、もともと「婦人同盟」とは、評議会や政治研究会幹部のなかで議論されていた政治的婦人団体を抽象的に呼ぶ言葉だったが、一九二五年十月開催の評議会婦人部全国協議会で「婦人同盟」を組織する準備をせよと幹部から指令が出たと書かれている。(18)

「全婦人に通ずるデモクラシー」を要求していた菊栄だが、しかしここでは「一夜造り」の「婦人同盟」をこねあげるよりも組合婦人部の活動と充実によって、その内部で婦人を教育することが第一の急務であると主張していた。(19) だが、一九二七年ごろからは、共産党指導下の労農党の女性たちが無産婦人団体としての結成に着手する。工位静枝はそこに福本イズムが持ち込まれたと指摘している。(20) 難解な理論をふりまわしたことで知られる福本イズムは、山川均の合法無産政党の結成を目指す共同戦線党論を否定するかたちで登場したものであり、福本イズムも山川イズムもともにコミンテルンの二七年テーゼで批判された。田中寿美子は、合法的な無産政党組織の準備が進んでいたなかでいまだ政治結社権をもたない女性の政治結社をつくることに菊栄は賛成できなかったとし、また福本イズムに指導された「極左派」による婦人団体に婦人の前衛党の任務を与えることに、反対だったとみている。(21) また鈴木裕子は、無産婦人団体結成は状況に応じて臨機応変に対応して差し支えないと留保しながらも菊栄が賛成しなかった理由として、突飛で非現実的なものにみえたこと、性質が不明と思われたこと、小ブルジョア色が強い漠然とした婦人団体になると考えたことなどをあげている。(22) 菊栄は、組合婦人部不要論を述べた山本懸蔵への反論として書いた「無産婦人運動について」(のち「婦人同盟と組合婦人部」と改題)に、無産婦人同盟案を聞いて賛同を躊躇した理由について「無産階級には性別本位の組織は無用であるというような原則論よりも、その提案が、当時の形勢にみて、余りに突飛な、非現実的なものであると思われたから」と書いたうえで、「未組織婦人大衆の組織というような新しい大規模な仕事に着手するよりは、その準備の第一歩として、既に組織されたる婦人の教育ということを重要視せぬ訳にはいかなかった[23]」と記している。そこには、婦人同盟結成が婦人部不要論の根拠とされることに違和感を抱き、無産者運動のなかで十分な教育を受けていない女性たちだけで別団体を立ち上げるよりも、労働組合のなかで男女ともに協力しながら女性の教育をおこなう場をつくることが先決とする菊栄の姿がうかがえる。いずれにせよ、男女合同の無産者団体選出の婦人を代表とする婦人協議会を、それが難しければ諸団体の婦人有志の協議会をつくり、婦人問題に取り組むことで各無産者団体を刺激し婦人の組織と教育に留意させることを提唱した菊栄は「婦人同盟」結成には関与せず[24]、田島ひでや山内みならが奔走した。

一九二七年二月五日に「政治運動促進会」の名で主婦之友社で開かれた婦人同盟第一回の準備会には、評議会のほかに公娼廃止同盟、婦人参政同盟、未来社、中間派の労働組合団体である組合同盟など、三十団体からの参加者を含む六十余人が集まったとされる。またこのときの準備委員は田島や山内以外に、無産政党中間派である日本労農党（日労党）系の岩内とみゑ・大滝やすの・小林たね、婦選獲得同盟の坂本真琴・八木橋きい、職業婦人社の奥むめおなど多彩な顔触れで、大衆的な単一の「婦人同盟」結成の可能性がそこにはあった。「全国三千万の女性に訴ふ」という創立準備会のビラに書かれた「私たちの要求」には、女性の政治活動を制限する「治安警察法第五条即時撤廃」「男女不平等法律撤廃」「児童及母性保護に関する諸法案設置」「婦人参政権獲得」「婦人深夜業労働坑内労働禁止及び寄宿舎制度の撤廃」「男女不平等賃金制撤廃」があげられ、立場を超えた女性の権利獲得を目指す団体が生まれうる瞬間だったとわかる。しかし準備会の時点で左右両派の意見衝突や「労農党支持」を求める指令が表面化し、労農党系以外の立場をとる女性たちは去ってしまう。そして二七年七月、労農党系女性による無産婦人団体として「関東婦人同盟」が誕生するのである。超党派の「婦人同盟」結成には至らなかったが、関東婦人同盟はストライキの応援にも駆けつけ、また五十を超える支部や地方婦人同盟の誕生もみるなど、盛んな活動をおこなった。しかし労農党指導部が「性別団体不可」の方針のもとで事実上の解散命令を発し、結成後一年もたたずに解散することになる。(25)

山内みなの自伝では、当時の勧告内容を示す「労働農民新聞」一九二八年四月七日付の記事を紹介している。そこで「婦人同盟」は、政治闘争は組合の範囲ではないとする誤った理解に基づくものとされ、女性が「全労農大衆」とともに闘うために、今後は「婦人同盟」ではなく「労働組合、農民組合の闘士として」、また「わが党婦人部」として活動するよう呼びかける内容が記載されている。この勧告に対して山内は腹立たしく思い、これでは「婦人運動は発展できないと、心の中では承服」しなかったが、三・一五事件で労農党や日本労働組合評議会など、共産党指導下の合法団体が解散命令を受けたため、不満はあってもうやむやになってしまったという。(26)なお、超党派の女性の単一同盟をつくりえなかった結果、日労党系の全国婦人同盟(のちに無産婦人連盟と合流して無産婦人同盟と改称)、社会民衆党系の社会婦人同盟(のちに社会民衆婦人同盟と改称)、日本労働総同盟系の労働婦人連盟(のちに社会民衆婦人同盟と合流して社会民衆婦人連盟と改称)など、各政党ないし労働組合を支持する無産婦人団体が設立された[27]。

これまでみてきたように、無産政党や労働組合の結成や分裂とともに、階級をめぐる闘争のなかで婦人問題をどのように扱うべきかが議論され、その方針は揺らぎ続けた。方針にのっとって現場で動いていた人々が、右往左往しただろうことは否めない。一九二九年二月の「女人芸術」に掲載された「誌上議壇[28]」で永島暢子は、「今までの無産婦人運動」は「無産政党の言ひなりになつて、余りおとなし過ぎてゐたんぢやないか」といい、「婦人の共通な利害に対しても闘へない」状況があることを指摘している。

このように見ていくと、階級闘争のなかで性をめぐる政治は後回しにされ、従属させられてきたことがわかる。資本主義体制における両者の交差性は見逃されてしまったといえるだろう。ただし山川菊栄は、封建的な男女差別観念や家族制度が、低賃金や寄宿舎制度という資本家による女性の搾取と奴隷化を可能にし、抵抗のための団結をも阻んでいることを指摘していた。つまり封建的慣習による女性の隷属が資本家に有利にはたらくものであることを鋭く突いていたのである[29]。そしてだからこそ、無産者運動は女性を取り巻く問題に取り組むべきなのに、男性たちの姿勢がその妨げになっていると指摘する。菊栄は前述の「婦人部テーゼ」で次のように書いていた。

労働者階級の男子は、女子を自己の私有物としてその自由を奪い外出や交際に干渉する点で、またその教育や自覚を無用視する点で、ブルジョア男子とほとんど共通の態度をとっている。さもなくてさえ、幾千年来の隷属の結果として無知と卑屈の化身のようになっている労働階級の女子をかくのごとくに束縛し、公共生活に参与する機会を与えず、その教育と自覚を無用視するかぎり、どうして彼らの間に階級認識の発達を望むことができようか。（略）同じ被搾取階級に属しながらも、自分ら以上に虐げられしたがって自分らよりはるかにおくれているという理由のために単に同志として遇せぬのみか、個人的に自分らに隷属する性的奴隷の状態に引留めておこうとする者があるとしたならば、それは階級的裏切者でなくて何であろう。(30)

女性に対する束縛や教育と自覚の無用視、そして自分たちに隷属する性的奴隷としての扱いなどで、労働者階級の男性はブルジョア階級の男性と同じ態度であると菊栄は批判する。封建的な女性の隷属が資本家に利するものであることを示すと同時に、それと闘うはずの男性たちがその体制を支えてしまっている事実を問題視したのである。しかし、この批判が受け止められなかったことは、前述の婦人部反対論の内容や評議会幹部による「婦人運動に関する意見書」の論争整理からも明らかであろう。この「婦人運動に関する意見書」には、注書きで以下のように書かれている。

（註）茲に謂ふ婦人運動とは、かのブルジヨア的女権論乃至はブルジヨア的婦人運動なる性的差別の対立を基礎とし『法律に於ける男子との完全なる同権』『結婚及離婚の自由平等』『母性保護』等々の空虚な抽象的形式的自由平等の確立のための闘争、男性貴族主義、特権主義に対する闘争を全運動の特質とする処の運動ではなくて、一般的には圧迫された階級の成員として、自らの属する階級のために参加協力し、この闘争を通じて婦人自らを解放するための闘争に、

即ち階級対立を基礎とする闘争であるところの運動である、《ママ》従つて婦人運動とは純然たる独立の運動ではなく、全無産階級運動に於ける一部をなすところの運動に過ぎない(31)。

法的な男女同権や結婚・離婚の自由平等、母性保護などを「空虚な抽象的形式的自由平等」と呼び、そのための闘争を「ブルジョア的女権論乃至はブルジョア的婦人運動」と見なす姿勢がここからうかがえる。このように性差別撤廃の訴えや運動をブルジョア的とする姿勢は、菊栄がプロレタリア解放のためにも解消すべきと論じていたはずの女性の隷属や搾取を不可視化するものにほかならない。運動に従事する主体は、脱性化した階級的主体として普遍化されてしまうのである。

こうして性をめぐる問題を置き去りにしたまま、階級のための闘いは進められていく。しかし運動が勢いを増し、それに対する弾圧も激化するなかで、多くの女性たちが闘争に参加していくようになる。尾形明子は、「女人芸術」の編集実務を担いながら、モップル（国際赤色救援会）の活動もしていた熱田優子から聞き取った言葉を次のように記している。

「女学校時代、当時京大の新人会で活躍していた小沢正元という人の妹が友達にいてパンフレットなどを次々と読まされてましたから下地はあったのですよ。そこに『女人芸術』に入ってからは来る日も来る日もそうした空気を浴びせられる。共産党の人も絶えず出入りしてました。当時は労働者は苦しんでいたし、農民は貧しいし、女は差別されている。マルクス主義の実践にぴったりの世の中で、飛び込まずにはいられないような思い。そう、正義感なのでしょうね。

恵まれて育って無垢だったから一層これしかないって信じてしまう。いざ飛び込むと、もう絵どころじゃありませんでした。(略)[32]」

ここからは、労働組合や婦人団体での活動経験もなく、労働者階級でもない女性たちが、「正義感」から左傾化していった様子がうかがえる。牧瀬菊枝は「日本のマルクス主義運動に女子学生がいちばん多く参加したのは一九三一、二(昭和六、七)年であろうか[33]」と書いているが、運動に飛び込んだ者たちのなかには、菊栄が指摘したような女性の隷属を体験した者たちもいた。婦人部論争が明らかにしながらも、改善されないまま運動にはらまれていた性をめぐる歪みは、どのような事態を招いたのだろうか。次節では小説を手がかりにしながら、このことを考えてみたい。

2 運動への献身と「貞操」をめぐるレトリック

多くの女子学生が運動に参加したといわれる一九三一年ごろには、プロレタリア文学のなかに、非合法の闘争に従事する男女の関係を題材にした作品が現れる。片岡鉄兵の小説タイトルを援用して「愛情の問題」を扱った作品群と呼ばれるそれらの小説は、社会に非合法活動をしていることがばれないよう「普通の夫婦」を演じるべく男性活動家の妻を装う女性、のちに「ハウスキーパー」と呼ばれる女性たちの姿を描いている。従来のハウスキーパーをめぐる議論には言葉の意味のずれがあると指摘する池田啓悟は、それを「仕事・役割」と「身分」に整理している。(34)「仕事・役割」とは運動のなかで夫婦を擬態し、男性共産党員同士が連絡を取り合うためのレポーターや秘密文書の管理、検挙の際に党員に逃げる隙を与える、活動資金を用意するなどの活動の担い手という面であり、「身分」とは党員でもシンパでもないのに共産党の階層構造に組み込まれ、党から恩恵を受けることもなく、幹部クラスの男性たちから私有物のように扱われ（そのなかに性的関係も含まれたといえるだろう）、ほかの党員からは軽蔑されるという面である。そのうえで、女性は党のなかで「女党員、党員の妻、ハウスキーパー、女性シンパ」といった男性とは異なる階層構造に囲い込まれ、その間を縦断する存在であり、その点で「女性」そのものが「身分」として運動のなかに組み込まれていたと指摘している。この池田の指摘からみえてくるのは、闘争に身を投じた女性たちに用意されていたものが、「女性」という「身分」と、それに基づく範囲内での「仕事・役割」だったこと、そしてそれらは男性党員の補助／への隷属を伴うものだったことである。では、闘争主体として立ち上がろうとする女性たちがそうした階層構造に組み込まれていくさまを、小説はどのように描いていたのだろうか。

「改造」一九三一年一月号掲載の片岡鉄兵「愛情の問題」は、半非合法な活動の必要から同棲をしている間に「愛情」で結ばれてしまった男女の関係についての語りから始まる。しかし女性に焦点化したこの物語の主筋は、相手の男である皆木との関係にあるわけではない。そこに描かれるのは性と運動の関係である。作中には、「仕事」の都合上、一度皆木との同棲生活を終えて石川という男と暮らし始めた主人公の女が、石川から性的関係になることを提案されて動揺する場面が描かれている。そのときの彼女の内面は次のように語られる。

> 彼女は何ということもなく、石川が怖くなった。それでありながら石川の云うことを無理だと、一がいに蹴ってしまうことも出来ない。性欲に悩まされるそのことが罪悪である筈はなかった。ふと貞操《××》という言葉が彼女の頭に泛んだ。それは単なる言葉だった。鉄則というには余りにもろい感じであり、いつ砕けてしまう珠であるかも知れない。たとい一個人の一個の貞操《××》にしろ、それがもしほんの少しでも階級闘争の上に役立つというのならいつだって犠牲にしなければならないのだから。けれども闘争は好んでそういう犠牲を要求するのではない。そういう場合は殆ど稀有である。(35)（×のルビは伏字の復元を示す：引用者注）

彼女は「貞操」をめぐって逡巡するのだが、この後、石川に対して「節制が足りない」という抗弁で打ち勝つ。同棲による「堪え難い圧迫」から「慾情を何らか階級的な意義に於て合理化しようとし」ていた石川は謝ったものの、「夜ふけにこの男と二人だけであることを強く意識」して「戦慄」し、彼が便所に立ち上がっただけで恐怖を感じてしまう彼女は、耐えきれずに家を飛び出し、皆木のもとへ戻る。だが皆木は「石川と一緒にいることに堪えられなくなった、その個人的な感情を以て、其所に居ることを放棄した」のは「退却」だと叱り、彼女も「自分の弱さ、自分のつまらなさ」を感じるのである。ここで留意したいのは、合意のない性交という暴力の可能性に対する恐怖が、彼女の内的独白で「貞操」の問題にすり替えられてしまっていることである。それによってこの出来事を、性暴力の問題としてではなく、女性の側が「貞操」を捨てるか否かの問題として焦点化し、そればかりかこの「貞操」をめぐる選択が、闘争との距離に関わるものであるかのように語っていく。家を飛び出す前の、石川への恐怖心と拒絶感を抱き、ただの「いやな男」としか思えなくなった彼女を、語りは次のように位置づける。

同志を失った彼女——闘争から孤立した彼女——もはや彼女は弱い弱いあたりまえの女にすぎない!(36)

ここで語りは、彼女が男を「同志」と思えなくなったことを「同志を失った」と表現し、その男と二人きりであることを「闘争から孤立した」状態と意味づける。これはこの一夜の状況を示す言葉なのだが、しかし彼女の置かれた状況自体の比喩として読むこともできる。彼女は工場が多い江東で「或る紡績工場に働き掛ける」ために石川と暮らし始めるのだが、「仕事がまだ巧く着手出来ない間に破綻が来た」という設定になっているため、石川としかつながりがない状況にある。そうしたなかで、彼女自身の身体を犯すかもしれない石川を拒むことは「同志を失」うこと=「闘争から孤立」することでもあるだろう。つまりテクストは性暴力への恐怖を「貞操」という個人の選択に置換したうえで、その選択を闘争に身を置くことの決断に関わるものであるかのように描いていくのである。

「貞操」をめぐっては、一九一四年前後に「青鞜」で論争が起き、広くメディアでも話題になった経緯を踏まえる必要がある。牟田和恵は、貞操論争での「貞操観念」は「旧来の貞操の思想」つまり「家や夫のために守られるべき貞操」という考え方に対して「自らのセクシュアリティが他者の所有物であることを敢然と否定」するという「強烈な自我の観念に裏打ち」されたものだったと指摘する。しかし同時にそれは、「自己のもの、自我のためにこそ、貞操を守ることを宣言する」という点で「女性のセクシュアリティの物象化を同時に招」(37)くものでもあった。つまり父や夫など〈イエ＝家〉によるセクシュアリティの管理に対し、〈性〉を自らの「自己所有物」と捉え、そこに「自己」や「自我」を重ねるがゆえに「貞操」に重きを置くという考えが出現するのである。こうした発想は、マルキストと女子学生の関係を描いた野上彌生子の小説「真知子」(38)にもみられるものである。

　女子学生（東京帝国大学聴講生）でありブルジョア階級に属する真知子が階級闘争の思想に共感しながらも離れていく過程を描いたこの小説には、関という活動家の男と関係をもつ場面が描かれている。その際「プロレタリアト《（ママ）》以外の血を信じない」関に対し、真知子は「私のたつた一つ持つてるもの、誰にも分けなかつた、あなたの為だけに取っておいたものまで信じないとは仰しやらないでせう」といい、「私の血に必要な勇気が欠けてゐたら、それが血の代りをしてくれ」ると覚悟をみせる。地の文は「それが何であるかは口に出さうとはしなかつた。出せば厭味な、黴臭い、中世期風の安易と牧歌と逸楽の響をその言葉は伴ふ懼れがあつた」と続き、「貞操」という言葉が古臭い響きをもつものであったことがわかる。家族からブルジョア的結婚を期待されていた真知子は〈家＝イエ〉の管理下にある「貞操」を自らの決断で手放すことで、活動に入る「勇気」を示すのである。[39]

ここにみられるように、この時期、ブルジョアへの対抗という文脈で「貞操」が語られる例がしばしばみられる。ロシアの革命家アレクサンドラ・コロンタイの受容を調査した杉山秀子によると、一九二八年前後には娘のゲニアが恋愛感情もないまま母の恋人と肉体関係をもっていることを正当化する「三代の恋」[40]が話題になり、この「ゲニアの生き方、ゲニアイズムは当時の日本の若者の間に一大センセーションを巻き起こした」としたうえで、ゲニアイズム＝コロンタイズムを批評した論の多くは「部分的肯定と部分的否定」「ほとんど否定的ではあるが、ある部分肯定的」「全面的否定論」が圧倒的に多く、「一部の若いプチブル層を除けば、意外に冷静に受けとめられ」たと述べている。ここで留意したいのは、コロンタイという記号に「性」の意味づけの変化が含まれていたことをうかがわせる当時の記述であり、杉山はここに既成道徳に対する反逆を見いだしている。[41]

コロンタイがゲニアに於いて表現した所の女性生活――階級的社会的労働に従事する多忙な若き党員ゲニアは時間の浪費と感情の浪費との省略のために彼女一流の感情は高潮時に於る性的衝動の満足は浮藻な性的享楽にあらずして最も神聖化されたブルジョア既成道徳への反逆的実践であつた。[42]

これは一九三〇年十一月の「女人芸術」の「相互検討」欄掲載の読者投稿である。投稿者はコロンタイズムに肯定的とは言い難いが、しかし「時間の浪費と感情の浪費との省略のために」果たされる「性的衝動の満足」は「享楽」ではなく、「最も神聖化されたブルジョア既成道徳への反逆的実践であつた」と評価している点に注意が必要だろう。またこの投稿の末尾に編集部によると思われる「評」が付されているのだが、そこにも「神秘の殿堂から、引き下された所謂性の問題を、今更偶像化する事は必要ではない」と書かれていて、「ブルジョア既成道徳」による性の神秘化ないし偶像化の打破という意味合いがみえてくる。「貞操」にとらわれないことを「ブルジョア既成道徳への反逆的実践(43)」とする見方がここにうかがえるのである。

この時期、「貞操」には女性の「性」をもってする「ブルジョア既成道徳」に対する闘いという意味が付されていたのであり、それは、片岡鉄兵「愛情の問題」にみられたような、性暴力への恐怖を「貞操」をめぐる選択に置換し、闘争への意志と同等であるかのようにみせるレトリックを支えていたのである。

3 〝個人的なことは政治的なことである〟

片岡の「愛情の問題」に性モラルの転換の正当化を見て取り、またコロンタイの恋愛論がハウスキーパーの制度化に利用されたと指摘する岡野幸江は、「真知子」へのアンチテーゼとして、ハウスキーパーを正面から取り上げた江馬修の小説「きよ子の経験」をあげている。(44)「ナップ」一九三一年二月号に発表された「きよ子の経験(45)」には、「コロンタイ」の名が作中に出てくる場面がある。

非合法な社会科学研究会の会合をもっていたことがばれて御茶の水の高等師範を追放されたきよ子は、ブルジョア生活を脱し消費組合での仕事に励んだ後、原田という男のレポーターとして働くようになる。その仕事を紹介した野口は、原田を「我々にとつて非常に大事な男」で「いかなる事があつても彼を身をもつて守つて貰はねばならぬ」存在といい、きよ子は「とても及びつかない遠い所にあるやうに感じてゐた××党」で働かせてもらえると喜ぶ。実家を出ることにした彼女は原田と「カムフラージュ」の夫婦として同居するのだが、原田と関係をもってしまう。

> 或る晩彼は恋愛論をやり出して、コロンタイ女史の『三代の恋』なぞを引用しながら、性愛の自由を強調した。そして性欲に関して随分際どい事まで口にした。聞きながらきよ子は不安になり不愉快になつた。彼がさういふ話をしながら、彼女に対して何を意図してゐるかゞほゞ分つたからだ。彼女が暗い顔をして黙つてしまふと、彼も急にまじめな顔になつて、左翼運動に話題を転じた。しかしその晩、彼女はどうにもならないやうな風で、とう〳〵彼と肉体的交渉を持たされてしまつた。
>
> 　彼女は煩悶した。なぜなら、きよ子は彼を尊敬はしたが、恋愛を感じてはゐなかつたし、完全に階級的な同志として以外の関係を考へても見なかつたからである。ましてコロンタイズムを小ブル的な恋愛観としてかねてから排撃し、階級的な仕事に恋愛を絡ませるものを極度に軽蔑してゐた彼女だつた。きよ子はもうこの間までのやうに明るい朗らかな気持で生活できなくなつた。[46]

ここで「コロンタイ」の「性愛の自由」が、男の「性欲」を正当化する文脈で持ち出されていることに留意したい。きよ子はそれを聞きながら「不安になり不愉快に」なるのだが、「どうにもならないやうな風」で「肉体的交渉を持たされてしま」い、「階級的な同志として以外の関係を考へても見なかつた」男との関係に「煩悶」する。引用後の場面で、原田はきよ子に対し「君にはまだ封建的な道徳観や小ブル的な恋愛観が抜け切らないんだなあ」といい、「君がもし僕を愛してゐないと云ふんなら、それでも構はんさ」「単に性欲上の関係だけでもいゝぢや無いか[47]」と述べている。結局、苦しんだきよ子は、関係の深まりと努力によって「だんく原田を愛するやうに」なり、「殊に地下で働いてゐる男たちは異性に接する機会がごく稀」であり「私のやうなものでも喜びを与へる事ができれば満足」だとまで考えるようになるのだが、原田が捕まり、自分も拘留されてはじめて原田に妻と赤ん坊がいることを知る。「階級運動に対するその犠牲的な決意」や「誠実」を「踏みにじられ」たように感じた彼女は、「原田を怨んで、生活にも闘争にも何の希望も持てないやうな状態」に陥るのである。きよ子に焦点化したこのテクストは、原田を批判的に書いているようにもみえる。実際、橋本英吉は翌月の時評でこの作品を「×員の恋愛問題を捉へて、可成りガッチリと纏めあげてゐる」と賞しながらも、「ほんの毛ほどのことでも立派なデマの材料」になるので「原田が単に自分の欲望のためにきよ子をうまく利用したのか」「「過失」として引き起された事なのか[48]」明瞭に書くべきだったとしている。だがここで注目したいのは、この性的経験を通してきよ子の闘争主体としての成長を描くという物語の展開である。

きよ子は、原田の紹介者だった野口に宛てて一連の経緯を書いた手紙を送るのだが、再会した野口は欺いた原田が悪いといい、深く同情するとしながらも「あなた自身も多少の責任を分つべき個人的な問題に躓ついたからと云つて、どうして我々の左翼運動全般にまで懐疑的にならなくてはならないんでせうか」と言う。そして「立派な人が多い」「党」とはいえ「時々は変節者も出る」が、それによって「×の重大性にしろ、左翼運動の意義にしろ、少しも減退するわけではない」と述べたうえで、次のような言葉を放つ。

『さあ、あなたは原田との個人的ないきさつに失望して憤慨して運動を離れ、小ブルらしく没落してしまふか、それとも今度の苦い経験をよく自己批判して、揚棄して、新しく試練された自分として、更に次の闘争に出直して行くか、この分れ目にあなたは立つてゐるんです。あなたはどつちを選びますか(49)』

耳まで「真つ赤にほてらして」話に聞き入っていたきよ子は、この言葉に「歓びに目を輝やかし」ながら「お話でようく分りました。私がまちがつてゐたのです」と答え、闘争の世界に戻ることを選択する。ここできよ子の経験が「個人的ないきさつ」とされている点に注目しよう。なぜなら、女性が「性」の問題を乗り越えることで一人前の「闘士」として成長するという筋立ては、片岡鉄兵「愛情の問題」にもみられたものだからである。次の引用は片岡の「愛情の問題」のなかで、大量検挙(四・一六事件)で仲間を失ってしまった主人公の女が、ようやく再会した同志の岸田を自分の家に泊める場面である。一組しかない布団を敷いてやった彼女は、彼の「健康ないびき」を聞きながら、「自分も、あの蒲団の中にもぐり込んで行けば好いのだ」と思い、次のように考える。

あらゆるものを投げ出したものに、貞操なんか何だ？　もはや石川の場合の彼女とはちがっていた。彼女はもっともっと育っていた。もっともっと自由な女性を自分の中に自覚していた。たとい肉体は腐っても好かった。組織を裏切らず、卑怯者にならずに、自分を押し進めていく途中で、どうせ献げた身体だ。もはや彼女にとって組織以外に大切にするものは何にもないのだ。貞操ばかりを破れ物のように気に掛けていたら、それでどうなると云うのだ？(50)

自らの身体を組織にささげた主人公にとって、「貞操」へのこだわりを捨てることは「自由な女性」に「育って」いくために必要なこととされる。ここでもやはり性は乗り越えられるべき問題とされているのである。引用部の後、彼女は「蒲団の中へそっと、片方の脚から入って行」くのだが、同志の岸田は「ちょっと目を醒まし」て二言三言言葉を発しただけで「元のように寝息を立て」て眠ってしまう。それを見た彼女は「自分が今の今までひとり問題にしていることは、岸田などにとっては問題でもなくなって」いて「彼はずっとずっと高いところに行っている」のだと思う。そして闘争の過程で「小さな恋愛関係が生起する」のは「自然」なことだが、その「自然の衝動を克服」し「あたり前のことを起らせずに済む強さ」は「闘争のあらゆる場面で輝かしい役割を果たす力なのだ」と考えるのである。

こうして小説は、「自然の衝動」さえも超越して闘争に向かう岸田という男を、闘士のあるべき姿として描き出す。しかもこの「自然の衝動」としてテクストで描いているのは「性欲」ばかりではない。四・一六事件後に捕まることを恐れる彼女は、同志が拷問を受けている場面を想像するのだが、そこでは「現実の苦痛の瞬間」に「日本共産党員であることを止め」「自分の生命を愛する単なる本能の奴隷」になって口を割る同志の姿が浮かんでいた。だがその後、再会した岸田が、実は彼女の部屋に泊まった翌日に捕まっていたことを知り、それでも自分の部屋が警察に知られていないという事実からはじめて「同志愛」を「嚙みしめるように感じ」る。そして「これこそ力強い愛情だ。これこそ、世界を成長させる愛情だ」と気づき「仕事のことを考えて、じっとして居れないものを感じ」るのである。「拷問」という暴力に耐えて自分の「生命」よりも「同志」への愛情を優先する岸田の姿は、ともすれば彼女が石川に感じた性暴力への恐怖をも克服すべき些細なものにみせる効果をもってしまうだろう。その暴力主体が「敵」と「同志」という点で大きく異なるにもかかわらず、男女間よりも大きな「愛情」、すなわち「同志愛」によって乗り越えるべきものという点で重なりをもってしまうのである。物語は「彼女の消息は？　作者も知らない……」という言葉で閉じられていて、彼女が「仕事」に奔走している姿が暗示されている。つまりこの物語は、偉大な「同志愛」を知った女が「個人的」な恋愛や「貞操」へのこだわり、暴力への恐怖などを克服し、一人前の「闘士」へと成長する過程を描いたものなのである。

　これまでみてきたように、「きよ子の経験」と「愛情の問題」という二つの小説は、運動のなかで生じた性暴力への恐怖や性交渉への戸惑いを、闘争すべき権力関係の範疇外にある「個人的」な問題とし、より大きな「同志愛」に向かうことで「闘士」として成長するという筋立てになっている。ここには性という「個人的」問題にこだわっていること自体を闘士としての未熟さの証しと見なし、それを振り切れてこそ一人前だとする論理が潜んでいるといえるだろう。つまり性差別問題を後景化し、「同志」という階級的主体を普遍化しクローズアップするという階級闘争の言説に沿った遠近法が、ここにもみられるのである。

そして忘れてはならないことは、「愛情の問題」や「きよ子の経験」などはメジャーなプロレタリア作家たちによる、女性闘士の位置づけをめぐる言説実践でもあるということ、またこうした経験が小説だけにみられるものではないということである。一九三一年七月の「女人芸術」に掲載された「未決女囚当時の心境」という記事には、次のような記述がみられる。

刑事は段々Kとの関係に話をうつして行き、Kは君よりもつと信用してゐる一人の女と一緒に居たのだ。Kは信越のオルガナイザーとして派遣されるについて全く君を利用したのだ。（略）又奴等の憎むべきデマであると思つた。私はKがたとへ自分を信じようと、又他の女を愛して居ようと、私は私として守らねばならぬ務めがあつた。私は彼の行為に対しては階級的裏切がない限り、決してとがめ得るものでないと考へてゐた。だから私はそんな個人的な信用とか愛とかゞ問題ではなしに、より多く運動のために働きかけるといふ事が重要な事だつた。(51)

無記名とはいえ、今日ではこの記事の内容から女性活動家だった平林せんの手になるものと推測できる。平林せんは、長野県諏訪郡の農家の生まれで、小学校卒業後製糸工場で働いていたが、又いとこで東京女子大学の学生だった伊藤千代子を頼りに上京して運動に参加した人物で、引用は三・一五事件で勾留されているときの取り調べについての記述である。(52) 引用文中に出てくる「K」とは、平林がハウスキーパーをしていた河合悦三を指すと思われるが、刑事から「K」が「君よりもつと信用してゐる一人の女と一緒に居た」と聞いた「私」は「奴等の憎むべきデマである」と思う。そしてそもそも彼が「他の女を愛して居ようと、私は私として守らねばならぬ務め」があり、「個人的な信用」などは問題ではなく「運動のために働きかける」ことが重要だと記すのである。記事の初めのほうには、上京当時「多くの同志達の指導の下に、ほんたうにしつかりした無産階級××運動のために闘ひ得る闘士となる事を熱望してゐた」とあり、彼女にとって「運動」のための「務め」が何よりも優先されるものだったことがわかる。だがハウスキーパーという「仕事・役割」「身分」を知る現代からみれば、「闘士となる事を熱望」する彼女に与えられた仕事が、男性同志の妻になること、すなわち「男」の存在を媒介として「運動」に関わる立場に身を置くことだったことに注目せざるをえない。彼女は「女性」としてではなく、一人の「闘士」として自らを立ち上げたのであり、そのかぎりで階級的主体であろうとした。性を「個人的」な些細なことと見なすことで、「同志」という普遍的な主体を立ち上げようとしたのである。もちろん、置かれた状況のなかで、彼女が積極的に自らの仕事に励んだであろうことは疑いえない。しかし第二波フェミニズムが指摘したように、公／私の区分に男性優位の権力関係が潜んでいることを踏まえるならば、運動のなかで生じた性をめぐる問題を個人的なこと＝私的なことと位置づけることで運動から切断するその論理自体にも、権力関係がはらまれていたといえるだろう。

　こうして「闘士」になりたいという女たちの心身は、女性の隷属を問題視することがない運動の論理によって、搾取可能な対象になる。階級闘争における男性優位の権力構造は、運動という公的領域を特権化し、闘争に参加する彼女たちを公に属する存在と位置づけながら、その身体や性を搾取可能なものにする。そして身体や性にまつわる出来事を、私的領域に属する、乗り越えるべきものとして提示するのである。

4 「女人芸術」の「プチブル的作品」が描くもの

　これまでみてきたような物語がある一方で、当時の女性たちの小説のなかには、運動の論理を相対化するような作品もみられる。例えば先にあげた野上彌生子「真知子」には、活動家の関と結婚の約束をした真知子が、友人である米子も関と関係をもち子どもを身ごもっていると知り、関を責める場面が描かれている。米子の苦しみを「歯の痛み」になぞらえ「個人的な」「私事」であり「飢餓や失業や、ストライキと関係はない」という関に対して、「歯を痛くさせたのは誰なのです」と真知子は問いただす[53]。戦後に刊行された岩波文庫版「まへがき」には「私生活における箇《ママ》人的モラルの完成」なしに「働く者の階級の幸福」も「人類の新しいモラルの昇華もありえないとする女主人公の考へ方は、作者の考へ方である」とある[54]。また一九三〇年十月の「女人芸術」に掲載されている沖しづ子「道子のことづけ」という小説は、組織の仕事に情熱をもちながら同情者にとどまる姉・道子と、かつて姉の恋人だった活動家の島と付き合っている妹のフヂ子を描いたものである。運動への希望を妹に託す道子は、フヂ子に「凡ゆる場合に階級の利害を第一番に考へて、――恋愛も結婚も、個人的な一切を、それに従属させなくちや不可ない」というが、一方で「島なんかに利用されちや不可ませんよ」「自分自身、重大な使命を果たしながら、二人前の生活費を稼ぎ出すなんてことはやらうたつて出来ないこと」など女性運動家が遭遇する問題に言及し、また「島が運動のためにどんな重要な役割を果たしてゐるか知らないが、あつちの女、こつちの女に食ひ下つて歩く生活態度には、可なり濃厚なルンペン性があることを正しく見なくては」などとも批判する。この姉の発言に対してフヂ子は「私は同志としての島をその具体的な活動に於いて見るだけだわ《マヽ》個人的な生活態度がどうあらうと問題ぢやないわ」と返すのだが、その後の地の文に「そつくり島の口調だ――姉はさう思つた」とあり、フヂ子の発言が階級的同志を普遍化するような、男性ジェンダー化された運動の論理をなぞったものであることを示している。ほかにも、平林たい子の小説「プロレタリヤの星――悲しき愛情」(「改造」一九三一年八月号、改造社)、「プロレタリヤの女」(「改造」一九三二年一月号、改造社)などは、片岡「愛情の問題」や江馬「きよ子の経験」への批判として書かれたものであろうことを岡野幸江が指摘している。[55]

　これらはそれぞれ階級のための闘争と性の問題が交差する瞬間を、「女性」という立場から捉えた小説といえるだろう。この視点を深めるために、ここであらためて当時の文芸雑誌「女人芸術」を取り上げて考えてみたい。

一九二八年七月に長谷川時雨が創刊した「女人芸術」は、執筆、編集、挿絵などのすべてを女性が担い、女性が自由に発言し表現する言論機関として出発した。創刊当初は、「青鞜」同人だった生田花世や平塚らいてう、マルクス主義者である山川菊栄やプロレタリア作家である平林たい子、アナキストである望月百合子や八木秋子、芸術派作家であるささきふさ、アララギ派の歌人である今井（山田）邦子など、多彩な顔触れが集っていたが、プロレタリア文学の興隆に伴って、次第に左傾化していく。一九二九年七月からは雑誌上でアナキストとマルキストの論争が勃発し、結果として女性アナキストたちは「女人芸術」を去り(56)、マルクス主義的立場をとった女性たちの主張や創作が誌面を占めるようになる。

一九三〇年四月の同誌には、織本貞代（のちに女性史家となる帯刀貞代）が「黎明期に於ける労働婦人　東洋モスリンの争議」と題した文章を書いている。この東洋モスリン（洋モス）争議は「女人芸術」と深いつながりをもっていた。織本は二九年八月に洋モス亀戸工場裏手で「労働女塾」を開き、裁縫などとともに婦人問題やマルクス主義に関する勉強の場を女工たちに提供していたが、この労働女塾を資金や品物面で援助した女性のなかには、長谷川時雨や生田花世、文壇から評価され始めていた中本たか子など「女人芸術」に関わる人々の名前もみられる(57)。また中本は、この織本を手づるとして亀戸に移り住み、当時の織本が属していた中間派である日本労農党（日労党）系ではなく評議会の後身である左派の日本労働組合全国協議会（全協）の活動に入っていくことになる。ほか、日労党系の無産婦人同盟発行の「東洋モスリン争議応援ニュース」によれば、洋モス争議の最中である三〇年九月二十八日に開催された争議応援演説会には、織本はもちろん、「女人芸術」

に娼妓時代の経験をつづった「地獄の反逆者」を発表し、織本と同じ中間派の婦人団体で活動していた松村喬子も参加、さらに寄付者の欄には「女人芸術社一同」「女人芸術講演会」[58]の名がみられる。「女人芸術」が左派か中間派かにかかわらず現場の闘争を支援していたことがうかがえるだろう。

なお、洋モス争議は、当時から女工たちの自主性が目立った争議として知られていた。例えば第一次争議の際、女工たちが「容易に解決の条件に満足せず、自身警視庁に出頭して、その意あるところを表明」したことにふれて、神近市子は「これ迄の争議には余り聞かなかつた。婦人は争議に参加しても男子幹部の統制の下に受動的に行動してゐた」としたうえで、「婦人が階級闘争に意識的に参加する」ことについて「今漸くこの先頭が切られたといふ感がある」[59]と記している。また「女人芸術」でも、労働現場での出来事や闘争を読者がつづった「実話」を掲載し始めているように、女性工場労働者の存在感はメディアでも増していた。織本の言葉を借りていえば、暴力団対策などで女工たちは「驚くべき創造力」をもって「勇敢なる闘争を巻き起こ」[60]し、その様子は新聞などでも報じられた。「楽隊いり」で「徹夜で労働歌」を歌ったり、ホースで水をかけられ「へいをたゝき壊して」脱出したり[61]、農村から迎えに来た親に「小作争議」でもやってくださいと言って逃げる者があったり[62]と、自らの意志で果敢に闘う姿が新聞などで広く報じられていたのである。また「女人芸術」誌上でも、大田洋子の小説のなかで労働者の闘争組織に貢ぐ踊り子が「あたいもう一度女工になって、実際運動に役立つやうになりたいの」という場面が描かれたり[63]、松村清子「廓日記」に「戦旗」(戦旗社)に載っている女工たちのデモの写真を見てうらやましく思う娼妓の姿がみられたり[64]と、闘う女性を象徴する記号として「女工」が流通していたことがわかる。カフェの女給を描いた平林英子の小説に、「自動車の女車掌」（この時期の市電争議で活躍した女性たちを指す）と「工場の女工以外には全く希望をもたない「主義者」もゐる[65]」などと皮肉を込めて書かれているのも、こうした状況を反映してのことだろう。

このように、闘う女性労働者たちの表象が流通するなかで、「女人芸術」はその立ち位置を模索することになる。「戦旗」婦人欄に掲載された投書のなかには、「女人芸術」を指して「小ブル雑誌」というものもあり[66]、その位置づけの一例をみることができる。なお「戦旗」は一九三〇年十月号で婦人欄を終え、翌年五月から「婦人戦旗」（戦旗社）を刊行するのだが、同時期の「女人芸術」誌上で「女人大衆」への改題をめぐる議論が展開されていたことに注意が必要だろう。三一年二月号の「相互検討」欄に載った投書[67]は、創作よりも「職場から」「実話」「相互検討」「読者通信欄」などに価値を見いだしたうえで、「女人芸術」が「プロアヂを主とするとき」に、刊行が「予想され得る婦人戦旗」との関係はどうなるか、いまは「工場婦人」を目標に編集しているわけではないが一体誰を読者対象にすべきなのか、今後も「女人芸術」という表題のままでいいかなどといった問題を問うた。これに対して、芸術領域よりも読者の投稿を重視して、いまは付録の表題となっている「女人大衆」に改題すべきという意見や、創作欄も「大衆の中に延びてゆく」ために「女人大衆」とすべきといった意見[68]があった。また「観念的に芸術を特別扱ひにして」いるという点で「芸術」を狭い意味で捉えているとの反論[69]や、改題しても「重要産業に従事する労働婦人」は捉えられずいまの読者を失うだけであり、工場婦人労働者の教育程度や読者時間の有無、本代の負担などから「あくまでもプチブル層を読者として其分野を守るべき[70]」という意見、「大衆」と改題すべき部分は「婦人戦旗」に、それ以外の部分は「ナップ」へ合流すべき[71]といった意見などがみられた。こうした「女人芸術」の改題をめぐる議論は、「婦人戦旗」刊行の動きとも関わって、左傾化した同誌がプロレタリア運動との関わりにおいて、自らをどこに位置づけるのかを問うものにほかならなかった。ただし「百万の工場婦人の教育程度についてブルジョア政府の調査」からも「小学校すら半途退学のものが全婦人労働者の六分の一を占める[72]」と投稿者が指摘していたように、読者のリテラシーに大きな断絶がある現状で、女性に書く場を提供する役割をも自任していた「女人芸術」が、読者啓蒙だけの方向に向かいにくかったことは事実だろうし、また改題がおこなわれることもなかった[73]。それゆえ当時の文脈でいえば、「女人芸術」はプロレタリア芸術の領域に接近しながらも、プチブル的性格を脱しなかったといえるのかもしれない。だが、そうした両者混交のような場だったからこそ、拾いえた声もあった。

その例としてここでは、改題をめぐる議論と並行するかたちで、その「プチブル」性が議論の対象になっていた藍川陽の小説「生活の感傷」（「女人芸術」一九三一年三月号）を取り上げてみたい。この作品の主人公であり活動家である幸子は、同棲している男性活動家の牧が帰らず空腹や不安を抱えているときに、元婚約者の軍人である幹夫と再会する。再会で動揺した幸子の回想として、彼女が活動に入る経緯や牧との出会いなどの過去が語られていく。結局牧は帰らず、幸子は生活の苦しさから再び会う約束をした幹夫のもとへと走りたくなるが、これは感傷にすぎないと思い直し、幹夫の接吻を拒絶したところで物語は終わる。

回想場面では、女学校卒業後、両親の死後に自分を引き取ってくれた婚約者の家を飛び出した幸子が、「マルクシズムは流行の装身具ではない」と考え、何とかして「女工」や「自分を指導して呉れる闘士」に近づきたいと努力したこと、研究会で知り合った「牧」が幸子のもとに転がり込み、同棲をもちかけられたこと、そしてそのときの戸惑いは「古い性道徳」ゆえであったこと、また牧への愛ではなく「真理へ驀進する牧の生活」への愛と自分の「肉欲」ゆえに関係をもったことなどが描かれている。また彼女は職業的指導者である牧と「同棲」しながら、「命ぜられるまゝにレポをやつたり、原紙を切つたり」していたのだが、ある日から牧は帰らないままになる。元婚約者の幹夫と再会した後の幸子の思いは次のように語られる。

過去と平行して現在が繰り広げられる。

飯さへ満足に食へない生活、電車賃の無い時などレポを持つて疲れた足を引き擦りながら歩き廻る苦しみ、留置場の死に優る苦痛、苦痛ばかりが次から次へと浮かんできて幸子の気を叩きのめした。

自分一人が闘争へ入らなくても動いて行く社会になんの影響があらう、平和な生活をしやうとすれば出来たのに自分は何故それを捨てゝしまつたゞらう。(74)

頼る者もないまま、さまざまな苦痛を思い浮かべ、なぜ自分は「平和な生活」を捨ててしまったのかと考えるようになった幸子は再び幹夫に会いに行き、彼の胸に崩れ込もうとする。だがその瞬間「迷ひの中から冷ひ理性が急に彼女を突き起し」「――お前は感傷に負けかけて居るのだ。生活の疲労は平安な生活への郷愁を産み易いものだ、新しい仕事をうんとして、疲労を忘れてしまつたら、生つ白い感傷なんか一遍に吹つ飛んぢまふんだ――」と思う。そして幹夫の口づけを拒み「私の欲しいのは接吻ぢやないわ、楽な生活でもないわ、唯背中を思ひ切り強く叩いて頂戴、確りしろ――確りしろつて」と「静に云」うところでテクストは終わるのである。

　前述のとおり、「女人芸術」誌上には、同誌の大衆化をめぐる議論に絡めるかたちで、この作品に対する読者の批評が展開された。「大衆の姿を描こうとしないで、一人の女の心理的移動にのみ腐心した」もので、「作者の生活が現在組織のものであるか否か、それもあやふやだ」とする批判[75]や、作品のイデオロギー自体が「プチブル」であるといった批判[76]があり、また一方で「プチブル、インテリゲンチャ大衆を獲得する上」で「可成りの作品[77]」という肯定的意見も寄せられた。これに対しては「プロレタリア文学はプロレタリアの意志に、意識によつて描き出されるべき」であり「プロレタリアの意志のない文学、それは一体何文学と名付けるべきか[78]」という反駁もみられた。

　当時のプロレタリア文学批評の「枠組み」からいえば、運動をめぐるプチブル出身の女性の「感傷」を描いたテクストとして、この作品が「プチブル的」と批判されるのは当然だろう。だが、男性活動家と「同棲」し「命ぜられるまゝにレポをやつたり、原紙を切つたり」し、ときには性的関係をもつ幸子を「ハウスキーパー」と捉え直せば、また異なる文脈がみえてくる。

　あらためて「生活の感傷」の本文をみていこう。物語は同棲相手の牧が捕まったらしく、帰ってこないところから始まるのだが、彼女の孤独は必ずしも牧の不在だけが理由ではない。牧がいなくなった後、運動の同情者に会いに行く場面は次のように語られている。

吉村は毎月僅かな金ではあつたが、牧と幸子の生活を補助して呉れる同情者だつた。（略）たとへ金は入らなくても誰かに会ひ度い、会つて二言三言話したら縋る者を失つたやうな寂しさは一辺に吹き払はれてしまふのだ。

オフイスの入り口の給仕に幸子は吉村に会ひ度いと告げた。

「吉村？　あの人はもう居ないんですよ、一昨日首になりましたからね」

細い望みの糸はポツンと切れた。(79)

ここには「誰かに会」って「二言三言話したら縋る者を失つたやうな寂しさ」は吹き払われてしまうと思う幸子の姿が書かれている。また「幸子は牧の過去を知ら」ず、オルグと連絡をとって働いていることくらいしか知らない。そのことについては次のように語られている。

幸子は牧の過去を知らなかつた。現在の牧は職業的指導者だつた、重要産業にある労働組織のために大工場に入り込んだオルグと連絡を取つて働いてゐた。それ以外の事は知らなかつた。

彼女は命ぜられるまゝにレポをやつたり、原紙を切つたりした、女は殊に、会社の事務員のやうな職業にゐる女は中々組織の中へは入れない、それは肉体的な弱さと、意志の弱さが主な原因だつた。若しやられた時、女はこの二つの弱さのために××に堪え切れない恐れがあるのだ。

幸子は別に組織の中へ入りたいとは思はなかつた。入るには些末な日常の闘争経験からだんだんとプロレタリア的に訓練される必要があると思つてゐた。

唯与へられた部署を真面目にやつて居ればいゝのだ[80]。

婚約者の家を飛び出して「苦しい奔走の結果、街のKメリヤス会社の事務所にどうにかもぐり込んだ」幸子は、「朝は女工の出勤時刻に家を出」て「帰りは工場へ廻つて根気良く彼女達の出て来るのを待つ」て女工に近づこうとしたのだが、「事務員と女工」という「生活の名称の差」が自分を遠慮させ、また女工たちの「私達にや私達の世界があらあ、お前さんなんぞ他所の人間だ」という「敵意めいたものがチらついて」いたために苦しんでいた過去がある。そんななか、ようやく知り合った女工の「三枝」に誘われて「研究会」に入り出会ったのが「牧」だった。なお、三枝が「私達の真実の組合は一つしか無い」と言い、「総同盟の奴なんぞストライキブローカーで私達を利用する事しか知らないのよ」と発言していることや発表時期を考えると、幸子が入った「研究会」は左派の全協系だろうと推測できる。この時期の左派は、右派である総同盟や中間派である全労を社会民主主義者の「ダラ幹」と見なし、しきりに非難していたのである。そして知己になった牧から「あなたが工場の方に居たら、もつと積極的にやつて貰ふんだが、差し当りこんな不便な下宿を引き払つて町中で二階を借り切つて下さい」と言われた幸子は引っ越し、その後「愈々行く所が無い」という牧を泊めるかたちで「同棲」生活を送っていたのである。この経緯からもわかるように、幸子は「プロレタリア」の世界に近づきたいと思い、自らの意志で懸命に動いていた人物にほかならない。だが「会社の事務員」をやっているような「女」は肉体的にも意志のうえでも弱く「やられた時」に堪えられないと見なされ組織にも入れてもらえず、「唯与へられた部署を真面目にやつて居ればいゝ」と「日常の闘争経験」に励んでいた。このような立場に置かれているからこそ、彼女は「牧」以外に頼る者や仲間をもたず、またその「牧」のことでさえよく知らないのである。

労働者階級に属さないために「肉体的にも意志の上でも弱い」と見なされた幸子だが、しかしスパイに家を嗅ぎつけられ、一週間ほど留置場で「これでもか、これでもかと云ふやうに」「ビユン、ビユン殴られた」際には「死んでも云ふものか」という「憎悪」による「反発力」から何も言わずに通すことができた。その経験から「これから倍も二倍も仕事が出来さう」とさえ思う彼女は、解雇による収入減や度重なる引っ越しのために困窮し苦しさが増せば増すほど仕事に夢中になるのである。では仕事に夢中だったはずの幸子が、「感傷」に負けそうになるのはなぜか。もちろん元婚約者との再会もあるのだが、それ以前に「牧」が戻らず、また誰もやってこない状況に置かれたこと自体にその理由をみることもできる。幸子が一人でいる場面は次のように語られている。

入口の戸が開く度にハツとした。

―牧ぢやないか―

けれど牧は帰らない、そして誰もやつて来ない。

夜が更けると周囲は死んだやうに静になつた。空気も冷えて来た。静さの中を時々自動車の爆音が突破つた。

その度に幸子は心臓の中を冷い風が大穴を明けて吹き抜けるやうな気がした。

彼女は薄暗い電燈の下で火の無い火鉢へ噛りついて顫えてゐる自分が急に惨めになつてきた、大声で泣き喚き度い――(81)

ここでは「けれど牧は帰らない」の後に「そして誰もやつて来ない」と語られ、「死んだやうに静」になる「周囲」と冷える「空気」、そして「静さ」を「自動車の爆音が突破」るたびに、彼女の「心臓の中を冷い風が大穴を明けて吹き抜けるやうな気がし」て「自分が急に惨めに」感じられるのである。彼女は元婚約者である幹夫との思い出を頭に浮かべながら、同時に「飯さへ満足に食へない生活」や「電車賃の無い時などレポを持つて疲れた足を引き擦りながら歩き廻る苦しみ」や「留置場の死に優る苦痛」などを思い浮かべ「涙」を流す。その際幸子は「牧の頑丈な肩を思ひ出さうとし」また「同志の事を」考え、闘争のための唄を歌って自分の心に浮かんだ「感傷」に打ち勝とうとするのである。このような語りや、「金は入らなくても誰かに会ひ度い」と同情者を訪ねる場面の幸子の様子などを重ね合わせると、幸子を迷わせる「感傷」とは、牧との「愛情の問題」によってではなく、貧困や運動の弾圧がもたらす肉体的苦しみと、そして誰とも接点がない孤独という精神的な苦しみによって引き起こされていると考えられるのである。

この「生活の感傷」に描かれた幸子の孤独は、戦後にハウスキーパー問題を取り上げた福永操の証言を参照したときに、感知できるものになる。福永は『あるおんな共産主義者の回想』のなかで、

「レポ」の真実のつらさは「精神的な孤独さと無内容とである」と書く。男性の非合法活動をカムフラージュするための「ハウスキーパー」になれば、それまで活動していた団体や運動関係の活動からいっさい手を引き、断絶させられる。そしてレポを担っても連絡の内容は知りえず、連絡相手は仲間でもなく友人でもない。「われわれの運動」がどうなっているかも知らされず、また非合法活動家であることがばれないよう「一般社会情勢」にも関心をもたないなど、ハウスキーパーは「生きている社会の人間的諸関係」からも運動からも「切り離されて孤独」な状態に置かれたという。[82]福永はそれを「精神的には、窓のない箱に閉じこめられたのとおなじ」と表現しているが、このような証言を参照すると、小説「生活の感傷」は、ハウスキーパーとして闘争に参加した女性の孤独を描いた作品として読めるのではないか。男性活動家と違って前衛としての活躍の場も与えられず、また女工たちのように争議の現場で闘うこともできない彼女たちにとって、組織からも運動の現場からも、そして人間的諸関係からも切断されたこの場こそが、闘争の現場だったのである。

だが、ハウスキーパーという存在そのものや、彼女たちの置かれた立場が広く理解されていたわけではない当時において、作品が理解される可能性はきわめて低かっただろう。例えば橋本英吉は「ナップ」誌上の翌月の時評で「×合法運動者の苦しみを描かうとしたのか。或ひはプロレタリートの男女関係を描かうとしたのか」「此の作品の主題がハッキリしない」[83]と批判している。階級的には労働者として闘うことができず、また女性という「身分」によって前衛にもなれなかった彼女たちの「闘争」を、誰が認知しえただろうか。だとすれば、運動や仲間から切り離された「ハウスキーパー」の孤独を訴えたこのテクストは、その苦しみを知っている女性たちにしか理解されなかったのではないか。

おわりに

無産政党や労働組合など階級のための闘争を担う組織が整備されていく時期は、階級闘争の論理と女性解放の論理が交差し、問題を浮かび上がらせた時期でもあったが、しかしそれらが正面から受け止められることのないまま運動は進められた。そしてこの歪みは、運動に身を投じた女性闘士たちの心身に降りかかるものとして現れることになる。階級のための運動は、資本主義体制をなぞるかのように、家父長制や性差別を構造的に組み込んでしまったのである。

「愛情の問題」や「きよ子の経験」などハウスキーパーを描いたプロレタリア文学からは、性を個人的な些細なものと見なし、普遍化された階級的主体としての「同志」を前景化することで、女性を隷属させ搾取可能な対象とする論理を見て取ることができる。また、当時「プチブル的」と評された藍川陽「生活の感傷」は、元婚約者との再会に揺れる思いを描いた物語であると同時に、そのような状態に至るほど孤独に追いやられたハウスキーパーたちの生を刻印した物語でもあった。主人公の姿は、闘争と性が交差する地点を通してしか描けないものがあることを、痛みとともに示す。そこには、「未来」をつくるための運動が顧みなかった声が刻まれているのである。

注

(1)「思想調査資料」第二十四輯、文部省思想局、一九三四年、三ページ
(2)レーニン「モスコーの婦人労働者会議に於ける演説」、レーニン/ツウェトキン『婦人に与ふ――レーニンは労働婦人になんと呼びかけたか』所収、水野正次訳(「婦人問題叢書」第一冊)、共生閣、一九二七年、一八―一九ページ
(3)ゼシカ・スミス「ソヴヰエットロシヤの労働婦人」神近市子訳、「女人芸術」一九二八年十二月号、女人芸術社、六二―七二ページ
(4)山川菊栄「ロシアにおける労働婦人の近状」「女人芸術」一九二九年九月号、女人芸術社、五四―五六ページ
(5)秋田雨雀「ソビエート・ロシヤに於ける女性活動(応接室―世界各国活動婦人の近状)」「女人芸術」一九三〇年二月号、女人芸術社、四―七ページ
(6)ゼシカ・スミス「ソヴエートの母子保護施設」神近市子訳、「女人芸術」一九三〇年九月号、女人芸術社、二―二五ページ
(7)鈴木裕子「解説」、鈴木裕子編・解説『思想・政治1 女性解放思想の展開と婦人参政権運動』(「日本女性運動資料集成」第一巻)所収、不二出版、一九九六年、四五ページ
(8)山川均「無産階級運動の方向転換」「前衛」一九二二年八月号、前衛社
(9)山川均「無産政党と婦人の要求」、山川均/山川菊栄『無産者運動と婦人の問題』所収、白揚社、一九二八年、二一八ページ。田中寿美子「解題二」、田中寿美子/山川振作編集『山川菊栄集 第四巻 無産階級の婦人運動――一九二五~一九二七』所収、岩波書店、一九八二年、二九四―二九六ページ

(10) 鈴木裕子『忘れられた思想家・山川菊栄――フェミニズムと戦時下の抵抗』梨の木舎、二〇二二年、二一〇―二一一ページ

(11) いずれも、同書二一一―二一四ページ、前掲『思想・政治1 女性解放思想の展開と婦人参政権運動』六六七―六六八ページを参照した。

(12) 山川菊栄「無産者運動と婦人の問題」、のち「「婦人の特殊要求」について」に改題し、前掲『無産者運動と婦人の問題』所収。引用は、前掲『山川菊栄集 第四巻』七七ページによった。

(13) 前掲『忘れられた思想家・山川菊栄』二二四―二二五ページ

(14) 同書二三二―二三四ページ

(15) 山川菊栄「婦人部テーゼ」は一九二五年二月二十五日に日本労働組合評議会全国婦人部協議会から発行された。本書では、前掲『山川菊栄集 第四巻』一〇二―一一二ページによった。

(16) 前掲『忘れられた思想家・山川菊栄』二四三―二四五ページ

(17) 山川均「組合運動と婦人の問題」、前掲『無産者運動と婦人の問題』所収、一六ページ

(18) 日本労働組合評議会中央常任委員会「婦人運動に関する意見書――討議資料」、鈴木裕子編・解説『生活・労働1 女性労働者の組織化』(「日本女性運動資料集成」第四巻)所収、不二出版、四一一―四二一ページ、協調会編『最近の社会運動』協調会、一九三〇年、六四九ページ。ここには、「婦人同盟」を準備するなか、評議会や政治研究会に属する女性たちの間では、ほかの無産団体の女性や進歩的婦人団体を集めて　丸とする婦人政党というべきものの計画さえ進められたとも書いてある。

(19) 山川菊栄「婦人同盟と組合婦人部」、前掲『無産者運動と婦人の問題』所収。原題は「無産婦人運動について」で一九二八年九月の「大衆」(大衆社)に発表された。当時評議会幹部だった山本懸蔵「一機関としての組合婦人部の不必要を論ず」(「大衆」一九二六年七・八月号、大衆社)への批判と

して書かれた。引用は、前掲『山川菊栄集 第四巻』二〇二ページによった。

(20) 工位静枝「関東婦人同盟——日本における最初のプロレタリア的大衆的単一婦人組織の試み」「待兼山論叢5 史学篇」大阪大学大学院文学研究科、一九七二年、一—二一ページ

(21) 前掲「解題二」三〇一—三〇二ページ

(22) 前掲『忘れられた思想家・山川菊栄』二四九ページ

(23) 前掲「婦人同盟と組合婦人部」二〇〇ページ

(24) 山川菊栄「いかにして婦人の運動を起すべきか——特殊的偏見の打破より経済的政治的闘争への組織」「無産者新聞」第四十八号付録、一九二六年九月二十五日。引用は、前掲『生活・労働1 女性労働者の組織化』三七八—三八二ページによる。なお菊栄はここで、将来的に婦人同盟など無産階級の婦人団体が設立された場合、この婦人協議会に加盟し代表を送ることに何らの妨げもないとし、両者は性質が違うと述べている。

(25)「婦人同盟」設立の経緯と経過については、婦人同盟創立準備会「全国三千万の女性に訴ふ——婦人同盟の創立に就いて」一九二七年二月、婦人同盟創立準備会発行「婦人運動ニュース」第一号、一九二七年六月十五日、鈴木裕子「解説」(いずれも同書六八六—六八八ページ、四五—四八ページによる)、前掲『最近の社会運動』六四八—六五一ページ、前掲「関東婦人同盟」を参照した。

(26) 山内みな『山内みな自伝——十二歳の紡績女工からの生涯』新宿書房、一九七五年、一九八—二〇一ページ

(27) 前掲「解説」『生活・労働1 女性労働者の組織化』四八—五三ページ

(28) 平塚らいてう/奥むめお/織本貞代/永島暢子/松本日佐子/山本和子/八木秋子/城しづか/素川絹子「誌上議壇」「女人芸術」一九二九年二月号、女人芸術社、一〇ページ

(29) 山川菊栄「無産階級運動における婦人の問題」「改造」一九二六年一月号、改造社。本章では、前掲『山川菊栄集 第四巻』一二三―一五九ページを参照した。
(30) 山川菊栄「婦人部テーゼ」、前掲『無産階級の婦人運動』一〇六―一〇七ページ
(31) 前掲「婦人運動に関する意見書――討議資料」『生活・労働1 女性労働者の組織化』四一四ページによる。この後には、高群逸枝による「新女性主義は結婚制度と、強権教化の廃絶である」や「生殖の不自然に対する反抗またはその本能的な苦痛を問題にしてゐる」などの主張について、小ブルジョア的利己心と同一視する記述がみられる。
(32) 尾形明子『女人芸術の人びと』ドメス出版、一九八一年、二四四―二四五ページ
(33) 牧瀬菊枝『一九三〇年代を生きる』思想の科学社、一九八三年、二〇ページ
(34) 池田啓悟「階層構造としてのハウスキーパー――階級闘争のなかの身分制」、飯田祐子/中谷いずみ/笹尾佳代編著『プロレタリア文学とジェンダー――階級・ナラティブ・インターセクショナリティ』所収、青弓社、二〇二二年、四三―六七ページ
(35) 片岡鉄兵「愛情の問題」『「戦旗」「ナップ」作家集(二)』(「日本プロレタリア文学集」第十五巻)所収、新日本出版社、一九八四年、三一四ページ。以下、「愛情の問題」の引用は同書による。
(36) 同書三一六ページ
(37) 牟田和恵『戦略としての家族――近代日本の国民国家形成と女性』新曜社、一九九六年、一四二―一四三ページ
(38) 野上彌生子「真知子」(「改造」一九二八年八月号―三〇年十二月号、改造社、「中央公論」一九三〇年十二月号、中央公論社)に発表されたのち、鉄塔書院から一九三一年に単行本刊行。
(39) 野上彌生子「真知子」『野上彌生子全集』第七巻、岩波書店、一九八一年、二九一―二九二ページ

(40) アレクサンドラ・コロンタイ「三代の恋」『恋愛の道』林房雄訳、世界社、一九二八年

(41) 杉山秀子『コロンタイと日本』新樹社、二〇〇一年、一四七―一五六ページ。コロンタイは性的放埒という面で批判されてきたが、個と個の問題ではなく個と全の問題である「エロス」に「世界変革」の可能性をみていたという評価や、革命後の階級構造の変化とセクシュアリティを考え続けたという評価もある（北井聡子「世界変容・ドグマ・反セックス――一九二〇年代ソビエトの性愛論争」「現代思想」二〇一七年十月号、青土社、八二―九四ページ、ヘザー・ボーウェン＝ストライク「愛情の問題論――徳永直「『赤い恋』以上」」本部和泉訳、前掲『プロレタリア文学とジェンダー』所収、二二一―四二ページ）。

(42) 山本有子「コロンタイズムのルンペン化と産児制限」「女人芸術」一九三〇年十一月号、女人芸術社、七七ページ

(43) 例えば、本章の後半で論じる藍川陽「生活の感傷」（「女人芸術」一九三一年三月号、女人芸術社）には、同志の男から「同棲」をもちかけられて「禁欲――之が処女の貞操だ」「愛情の無い肉体的交際は売淫に等しい――清算した心算の古い性道徳が頭を持ち上げて、幸子をまごつかした」（一〇九ページ）とあることなどからもそれはうかがえる。

(44) 岡野幸江『平林たい子――交錯する性・階級・民族』菁柿堂、二〇一六年、四八―五一ページ

(45) 江馬修「きよ子の経験」「ナップ」一九三一年二月号、戦旗社、一六六―一八〇ページ

(46) 同誌一七二ページ

(47) ここで「万一子供が出来るやうな事があつたら僕が責任をもつ」と言う原田に対し、きよ子は「いつやられるかも知れない身で、子供の責任を持つも無いもんだわ」と返すのだが、「子供」の問題はこれきりで言及されなくなる。「愛情の問題」を扱う作品で「妊娠」「出産」の問題が切り捨てられる

傾向については池田啓悟が『宮本百合子における女性労働と政治――一九三〇年代プロレタリア文学運動の一断面』（「立命館大学文学部人文学研究叢書」、風間書房、二〇一五年）で指摘している。

(48)橋本英吉「二月の諸成果（月評）」「ナップ」一九三一年三月号、戦旗社、一一四―一一五ページ

(49)前掲「きよ子の経験」一七九ページ

(50)前掲「愛情の問題」三二五ページ

(51)「未決女囚当時の心境」「女人芸術」一九三一年七月号、女人芸術社、九八―一一〇ページ

(52)平林せんの経歴については、鈴木裕子『女性 反逆と革命と抵抗と』（「思想の海へ「解放と変革」」第二十一巻）、社会評論社、一九九〇年、一四一―一五〇ページ）を参照した。

(53)前掲「真知子」三二七―三二八ページ

(54)野上彌生子「岩波文庫版「まへがき」」、前掲『野上彌生子全集』第七巻、三八四ページ

(55)前掲『平林たい子』四四―六〇ページ

(56)「女人芸術」を離れた女性アナキストたちは、一九三〇年三月創刊の「婦人戦線」（婦人戦線社）に集った。

(57)帯刀貞代『ある遍歴の自叙伝』草土文化、一九八〇年、七七ページ

(58)「東洋モスリン争議応援ニュース」第一号、無産婦人同盟、一九三〇年十月八日。本章では鈴木裕子編・解説『生活・労働2 無産婦人運動と労働運動の昂揚』（「日本女性運動資料集成」第五巻）、不二出版、一九九三年）七二三ページを参照した。

(59)神近市子「社会時評」「女人芸術」一九三一年一月号、女人芸術社、八三ページ

(60)織本貞代「日本紡績争議に関する覚書」、同誌九四ページ

(61)「東洋モス争議団けさ会社側と乱闘――女工団はへいを破つて脱出 形勢いよいよ険悪」「東京朝日

新聞」一九三〇年二月二十八日付夕刊
(62)「陣容を立て直して飽くまで闘争継続――洋モス争議団血みどろの戦ひ女工軍と呼応して」「万朝報」一九三〇年十月二十九日付夕刊
(63) 大田洋子「女を連れに行ったルミ」「女人芸術」一九三〇年八月号、女人芸術社、一〇五ページ
(64) 松村清子「廓日記」「女人芸術」一九三一年二月号、女人芸術社、五五ページ
(65) 平林英子「最後の奴隷」「女人芸術」一九三〇年五月号、女人芸術社、五二ページ
(66) 西本初子「婦人欄についての一意見」「戦旗」一九三〇年十月号、戦旗社、一一六ページ。なお、「婦人戦線」もともに「小ブル雑誌」とされている。
(67) 河合朝子「女人芸術に対する要望」、前掲「女人芸術」一九三一年二月号、六七―六八ページ
(68) 青池桃子「「女人芸術」否か「女人大衆」可か？――本誌の改題を主張する」（前掲「女人芸術」一九三一年三月号、五八ページ）、井深温「三月号の創作――及び改題女人大衆のこと」（「女人芸術」一九三一年四月号、女人芸術社、一二一ページ）など。
(69) 北山雅子「女芸改題についての小感」、前掲「女人芸術」一九三一年四月号、一一二―一一三ページ
(70) 河合朝子「再び「女芸改題」に就て――北山、井深両氏に」、前掲「女人芸術」一九三一年五月号、六二―六三ページ、河合朝子「抽象論排撃と「女芸」へ最後の要望」「女人芸術」一九三一年六月号、女人芸術社、六四―六六ページ
(71) 須田綸子「女芸改題についての一小見」、前掲「女人芸術」一九三一年五月号、七二―七三ページ
(72) 前掲「抽象論排撃と「女芸」へ最後の要望」六五ページ
(73) 尾形明子は『女人芸術の世界――長谷川時雨とその周辺』（ドメス出版、一九八〇年、一三一ペー

ジ）のなかで「いろいろな意見がありましたが、長谷川さんにしても私たちにしても題名を変える気はありませんでした」という熱田優子の回想を紹介している。
(74) 前掲「生活の感傷」一一二ページ
(75) 前掲「三月号の創作」一一七ページ
(76) 青木芙美「プチブル的作品を批判しつゝ――木下寛子氏に与ふ」、前掲「女人芸術」一九三一年六月号、七三ページ
(77) 木下寛子「プチブル的作品の考察其他」、前掲「女人芸術」一九三一年五月号、六五ページ
(78) 井深温「木下寛子氏を反駁する！」、前掲「女人芸術」一九三一年六月号、六八ページ
(79) 前掲「生活の感傷」一〇五ページ
(80) 同小説一一〇ページ
(81) 同小説一一一ページ
(82) 福永操『あるおんな共産主義者の回想』れんが書房新社、一九八二年、二〇八―二〇九ページ
(83) 橋本英吉「三月の成果（月評）」「ナップ」一九三一年四月号、全日本無産者芸術連盟、二〇九ページ

第3章　残滓としての身体／他者
――平林たい子「施療室にて」と「文芸戦線」

はじめに

前章までは、アナキズムやマルクス主義思想、そしてそれらに基づく無産階級のための闘争のなかで、女性解放をめぐる議論がどのようになされてきたか、また女性として生きる者たちがそこでどのような時間を過ごしたかについて、小説や批評を題材に論じてきた。本章では、さまざまな葛藤の末に闘争主体として立ち上がる女性を描いた平林たい子の小説「施療室にて」を、その掲載誌である「文芸戦線」（文芸戦線社）の記事との関わりから捉え直すことで、同時代の定型としての母性的女性闘士の表象の系譜や闘士の覚醒物語との共鳴および差異を探ることとしたい。妊娠・出産する身体を描いた本作は、母性的表象からの逸脱を描くと同時に、純化されたイデオロギーによる階級闘争主体の覚醒という物語からこぼれ落ちてしまうものを描き込んでおり、そうした残滓を前提としない無産階級運動自体の男性ジェンダー化を鋭く浮かび上がらせるものになっている。第1部の最後となる本章では、「施療室にて」を通して、残滓を刻み込んだテクストが伝えるものに目を向けたい。

平林たい子「施療室にて」は、夫がテロ活動に失敗し入獄したために満洲の慈善病院で一人きりで出産することになった主人公が、運動の理念とそれを保持し難い絶望的状況との間で葛藤する姿を描いた一人称小説である。平林たい子の初期代表作といわれるこの作品は、一九二七年九月の「文芸戦線」に発表され、翌年九月に文芸戦線社出版部が刊行した同名単行本に収録された。

まず作品の概要を確認しておこう。[1] 憲兵隊の呼び出しから戻った主人公は、慈善病院の廊下でぺたりと倒れてしまい、産脚気になっていることに気づく。立ち上がれないままに、彼女はこれまでの経緯を思い返す。テロを企てた夫と苦力《クーリー》たちが捕まって争議は根こそぎ負けたこと、その結果、ほかの苦力たちの団結も崩れ、よりひどい条件で張作霖の募兵に応じるべく南満洲鉄道に乗り込んでいったこと、主人公はこの「無念」な結果を予想していたのに夫や同志たちは「妊娠している女の因循な臆病だ」と取り合わなかったこと、などを回想として語る。だが同時に、彼女は「夫をうらむまい」「そういうところを通り抜けなければ向うへ行けないすべての大勢」ならば、「それに従って行かなければならないのが、運動する者の道だ。夫に対する妻の道だ。私は、少しも悔いてはいないのだ」と自らを鼓舞する。テクストは、運動の理念と現状との間で揺れる主人公の姿を描き出していくのだが、語りの現在では、夫もまた運動への躊躇を引き起こす要因である。憲兵隊の廊下で、鎖につながれた夫が「うまれる子供とお前に、俺は一番すまなく思うよ、俺が悪かった」と涙を流した姿を思い出し、夫の「未練」を「妻は受取らずにはいられない」としながらも、「ああいやだ。いやだ」「寄木細工のようにがらがらに崩れてしまいたい」と嘆き、「愛する同志よ、周囲を見廻すな。前を見よ」と呼びかける。「道」をともに歩む「同志」だったはずの「夫」が、道を妨げる存在へと変化したさまがここで語られているのである。また現在の悲惨な状況も、主人公のなかに絶望を引き起こす。夫の共犯者として産後に入獄することが決まっている「私」は、「嬰児を抱いて監獄生活をする女を描いてみると、内臓が縮むような感じが」し、産脚気による足の熱や鉛のような重みに苛まれて「これが、二十二年の間夢を描いて積み重ねてきた私の人生の成果か」と「絶望が、心の中にぎざぎざと鋸のような歯を立てる」。「愛する夫と引裂かれてこんな植民地の施療病院で誰にも見とられずに野良犬のように子供をうむ自分の不幸を嘆いてはならない」という語りにあるように、「不幸」な状況への絶望は「運動する者」であろうとする「私」を揺さぶり、行く手を阻むのである。

このようにテクストは、運動の理念とそれを阻む絶望や未練との間で葛藤する主人公の姿を描き出していくのだが、その出口は「施療室」での被抑圧的体験を通して見いだされていく。そこで「私」は、医療もまた資本の論理に貫かれていることを実感する。例えば、「婦長」にひどい産脚気であることを「あわれみを乞うように」示しても取り合ってもらえなかった主人公は、その理由を、完治まで時間がかかる患者は「市から下りる補助金をなるべく私生活の方へ繰りこみたいこの病院長の一番迷惑とするところ」であり、それによって患者数が減るのは「維持者の金持」に対しても得策ではないからだという現実を見抜く。また脳貧血で意識を失った自分に使った薬の値段で院長が「看護婦」を叱りつけるのを目の当たりにし、自分の命が「一壜の薬品の値段よりも軽蔑せられ」るものであることに衝撃を受ける。そして脚気を患っている自分の乳を与えるしかなかったせいで乳児脚気になり命を落とした我が子の解剖について、「母親が脚気の時には」「人工栄養をもって育てざるべからず」と医学界で証明されたところで、「人工栄養の金を持たない種類の人間はどうすべきであるか」を導き出すことはできないと語るのである。

こうして資本の論理に簒奪される生を思い知った主人公が、旅順監獄分館へと向かう場面で物語は幕を閉じる。この終わりについて西荘保は、監獄に向かう「幌のセルロイドの窓に点滅」する「はるかな行く手に見える真赤な灯」が、出産場面での「今こんな苦闘の中にいても、私は、この苦闘の中を縫って行く一つの赤い焔を感じる。私は、どこまでもどこまでも、それを見守って闘って行こう」という言葉のなかの「赤い焔」と重なっていることを指摘し、胸中にともる闘いの灯を抱いて主人公は監獄に向かうのだとみている。(2) つまり葛藤と被抑圧的体験を経て、再び「赤い焔」を心にともして闘争する覚悟で入獄する主人公を描くという点で、この作品は闘士の再生／覚醒を描いた物語なのである。副田賢二は「プロレタリア的「覚醒」と「闘争」の場という意味付けこそが、プロレタリア文学における〈獄中〉のあるべき意義とされていた」とし、個人が虐げられると同時に闘争が生成される場として〈獄中〉が描かれたと指摘している。(3)「施療室」という閉鎖空間を、副田がいう〈獄中〉に重なるものとみれば、そこで闘士としての再生／覚醒がなされるのも不思議ではない。ただし副田も指摘するように、〈獄中〉で生成される闘争主体の多くが男性であることを踏まえれば、[4] プロレタリア文学の読者にとってなじみがある題材とは言い難い出産を描いた「施療室にて」は、〈獄中〉表象の枠組みを用いて、再覚醒する女性主人公を描いた作品と見なすこともできるだろう。

また近年の研究では、この作品に階級的闘争とフェミニズム的闘争の連接点／横断性が見いだされるようになった。例えば西は主人公の葛藤を、「妻」であり「母」となる「個人的な生活の意識・感情」と「運動家としての意識・感情」との相剋として整理し、懊悩しながら子どもに脚気の乳を飲ませる「私」が「子供への愛が深いならば、深いがゆえに、闘いを誓え」と自らを鼓舞する場面に、「妻」と「母」の意識と「運動家」の意識との融合をみる。[5] 楊佳嘉は病院から監獄へという空間移動と施療室内部の上下の秩序に着目することでそこに階級の問題を見いだし、葛藤の展開のなかに「妻」や「母」から「女性闘士」へというアイデンティティの変化をみる。[6] また倉田容子は、一九二六年六月の「解放」（解放社）に平林が発表した「同性作家への警告その他」で「同性作家」に欠如しているものとして「明確な理知」や「積極的な戦闘意志」をあげていることや、同年十月三十日付「読売新聞」発表の「女性文芸運動の進出」にある「社会文芸連盟」宣言文の「「意志」と「行動」の文芸」「私達の文芸の主題は行動への意志である」などの言葉を踏まえたうえで、「私」の内的世界で起きているイデオロギーと感情の葛藤が、経済状況や生を貨幣に換算する社会構造に対する認識とともに「説明」し尽くされるという点で「行動への意志」という公的活動様式に昇華されているとし、公／私に区分されてきた領域を横断するテクストとして評価している。[7]

これらの先行研究を踏まえたうえで、本章では女性の闘争主体の表象をめぐる同時代の文脈からこの作品を捉え直すと同時に、闘士の再生／覚醒物語を描きながらも、そこに回収しきれないものをも表現しているテクストとして読む。そもそも「施療室にて」以前のプロレタリア文学で、妊娠・出産する／した女性闘士はどのように描かれてきたのか。この問題を考えるための足がかりとして、ここでは発表媒体である「文芸戦線」の作品群から、そうした例を探っていく。「施療室にて」が発表される以前の「文芸戦線」には、少ないながらも出産を運動の比喩として用いる作品や、妊娠・出産経験がある女性闘士を描く作品が掲載されていた。「文芸戦線」誌上の表象の変遷を追うことで「施療室にて」が立ち上げる闘争主体の同時代的特異性を確認したい。そのうえで、プロレタリア文学として闘士の再生／覚醒を描いたこのテクストが、その主体化において抑圧したものを残滓として含み込んでいることに注目する。それは主人公が認識していない地点に不意に現れる身体や他者として表現され、そこで生じる情動は「私」の内に潜む境界を崩していく。そうしたさまに目を向けることで、「施療室にて」をいま読むことの意義についても考えてみたい。

1　闘争主体としての「母」

「施療室にて」には、当時の運動に携わっていた者たちや「文芸戦線」の読者たちには伝わったであろうしるしが埋め込まれている。例えば、夫の未練をめぐって葛藤する主人公は「愛する同志よ、周囲を見廻すな。前を見よ」と夫の幻影に呼びかけた後、「咽喉を笛のように円くして、低い声」で「民衆の旗」を歌いだすのだが、何の説明がなくとも当時の読者がここで「民衆の旗、赤旗は」から始まる「赤旗の歌」を想起しただろうことは想像に難くない。一九二一年に赤松克麿が訳したというこの曲の歌詞には「高く立て赤旗を／其の影に誓死せん／卑怯者去らば去れ／我等は赤旗を守る」「我等は死す迄赤旗を／捧げて進む誓ふ／来たれ牢獄絞首台／此れ告別の歌ぞ[8]」などとあり、この「牢獄絞首台」をも恐れず赤旗を守って進む姿が、ラストの旅順の監獄に向かう主人公に重なるものとして、物語の行間を埋める役割を果たしたと思われる[9]。また出産場面では「今こんな苦闘の中にいても」という言葉で出産と運動の苦しみが重ねられ、ゆえに「この苦闘の中を縫って行く一つの赤い焰」が生まれ出る赤子と闘争への信念の二つの意味を表すものになるのだが、この出産と闘争を重ねる表現は「施療室にて」以前に「文芸戦線」に掲載された作品にもみられるものである。例えば、葉山嘉樹の自伝的小説「誰が殺したか――長編小説の一節」（一九二六年十一月号）では、五月一日というメーデーの日の出産が「芝公園から、中ノ島から、赤い広場から、赤い労働者の肉塊が押し出す、丁度その時、嘉和〔子どもの名前・引用者注〕は、切つ端詰つた、日本の労働市場へ送り出された[10]」と表現されている。また一九二六年九月号掲載のカアル・アウグスト・ウヰットフオーゲルによる群集劇「母」には、監獄の前で自らの息子や娘の境遇を訴えたために撃たれ、瀕死の状態の母親が「何て仕合せなんでせう。まるで軽い初産をした時のやうな気持ちです[11]」と語る場面がある。数は多くないが、誌面には闘争への熱やエネルギーの噴出を「出産」に重ねる表現がみられ、「施療室にて」の表現もその系譜にあったといえるだろう。

では、妊娠・出産する／した闘士はどのように描かれていたのか。そうした人物が誌面に目立って登場するようになるのは、筆者が調べたかぎり、前述のウヰツトフオーゲル「母」以降である。「海外社会文芸作品（6）」として掲載されたこの一幕の群集劇は、工場の機械のせいで長男を失い、女中奉公先で妊娠させられた娘と謀反のかどで投獄されている息子をもつ母が軍隊を前に立ち上がり、不正を訴えることで、群衆が行動を起こす物語である。ウヰツトフオーゲル「母」が青野季吉「自然生長と目的意識」と同じ号に掲載されていることも興味深いのだが、これ以降の「文芸戦線」には、少ないながらも、覚醒主体としての母を描く作品や女性同志への呼びかけ（例えば・九二六年十月号巻頭のデミヤン・ベエドヌイ「婦人労働者に」〔中野重治訳〕など）がみられるようになる。その要因の一つとして考えられるのは、一九二六年のマクシム・ゴーリキー『母』[12]の映画化の影響だろう。いうまでもなく、ウヰツトフオーゲルの「母」が描いたような、家族の苦難に関わる怒りや悲しみによって覚醒する母親像はゴーリキーの『母』にすでにみられるものだが、八木浩によれば、ドイツでは映画化を契機にゴーリキー『母』が広く知られるようになり、二六、二七年に八万部を売るほどになると、ヨーロッパでの知名度は著しく高まったという。[13]映画については「文芸戦線」（一九二七年五月号）にも記事が掲載されており、[14]革命主体としての母親像が「文芸戦線」の作品にみられるようになるのは、こうした海外の動向の影響もあったと考えられるだろう。ではあらためて、革命主体としての母はどのように描かれていたのだろうか。

それを確認するために、ウヰツトフオーゲル「母」が掲載された翌月に同誌に発表された久板栄二郎の戯曲「犠牲者」を参照したい。一九二六年十月開催の「無産者の夕」で上演する劇の脚本である「犠牲者」は、職工の夫を会社に殺された「妻」が覚醒し、人々に不正を訴える物語である（この作品では職工の母は最後まで組合に懐疑的である）。家族の犠牲によって女性が闘争の必要に目覚め、みなにそれを訴えるという物語展開において、ウヰットフオーゲルの「母」と久板の「犠牲者」は同じだが、しかし「文芸戦線」の「前号の作品から」欄では評価に違いがみられる。二六年十月の同欄（久板栄二郎・水野正次・佐野碩・千田是也・谷一・山田清三郎による合評）ではウヰットフオーゲルの「母」は、「随所に現はれてゐる同僚精神を推賞する事実」や主人公である母に「個人的な英雄主義が些かも見出されない」[15]（佐野碩）と評価されている。一方、翌月の同欄（鹿地亘・佐々木孝丸・今野賢三・小川信一・北里伸・松井譲・山田清三郎による合評）では久板の「犠牲者」は、「作で読むと職工の妻がヒロイックになり過ぎてゐるのが気になつたが、上演で見るとそれがより効果的になつてゐた」[16]（山田清三郎）といわれている。ただし「犠牲者」の妻が訴えるのは、亡き夫が望んでいた団結と組合ができたことの喜び、その大切さであり、それ自体に英雄主義的な要素はみられない。だとすれば、どこが「ヒロイック」と受け止められたのだろうか。「母」が「犠牲者」と違うのは、母の訴えを聞いた群衆たちが「あの女は俺達全体の母親なんだ！」と叫び、それに呼応するかのように騒乱を起こすことであり、また撃たれた母も「私達母親はモーゼと同じだ。一代の人々を、祝福された国の果へと導いて行く」「私達の生命は、岸から岸へ渡る橋の役目をするに過ぎない[17]」と言って、幸福の色を浮かべて死んでいく点である。つまり愛する者のために立ち上がり、みなにとっての「橋」になって死んでいくという点で、「母」は自己犠牲を貫く存在として描かれているのである。合評で「個人的な英雄主義が些かも見出されない」と評されたのは、この人々に奉仕する自己犠牲的な母親像ゆえとも考えられる。「文芸戦線」一九二六年十二月号掲載の「母と子の記録」で伊福部敬子は、米がなくて苦労する妻や病苦にあえぐ子どもをそば置いて文学を談じる芸術家たちの「ヒロイックな芸術病」に少女のころはとりつかれていたが、母になった自分の「我」は「子供たちの上にまで夫の上にまでひろげられた大きな[18]」ものになったと述べている。ここで「母」が英雄主義的なものに対抗しうる記号として語られている点は注目してもいいだろう。

　なお、自己犠牲的な闘争主体としての母は、一九二七年四月号掲載のセルゲイ・ブダンツェフ「息子」にもみられる。〇五年の革命を背景として、早くから革命家として生きてきた母親に対し、穏やかに暮らしたいデカダン詩人の息子は、「母たることに幸福がある」のに「革命の熱狂の為に個人的な唯一の真実の幸福を拒否するのだ」と母を恨みながらも、母を裏切りたくない思いもあり、揺れる。憲兵の取り調べののち、財産をもってモスクワに駆けつけた母を訪ねた息子は、自分が尾行されていたために捕まってしまった母に「許して下さい！」と叫び、「誰がお前をつけたりするものですか。安心おし。お前は事件には関係がないだ《（ママ）》よ」と母が返す場面で物語は終わる[19]。革命に身を捧げると同時に、自分が危ない場面でも息子を罪悪感から救おうとするこの「母」もまた、自己犠牲や奉仕の精神に貫かれた存在にほかならない。このように「施療室にて」以前の「文芸戦線」には子どもへの愛に満ちた自己犠牲的な「母」という闘士像がみられるのだが、それは家父長制下の母親像を裏切るものではなく、むしろその延長線上にあるものといえるだろう。

　ただし「文芸戦線」の作品に登場する妊娠・出産する／した女性闘士が、すべて自己犠牲的なわけではない。一九二七年三月号に掲載されたア・ネウエーロフ「ボリシェウィチカのマリヤ」の主人公であるマリヤは、横暴な夫に尽くす女だったが、ある日「ボリシェウィキー」が現れて男女を同等としたために、夫に逆らうようになる。子ども二人を葬った経験がある彼女は、夫に三人目をせがまれたときも「牛ぢやないんだからね、毎年餓鬼をお前に拵えてやるなんて。拵えたくなれば、生むんだ……[20]」と拒否するたくましさを示すようになる。また次第に本を読むようになったマリヤは、婦人部を立ち上げるだけでなく、ソビエトの農民代表の最初の婦人にも選ばれ、最後には夫と離婚する。いまや彼女のような女性がたくさんいることにふれて終わるこの作品は、男性と対等に渡り合う革命後の女性としての「ボリシェウィチカ」を、ユーモラスに描いたものといえるだろう。なお「施療室にて」には、入獄を前提とした出産に不安を感じる主人公が「よし、日本のボルセヴィチカを監獄で育てよう」と語る場面がある。

以上のように、翻訳作品が主であり、数も決して多くはないが、「施療室にて」以前の「文芸戦線」の作品にも妊娠・出産する／した闘争主体は登場していた。だが、それらは子どもへの愛に満ちた自己犠牲的母親や寓話的な人物であり、いわばステレオタイプ的な女性像だったといえるだろう。なお、翻訳以外では、母は闘士としてではなく、一貫して虐げられる者の象徴として描かれる場合が多いのだが、そのなかでも注目すべきは、林房雄「鉄窓の花」（一九二七年四月号）であろう。この作品は、自分が虐げられた経験から、闘争する息子のよき理解者になろうとする母を描いている。独房の「私」は、社会主義者として行動するようになったときに誰よりも深く悲しみ、早く理解し、いまも同志たちの世話をしてくれている母を、「五十年の生涯を、地下水のように圧へられ、日蔭の草のようにつゝましく生きて来た」ために「地下水のような、日蔭の草のような優しく謙譲な心を持つてゐる」[21]存在として追想する。息子を思い、理解し、その仲間たちに奉仕するこの「母」と、子どもへの愛や自己犠牲精神にあふれる闘争主体としての「母」がそれほどかけ離れたものでないことは、いうまでもない。こうした作品群と比べた場合、「施療室にて」が妊娠・出産を題材にしながらも自己犠牲的な母とは異なる女性闘士像を示したことの意味を、あらためて考える必要があるのではないか。

2 純化されるイデオロギーと残滓としての身体

ここではまず、「施療室にて」が描いた闘争主体としての女性のありようを検討するために、他者との関係がどのように描かれているかを確認しておきたい。夫への未練を感じながら主人公は、「夫ではない。同志だ」「あの頼りない一本の綱に皆が縋ろうとする古い家族制度は去年の雑草のように枯れているはずだ」と考えるのだが、ここからは、家父長制とは異なる家族関係を立ち上げようともがく「私」の姿が浮かび上がる。平林は、「施療室にて」と同じ号の「文芸戦線」に「新しい時代に於いては、恋愛は、相互の闘志を鼓舞し決意を固くさせるものでなければならない」[22]と書いており、このことからも恋愛関係のあり方が闘争主体に大きく影響すると考えていたことがわかる。

ただ興味深いのは、「施療室にて」では夫への「愛」は語られるものの、子どもへの「愛」に関する言及はきわめて少ないことである。それどころか、産後の主人公について「私は明るさに堪えられないように弱くつむって吊り上った子供の目をしみじみと見た。妙な、説明のできない不思議さを感じるだけで、一番恐れていた「愛」というような感情は少しも起ってこない」と語られており、出産前は、生まれてくる子どもに愛情を抱くのを恐れていたことがわかる。テクストを丁寧に読むと、関係性のなかで育まれる愛と母性本能として捉えられる愛が区別されていて、産後すぐの彼女が安堵しているのは後者の「愛」が生じないことに対するものといえるだろう。では前者の「愛」はどのように語られているのか。それがみられるのが、授乳をめぐる葛藤の場面である。主人公は脚気にかかっているため、彼女の乳を飲ませると子どもは脚気を発症し死ぬ危険がある。だが人工乳を買う金がない主人公は母乳以外に子に飲ませるものがない。自分の命が「一壜の薬品の値段よりも軽蔑せられ」るものであると知り、「子供に濁った乳をのませる決心」が「淋しく心に舞いこんできたのを感じた」主人公は、「乳を吸われている気持」の快さを、「これが母親の気持のはじまりに違いない」と感じる。また「どうせ、しばしの間の母子だ」「こんな個人主義の世の中で母と引きちぎられた子供がどうして自由でありうるか」「あの法律は、囚人である母親が子供という「愛するもの」を、何物をも失っているべき監獄で持っているということに対する拘束をしか意味していないのだ」と言い放つことで、子どもが死ぬ可能性を受け止めようとし、「手におえないニヒリズムにはまっている自分」や「入獄という事実の前に萎縮している」自覚に絶望する。ここで子どもは「愛するもの」と語られているのだが、それは「囚人である母親」という主語に結び付けられたもので、我が子への愛を直接的に語る言葉ではない。いずれにせよ、「母親の気持のはじまり」も子どもを「愛するもの」とする語りも、脚気の乳を飲ませる「淋し」い決心ののちに語られており、そこから、主人公の愛は理性によって否認され、抑圧されていたと読むこともできるだろう。

ただ留意したいのは、子どもへの「愛」が語られるこの場面でも、主人公の思いや思考の複雑さ、すなわち子どもの生死をめぐる懊悩や怒り、貧困や入獄がもたらす諦め、萎縮、絶望などが入り交じった心的状態が、錯綜した語りで表現されているということである。「施療室にて」以前の「文芸戦線」誌上にみられた闘争主体としての「母」が、子どもへの愛と自己犠牲的精神の持ち主として単純化されていたことを思い返せば、「施療室にて」は、夫や子どもという断ち切り難い他者との関係を抱えた主人公を描くことで、再生/覚醒する闘士を取り巻く関係性の複雑さや痛みを描いたものといえるだろう。そしてこの懊悩は、「女よ。未来を信ぜよ。子供への愛が深いならば、深いがゆえに、闘いを誓え」という言葉で区切りがつけられるのである。

ここに示された、愛の対象を我が子から未来の比喩としての子どもに移行することで、我が子の死を受け入れる主人公のあり方は、これまでもたびたび議論の的にされてきた。例えば壺井繁治は一九五二年の時点で「それはどの決意を持つているならば、何故、子供を死にみちびくような行動をとつたのであろうか」と批判し、駒尺喜美は「牛乳獲得の闘争」を「放棄」してしまうところに「深いニヒル」を、中山和子や西は「テロリストの心情」を読み込んでいる[24]。ただ「施療室にて」を母という闘争主体ではなく、階級闘争の規範に則した主体の再生/覚醒を描く物語と解釈して、当時邦訳されていたニコライ・ブハーリンの『史的唯物論の理論』などを参照すれば、牛乳獲得闘争が展開されなかった理由もわかる。ブハーリンの同書は同時期に異なる版元からそれぞれ異なる訳者の邦訳が出版されていて、筆者が調べたかぎりでは二六年六月に『唯物史観』という書名で改造社が刊行したものが最初のものと思われるが、[25]入門書的性格もあって広く流通していたと考えられる。[26]実際、「文芸戦線」一九二七年一月号の「我々は何を読むべきか」欄でも紹介され、またどこまで信じていいかわからないが、平林は『史的唯物論の理論』を読んでマルクス主義者になったと書いており、[27]目を通していたことは確かだろう。同書の第八章「階級及び階級闘争」には、「階級闘争と云ふのは、一階級がその行動に於て他階級に対抗する闘争」であり、それは「一揆」や「小群」といった「一群の利害を取扱ふ」ものではなく「他の階級を動かす様な一階級の利害を取扱ふもの」[28]であると書かれている。これに照らせば、牛乳獲得という「小群」の利害ではなく、より大きな闘争のために立ち上がる主人公の姿は、運動の規範にのっとったものだったといえるのである。

だとすれば、「施療室にて」が試みた従来の自己犠牲的な「母」という闘士像からの逸脱は、男性ジェンダーに特化された闘争規範への従属によってなされたともいえるだろう。壺井や駒尺が「目的意識論」の影響を指摘[29]していたように、このテクストは政治とプロレタリア文学の関係が盛んに議論された時期に発表されている。青野季吉は「文芸戦線」一九二六年九月号に「自然生長と目的意識」を、翌年一月号に「自然生長と目的意識再論」を発表し、プロレタリア階級によって自然に発生した文学を引き上げ、社会主義的意識の自覚による「目的意識」を植え付けることがプロレタリア文学運動の役割であると論じたが[30]、これが論争を呼んだことはいうまでもない。マルクス主義芸術団体へと舵を切ることによるアナキスト派同人の脱退や日本プロレタリア芸術連盟における「文芸戦線派」除名と分裂による労農芸術家連盟結成、そして難解な理論を弄する福本イズムの隆盛などと関わって、「文芸戦線」誌上ではいわゆる理論闘争が激しくなっていく。山田清三郎は、それ以前の自然生長的プロレタリア文学も素朴ながら反資本主義的思想をもっていたと述べたうえで、青野が「自然生長と目的意識再論」で述べた「自然発生的なプロレタリヤ文学に現はれた諸のイデオロギーの混入――そこにはブルジョアジーのそれや、プチ、ブルジョアジーのそれ、否、中世的なそれさへあることは、事実が証明してゐる。――を批評し、整理し、社会主義的目的意識へと組織しなければならぬ[31]」という部分を引用して、「目的意識論」は「かなりの程度において、イデオロギーの純化を予想していた[32]」と指摘している。こうした点を踏まえるならば、目の前の牛乳獲得闘争ではなく、より大きな闘いに向かう主体の再生/覚醒を描いた「施療室にて」もまた、「イデオロギーの純化」を求める「目的意識論」の理念を共有していたといえるのではないか。

ただ興味深いのは、「施療室にて」には「イデオロギーの純化」が抑圧し外部化したものの残滓までもがみられるという点である。飯田祐子は、プロレタリア文学のイデオロギーの純化によって排除される金銭や性を構成的外部と位置づけ、その外部の担い手として女性が配置される構造を指摘しているが[33]、「施療室にて」は、プロレタリア文学の場で構成的外部に位置づけられがちな女性を闘争主体とすることで、男性ジェンダー化された規範にのっとった闘士の再生/覚醒物語を描きながらも、その主体化のなかでこぼれ落ちるもの、純化しきれないものの所在をもテクストに刻み込んでいるのである。その純化しきれないものとは、これまでみてきたような他者との関係性であり、また身体である。

当時の文芸時評で黒島伝治は平林の文章を「身体で書いてゐる」「平林特有の肉感がある」[34]と述べていたが、「施療室にて」には残滓としての身体が描き込まれている。「恐怖や絶望は身体の苦痛を契機として呼び起こされ、「私」はそれを主義によって制御しようと試みるが、絶望は繰り返し「私」を襲う」[35]と倉田が指摘するように、身体的苦痛は、制御すべき「恐怖や絶望」に結び付いており、それゆえ、身体はその制御の範囲を超えるものとして立ち現れる。物語冒頭で病院に戻った主人公は、半地下の階段の上まできたところで「右足に鈍い疼きが走ったと思う間に、きゅっと引吊って」「足をすくわれたように」床に「ぺたりと倒れてしま」う。手をついて立ち上がろうとしても、「膝が金具のようにがくがくと鳴って、腹の大きい体を支えようとする両手が、あやしくわなわなとふるえ」「たよりない戦慄」が「四肢から体の方へ這い上ってくる」。このように、思いどおりに動かない厄介な身体との交渉が語られるのである。それが最も凝縮されているのは出産の場面だろう。その一部を引用する。

何か縮むような痛みがつづけて押してくる。堪えるために背を曲げて両手を下腹にあてると痺れた指の腹と掌とに、皮膚の張りきったなだらかな膨張が感じられる。しみじみと撫でてみた。

瞼に、とてもさからいがたい睡気が襲ってきてはあとから、怒号のように腹痛がよせてくる。

痛い。とてもたまらない痛みだ。

私は衝動的に起上って肥った膝を手で抱えて腹にあてがった。自分の体のうちとは思われないなつかしいぬくもりが冷えた下腹に伝った。（略）

私は、自分の、凄惨な野獣のようなうなり声を残忍に聞き入った。

私は、愛する夫と引裂かれてこんな植民地の施療病院で誰にも見とられずに野良犬のように子供をうむ自分の不幸を嘆いてはならない。

私は、私の中に、消えなんとして、いつも焔を取戻してくる一本のろうそくの火を見守りながらここまで生きてきた。私は未来を信じて生きる。今こんな苦闘の中にいても、私は、この苦闘の中を縫って行く一つの赤い焔を感じる。私は、どこまでもどこまでも、それを見守って闘って行こう。塩からい涙が歪んだ表情の上をとめ処なく流れる。(36)


陣痛に襲われる「私」は、「自分の、凄惨な野獣のようなうなり声を残忍に聞き入」る。ここで語りは、声を上げる自分から離れ、それを「残忍」に聞く自分を立ち上げて焦点化したうえで、「自分の不幸を嘆いてはならない」という戒めと決意の言葉を口にする。つまり「痛み」に苦しむ自己から離脱し、それを外から眺めて闘争の決意を語るメタな「私」が出現するのである。この「私」は同時に、制御する対象として身体を俯瞰的に把握し意識の下位に位置づける。だが語りに潜む身体と意識の序列とは裏腹に、身体の物質性は「私」の認識の境界を超えて不意に訪れる。例えば、自分の膝を腹にあてがうと「自分の体のうちとは思われないなつかしいぬくもりが冷えた下腹に伝った」という一文は、まるで自分に属するものではないかのように感知される身体との遭遇を表したものといえるだろう。このような、自己の輪郭をめぐる想像力では予測できない地点に現れる身体との遭遇は、脚気という設定によってさらに前景化されている。以下は産後の場面からの引用である。

> 腕のつけ根が痛むので肩をすくめながら、変にやわらかい足の腹を撫でると、遠くの方で恐しくつるんと滑かなものにさわるような手ざわりがする。手も足も厚い餅を張ったように、まったく痺れているのだ。
>
> 看護婦長のニッケルの冷いピンセットが内股にふれる感触が何か思いだしかかって思いだせないように廻りくどい[37]。

自分の足の腹の「遠くの方で恐しくつるんと滑かなものにさわるような手ざわり」や「思いだしかかって思いだせないように廻りくどい」内股の感触など、ここでも脚気が引き起こす身体の感覚は彼女の自己意識の枠を超えており、身体をめぐる認識の範囲に収まらないような、隔たりをもつ身体が語られる。また「胸が、糸で締められるように痛いので、さわると浴衣の薄れた模様の上に、びしょびしょに乳汁が流れだしている」など、制御すべき対象として身体を位置づけようとするにもかかわらず、意識が予測できないよそよそしい身体の地平が現れるさまを描くことで、主体に潜む異質さを、あるいは自己同一性に対する認識の揺らぎを生む内なる外部があることを、示すのである。

さらに興味深いのは、主人公の意識がしばしば身体的感触として語られていることである。例えば、次の引用は物語冒頭で床に倒れた主人公が脚気に気づく場面である。

右の手で一年草の茎のように弱い左手をさすってみると右の手の五本の指の腹に、縮緬にさわったようなチリチリした痺れが感じられる。

脚気だ。人に聞く妊娠脚気の症状だ。（略）

この上に脚気か。——

暗がりの中に、自分の無表情を感じる。

——しかし、出産の上に脚気が重ったら、自分の入獄は少し伸ばされるかもしれない。——無感情の頭の中から、うすい喜びに似たものがかすかに流れだした。私は監獄を恐れる。嬰児を抱いて監獄生活をする女を描いてみると、内臓が縮むような感じがする。[38]

右手で左手をさすり「縮緬にさわったようなチリチリした痺れ」を感じた「私」は、自身が脚気を病んでいることに気づき、「自分の無表情を感じる」が、しかし入獄が延期される可能性に思い至ると「うすい喜びに似たものがかすかに流れだ」す。注目すべきなのは、ここで「無表情」が能動的行為としてではなく、自身が感知した身体的反応として語られていることであり、また心的変化も「喜び」という感情としてではなく「うすい喜びに似たものがかすかに流れだ」すという感触として語られていることだ。こうした語りは、意識と身体の序列を切り崩す。葛藤を展開する場としての意識世界と身体との境界が曖昧化されていくのである。

このようにみていくと、内的葛藤と身体をからめて描く「施療室にて」は、絶望や恐怖と結び付いた身体的苦痛を制御しながら闘争主体として再生／覚醒する主人公を描くと同時に、その主体に統合されない自己の異質性、すなわち主体化からこぼれ落ちる残滓を、他者性を帯びた身体を通して描き出しているといえるだろう。闘争主体の形成を阻む、克服されるべき自己の異質さや非同一性は、妊娠・出産する身体を題材にすることでより際立ったものになる。のちに「愛情の問題」をめぐって書かれた(39)「プロレタリヤの星」（前掲「改造」一九三一年八月号）に登場する石上が、独房で妻の浮気の疑念に苛まれていたように、あるいは「プロレタリヤの女」（前掲「改造」一九三二年一月号）の小枝が堕胎薬を飲み続けたように、性愛や生殖は心的状態や身体の制御不可能性を感受させるものであり、またイデオロギーの純化といった闘争の規範が抑圧したものの回帰を描くことができる題材でもあった。「施療室にて」は、自己犠牲的な母の愛という母性主義的闘争主体からの逸脱だけでなく、他者性を帯びた身体の描写を通して、闘争主体として統合されえないものの所在や、純化を支える意識／身体の境界の曖昧さをも、読者に提示していくのである。

3　同室の女たちと「私」

意識と身体だけでなく、「施療室にて」には、主人公と同室の女たちとの間の境界もまた描かれている。物語前半の主人公の葛藤の要因には、夫の態度や貧困、テロの失敗がもたらした現在の窮状などがあるのだが、そのうち、出産前の「私」が考えるのは、テロの失敗の記憶や面会時の夫をめぐる回想、夫の手紙など「施療室」の外で起きたものばかりである。「こんな植民地の施療病院」という語りが示すように、物語前半の「私」にとって「植民地の施療病院」はいとわしい環境にほかならない。以下の引用は、憲兵隊から帰った主人公が施療室に戻る場面である。

憲兵隊の呼びだしで　一日爽かな外の空気を吸ってきた私に、便器と消毒薬の香と、その香を外へ逃がすまいとする半地下室の床の湿気とが、もつれて襲いかかる。

中風の老婆は、寝台の上に烏賊のようにべたりとねたまま、壁のように青みがかった白目だけを動かして、じろりと私を見た。私も同じような目で見返した。

北側の隅から泡の消えるような念仏の声が聞える。これも旅順の養老院から送られてきた、片手が枯枝のように硬直した老婆だ。彼女の念仏の声をきくと、病気のない私には、便器の香がますますたまらなくせまってくるような気がする。（略）

巡査が扉を押して出て行くのを、自殺未遂の娼妓あがりの女が、寝られなさそうに首をもたげて見送った。制服の引き伸びた影が廊下の壁を揺れて行く。(40)

「便器と消毒薬の香」や「半地下室の床の湿気」など施療室の悪環境を説明する語りの延長線上で、「烏賊のようにべたりとねた」姿勢のまま「青みがかった白目」で「じろりと私を見」る「中風の老婆」や「泡の消えるような念仏の声」を上げる「片手が枯枝のように硬直した老婆」が語られる。「じろり」と見る老婆を「同じような目で見返し」、別の老婆の「念仏の声」に「便器の香がますますたまらなくせまってくるよう」に感じる「私」にとって、女たちは不衛生な唾棄すべき施療室の風景の一部なのである。それは、次に女たちが登場する場面でも同じである。


私は、昆布を、どろどろな粥にまぜて、横にねたままで口に流しこんだ。

「今日も上海菜明日も上海菜で私たちを乾し殺す気か」

布団の上にきちんと坐った中風の老婆が、頓狂な九州弁で言って、ねちゃねちゃに噛んだ青いものを床の上にペッと吐いた。一同が、それに吊られて口に食物を含んだ声で空虚に笑った。

「よう婆さん、味噌汁がいやなら私の沢庵と代えておくれよ」

娼妓あがりの女が寝台から下りて、紫のゴム裏草履を引摺って老婆の寝台まで出かけて行った。

「こらまた小宮を殺そうの相談だな。許さん許さん」

娼妓の前にいきなり、被害妄想狂の四十女が黒い箸をさしだしていかめしく振った。小宮とは十年も前に死に別れた夫の事だ。誰も毎日の事なので笑う者がない(41)。

「中風の老婆」の「頓狂な九州弁」や「ねちゃねちゃに噛んだ青いものを床の上にペッと吐」く行為、「被害妄想狂の四十女」の奇体な行動など、ここには母性主義的な女性が登場する隙はない。さらに興味深いのは、同室の女たちの異様さや不潔さを語る「私」が彼女たちに介入することはないということである。つまり女たちとの関係において、主人公は距離を置いて彼女らを眺める観察者であり、彼女たちは徹底して他者化されているのである。

だが「死亡室」に言及する場面では語りに変化が生じる。浣腸をしてもらえることを喜ぶ「中風の老婆」と、訳もわからずつられて「うれしうれし」と節をつけて怒鳴る「妄想狂の女」に向かって、「またそんなにどなると死亡室行きにされるよ」と「娼妓あがりの女」が冗談を言うと、二人は黙ってしまう。これは、院長が手のかかる長患いの病人を生きたまま死亡室に運んで鍵をかけたという新聞記事を二人が信じているからなのだが、ここで「死亡室」がどのようなありさまなのかが描写される。「解剖台の上」にある「栓のねじりきれない水道の水」が「とろとろ」と流れ落ちていること、それによって「尻、腕、頭、肩の形」を刻んだ「人造石解剖台」に「錆びた、一条の条《すじ》」ができていること、そしてそれが「人間の肉を切り刻んだあとを嗅ぎださせずにはおかない」ことなどが語られ、次のように続く。

長い人生の戦いに敗れて、生活の鎖をこの地下室まで引摺りこんできた人々にとっては、死までの長い間の、施療室の生活よりも、死の最後の一瞬の、この、解剖台の上での自分を考えることが、一番たえがたい。冷い石の上で、生きていた間の入院料の代りに、手や足をずたずたに切り刻まれてしまう自分に、どうして、あの解剖台の上に掛った一枚の埃だらけの額のような平和な昇天を信じることができるか。——

「おいおい、ほんとにいやな冗談をいうんじゃないよ。気を腐らすじゃないか」

娼妓あがりは亀のように首をちぢめて舌をペロリと出して、言われない先に自分で言って、気むずかしい中風の女たちにあしらわない《（ママ）》ように、トランプの占いをはじめた。

「ハートかよしよし、おやおや。ダイヤだな。ほらっと、またダイヤか。幸先よくねえぞ」

私は、娼妓あがりのヒステリックな声をききながら、子供の方へ顔をよせて、うとうとと睡った。[42]

ここで初めて主人公は、「施療室」の人々を「長い人生の戦いに敗れて、生活の鎖をこの地下室まで引摺りこんできた人々」という人間として語る。また「冷い石の上で」「手や足をずたずたに切り刻まれてしまう自分」という叙述から、「私」が施療室の人々に同一化している様子もうかがえる。この「死の最後の一瞬」への想像を介して、闘争をめぐる葛藤にふける主人公の意識ではいとわしいものだった施療室の人々の生が、自分事のように到来するのである。とはいえ、「死亡室」から女たちの日常へと語りが移行した後に聞こえる「娼妓あがり」の声は、「私」にとって

「ヒステリックな」ものでしかない。またこの後、脚気である自分の乳を飲ませてはならないと気づいて往診に来た院長に牛乳の話をどう切り出すかと考えている場面でも、「私」は「娼妓あがりの女」の「アーメン」と「鼻声で和」す声に「反感」を抱いている。「死亡室」を媒介に感知された彼女たちの生は、日常ではノイズにすぎないのである。

しかし授乳をめぐる葛藤や懊悩、錯綜する感情が描かれた場面を経て、語りは変化をみせる。「子供に食わせたいという強い要求」を「貧乏人の伝統」といい、「どうせ、しばしの間の母子だ」と、自分の乳を飲ませることを正当化するための理由を探す主人公にとって、子どもの「死」は間近に迫る現実である。「女よ。未来を信ぜよ。子供への愛が深いならば、深いがゆえに、闘いを誓え」という言葉が、愛の対象を未来の比喩としての子どもに移行させることで、我が子の死を受け止める覚悟を示すものであることは前述のとおりだが、それは同時に、子どもの死をもって闘士として再生する決意を表す言葉でもある。だからこそ、この誓いの翌朝には次のような語りがみられるのである。

娼妓あがりが、ヒステリーを起して、布団の裾に真白な足の裏を二枚見せてないている。生えさがりの長い耳のあたりに、虐げられきったもののあどけなさが見える。娘時代には美しい女だったろうと思う。(43)

もはや「娼妓あがりの女」の「ヒステリー」はノイズではない。主人公にとって背景でしかなかった女は、ここで「虐げられきったもののあどけなさ」を見いだされ「娘時代」を推し量られる存在へと変わっている。「死亡室」で最期を迎えることになるのかもしれない同室の女に対するまなざしは、子どもの死の可能性を受け入れることで再生を果たす決意をした前後で変化しているのである。さらに主人公と同室の女たちとの間にあった境界も崩れていく。この後、「重病室」にいた「脚気衝心」の患者の遺体が「死亡室」に運ばれるのを「私」が見たときの病室の様子は、次のように語られる。


室の中に目を転じると真暗に見える室の隅で、妄想狂の女が「なむあみだ仏なむあみだ仏」と口を動かして笑っている。

「北村さん。今の人、生きておったよ」

「え？」

私は、意味を解しかねて、聞きかえした。

「今担架に乗って行った人ね、生きておったよ」

「まさか……」

「いや、生きておった生きておった(44)」


ここで初めて同室の女と会話を交わす主人公の姿が再現的に語られる。これまで「私」の会話を再現する描写は看守の巡査や病院関係者とのやりとりに限られていて、同室の女たちと交流があることは示されるものの、場面の再現というかたちでは語られず、主人公はあくまでも女たちの生態の観察者だった。しかしここで彼女は、「施療室」の女の一人として場面に登場するのである。また、「見習い看護婦」が「重病室にいる脚気衝心の人が、いつか死んでいたのを知らないでいたもんだから顔に、こんなに蠅がたかって……」と話すのを聞き、「私は、顔に蠅が止った時の冷い、いやな感触を思いだしながら、子供の顔のあたりを飛んでいる蠅を手で追」う。子どもの顔の蠅を追うと同時に自分の「顔に蠅が止った時の」感触を想起する「私」は、死者の身体に自らを重ねてしまっているのである。主人公と同室の女たち、そして死亡室の死者との境界はもはや明確なものではない。子どもの死後、それを表すかのように次の場面が語られる。

死骸が死亡室へ運ばれたと知らしてくると動ける娼妓あがりが香を買って私の代りに行ってくれると言いだした。私はすなおにたのんだ。こうしてねていると、子供の顔を思いだす代りに死亡室の水道の水の音がとろとろと聞えてくる。もう解剖が始まる時刻だ。(45)

主人公が「虐げられたもの」としてまなざした「娼妓あがりの女」が、ここでは子どもを失った「私の代り」に線香を上げてくれるといい、「私はすなおにたの」む。「冷い石の上で、生きていた間の入院料の代りに、手や足をずたずたに切り刻まれてしまう」ような、哀悼されることのない「死」を迎えうる者同士の、かすかな共鳴がここで語られているのである。

こうしてテクストは、内的葛藤にふけっていた際には観察の対象として他者化して気にもかけなかった女たちが、自分と響き合う存在へと変化し、彼女らの生死を自分に重ねるようになる主人公の姿を描いていく。施療室での体験を経た「私」は、同室の女たちのようなプロレタリア階級からこぼれ落ちた人々の生をも自らのものとして、再び闘争へと立ち上がるのである。

おわりに

「施療室にて」は自己犠牲的な母という、それまでの「文芸戦線」にみられた母性主義的主体ではなく、錯綜する心情や断ち切り難い関係性、そして最貧困層に属する女たちとの共鳴のなかから再生／覚醒する女性闘争主体を描いた作品だといえるだろう。ただ、同時にそのテクストには、身体がはらむ内なる他者性の描写や、意識と身体の境界の曖昧化によって、再生／覚醒の物語には回収しきれないもの、すなわち闘士としての主体化からはこぼれ落ちるものが描き込まれている。運動の場では構成的外部の位置を担わされがちな女性闘士が、男性ジェンダー化された闘争規範に従って自らを主体化していこうとする姿を描いたこのテクストに、それがみられることは決して偶然ではない。

ここであらためて、物語に「娼妓あがりの女」が登場していたことについて考えてみたい。藤永壮によれば、日露戦争終結時の一九〇五年の関東州には、在留邦人の五四・三パーセントにあたる千四百三人の日本人芸娼妓がいたとされ、また大連で風俗営業に属する女性は〇七年の調査で芸妓百六十七人、酌婦二百八十二人、娼妓百十三人、中国人娼妓七十六人、〇八年には芸妓二百四十二人、娼妓百二十九人、中国人娼妓八十一人、酌婦十二人、ロシア人酌婦十二人、雇婦女四十人にのぼると報道されていたという[16]。もちろん作中の「娼妓あがりの女」が満洲で働いていたかどうかは定かではなく、またこれまでみてきたような「九州弁」の「中風の老婆」や「旅順の養老院」から送られてきた「老婆」、「被害妄想狂の四十女」も「施療室」にたどり着くまでどこで何をしていたかはわからない。とはいえ「施療室にて」が帝国の占領地に生きる女たちを描き、わずかではあれ、その生の感触を伝えていることは注目すべきだろう。

ただし「施療室」の女たちが外部化された風景の一部から生を感知される存在へと変わっていくのに対し、「植民地」の人々は風景のまま物語のなかを通り過ぎていくばかりである。物語冒頭で憲兵隊から戻る主人公を乗せてきた「俥屋」は中国語を話し、「私」が紙幣を硬貨に崩すのは病院の門前の「支那人の小売店」である。またテロの失敗で争議以前よりもひどい解雇条件を飲まされ、南満洲鉄道に詰め込まれるように乗り込んで去っていったのは苦力たちであり、脚気衝心患者の遺体を担架で運ぶのは「辮髪」の「支那人」で、物語の最後に監獄に向かう主人公を運ぶのは「支那人の俥屋」なのだ。その土地の人々は作品のところどころに登場するが、「アカシヤの苗木畑を吹く風」と同じように「植民地」の風景の一部にすぎないのである。さらにいえば、大連や旅順には、風俗営業に従事する中国やロシア、そして朝鮮出身の女性たちも存在していたはずだが、彼女たちの存在が「施療室」という限定された空間の物語に描き込まれることはない。このように「施療室にて」という小説のなかでは、「植民地」は闘士の再生／覚醒物語の背景として、または主人公と同室の女たちが出会う場の遠景として外部化され、風景化されているのである。田中益三は、テロの失敗で去っていく「苦力」たちの描き方について、問題は「中国の民衆を、そういうかたちで作品から退場するように処理していることであり、その点がプロレタリア文学全般の弱さとして指摘されるべきなのだ[47]」と述べているが、岡野幸江は、この「卑屈な苦力」たちが「圧迫を弾きかえす強い感情」とともに「日本人に対して反撃する存在として成長」した姿を、一九二〇年代の満洲という時代のなかで浮かび上がらせたのが平林の「敷設列車」（「改造」一九二九年十二月号、改造社）であると指摘している[48]。また平林は「M病院の幽霊」（「若草」一九二九年九月号、宝文館）という小説で、奉天の慈善病院が、法律上の国籍がない白系ロシア人の女性患者を「死体室」に監禁して殺し、それを知った「無料患者」たちは「言葉に言い表せない闘争的な気持」が「わやわや動」くという物語を書いている。「敷設列車」とともに参照しうる作品といえるだろう。

だがそれでも、闘争主体の再生／覚醒を描くと同時にそこからこぼれ落ちる残滓としての身体や他者を描いた「施療室にて」で、「植民地」の人々が背景化されていたことを、どのように捉えるべきなのだろうか。あるいは、この作品を読む現代の読者は、背景化されている人々の生死をどのように感受し想像しうるのだろうか。現代の読者がそれらの人々の生を感知できるかどうかは、制度化された歴史のなかで外部化され抑圧されてきた植民地の歴史に対する認識と想像力をどう回帰させうるかにかかっているといえるだろう。

注

(1) 本文の引用は『平林たい子全集』第一巻(潮出版社、一九七九年)による。

(2) 西荘保「平林たい子「施療室にて」論――喪失される子供の視点から」、福岡女学院大学人文学部編「福岡女学院大学紀要 人文学部編」第十五号、福岡女学院大学人文学部、二〇〇五年、九七―一一四ページ

(3) 副田賢二『〈獄中〉の文学史――夢想する近代日本文学』笠間書院、二〇一六年、二二六―二三七ページ

(4) 副田はプロレタリア文学の〈獄中〉が「闘争」を重視するあまり、「青鞜」の堕胎論争の発端になった原田皐月「獄中の女より男に」(「青鞜」一九一五年六月号、青踏社)のような〈獄中〉表象の系譜にみられた「フェミニティをめぐる差異の問題」が焦点化されなくなったと指摘している。

(5) 前掲「平林たい子「施療室にて」論」

(6) 楊佳嘉「平林たい子と彼女の「満洲」体験物語――作品における空間の意味と機能をめぐって」、島根県立大学北東アジア地域研究センター編「北東アジア研究」第三十二号、島根県立大学北東アジア地域研究センター、二〇二一年、一―一八ページ

(7) 倉田容子「「理知」と「意志」のフェミニズム――平林たい子の初期テクストにおける公/私の脱領域化」、日本文学協会編「日本文学」二〇二〇年十一月号、日本文学協会、二―一一ページ

(8) 「赤旗の歌」、無産社編『プロレタリア歌曲集』所収、無産社、一九三〇年、一二―一三ページ

(9) 「文芸戦線」一九二六年三月号(文芸戦線社)は、ボビンスキー「ミカエル少年」(佐々木孝丸訳)という児童文学を掲載しているが、そのなかに主人公ミカエルが牢獄のなかで「赤旗の歌」を歌い続

け、それが力になってみなが合唱し始めるという場面がある。「まえがき」によれば、これはポーランドの少年プロ・カル（プロレットカルトの略。無産階級文化、またはその教化を意味する）読本『我等の世界』掲載作品のエスペラント語訳を訳出したものだという。

（10）葉山嘉樹「誰が殺したか――長編小説の一節」「文芸戦線」一九二六年十一月号、文芸戦線社、四七ページ（※序と（一））。なお、この小説の妻は出産で入院するまで、足が「ブランブラン」になって立てなくなるという症状に襲われている。

（11）カアル・アウグスト・ウヰットフオーゲル「母」川口浩訳、「海外社会文芸作品（6）」「文芸戦線」一九二六年九月号、文芸戦線社、五三ページ

（12）ゴーリキー『母』は、英語版が一九〇六―〇七年、ロシア語版が〇七年に発表され、同年にロシア語版がベルリンで刊行された（ただしロシアでは検閲・削除・発禁などによって、完全版が出るのは一九一七年まで待たなければならなかった）。二六年、ソビエトでフセボロド・プドフキン監督が映画化した。

（13）八木浩「ゴーリキーの『母』からブレヒトの『母』へ」、大阪外国語大学編「大阪外語大学学報」第二十九号、大阪外国語大学、一九七三年、二七一―二七二ページ。なお、日本では一九二九年六月に新築地劇団が、同年七月に築地小劇場がゴーリキー『母』を上演している。築地小劇場版の脚色を担当した八住利雄が『母』の翻訳書を読んだのは、同年の五月だったという（大笹吉雄『日本現代演劇史　昭和戦中篇1』白水社、一九九三年、一五ページ）。

（14）鎌倉好雄「『母親』について」「文芸戦線」一九二七年五月号、文芸戦線社、六三―六四ページ

（15）久板栄二郎／水野正次／佐野碩／千田是也／谷一／山田清三郎「前号の作品から」「文芸戦線」一九二六年十月号、文芸戦線社、七七ページ

(16) 鹿地亘／佐々木孝丸／今野賢三／小川信一／北里伸／松井譲／山田清三郎「前号の作品から」、前掲「文芸戦線」一九二六年十一月号、八九ページ

(17) 前掲「母」五一―五三ページ

(18) 伊福部敬子「母と子の記録」「文芸戦線」一九二六年十二月号、文芸戦線社、五〇ページ。なお、本章では果たせなかったが、ここで確認した女性と英雄主義をめぐる発言が、新人会出身の佐野碩、同誌の古参と新人会の若者との中間に位置する山田清三郎、のちにアナキスト女性雑誌「婦人戦線」の同人となる伊福部敬子によるものであることも考慮する必要があるだろう。

(19) セルゲイ・ブダンツェフ「息子」「海外社会文芸作品(14)」藤原惟人／小林吉作訳、「文芸戦線」一九二七年四月号、文芸戦線社、一二六ページ

(20) ア・ネウエーロフ「ボリシェウィチカのマリヤ」「海外社会文芸作品(12)」藤原惟人訳、「文芸戦線」一九二七年三月号、文芸戦線社、一五三ページ

(21) 林房雄「鉄窓の花」、前掲「文芸戦線」一九二七年四月号、一五六ページ

(22) 平林たい子「最も新しい恋愛」(婦人の頁)「文芸戦線」一九二七年九月号、文芸戦線社、八四―八五ページ

(23) 「文芸戦線」一九二五年一月号(文芸戦線社)掲載の中西伊之助「女囚物語」(三七ページ)は、子どもが満一歳になったため法に従って手元から引き離されてしまった女囚の、その母の愛にほだされて赤子に会わせてやっていた看守がクビになった話であり、美しい人間らしい感情を殺す法制度だと批判している。

(24) 壺井繁治「平林たい子論(Ⅲ)」、新日本文学会編「新日本文学」一九五二年五月号、新日本文学会、一〇四―一〇七ページ、駒尺喜美「施療室にて〈平林たい子〉」、学燈社編「国文学 解釈と教材の研

究」一九六八年四月号、学燈社、五七ページ、中山和子『平林たい子』（「女性作家評伝シリーズ」第八巻）、新典社、一九九九年、八二―八三ページ、前掲「平林たい子「施療室にて」論」一〇七ページ

（25）ニコライ・ブハーリン『唯物史観』富士辰馬／横田千元訳、改造社、一九二六年。訳者の序文に『史的唯物論の理論』をロシア語の原著第二版とフリーダ・ルビナーの一九二〇年版のドイツ語訳から翻訳したとある。このほか調べたかぎりでは、『史的唯物論』（猶崎輝訳〔「社会思想叢書」第十一編〕、同人社、一九二七年）、『史的唯物論の理論――マルクス主義社会学の通俗教科書』（廣島定吉訳、白揚社、一九二七年。一九三〇年には同社から『唯物史観』の書名で同訳者による改訳版が刊行されている）、佐野学／西雅雄編輯『唯物史観』（〔「スターリン・ブハーリン著作集」第二巻〕、スターリン・ブハーリン著作集刊行会、一九二八年）、『史的唯物論――マルクス主義社会学の通俗教科書』（直井武夫訳、同人社、一九三〇年）がある。

（26）入門書として知られるニコライ・ブハーリンとエフゲニー・プレオブラゼンスキーの『共産主義のABC』（田尻静一訳、政治研究社、一九三〇年）の後に続くもので、「マルクス学を求むる労働者のために書いたもの」と原著者の序にあり、また白揚社改訳版（一九三〇年）の「訳者序」で廣島定吉も、原著者の誤謬はあるがマルクス主義に関する全体的な知識を平易な文章で伝えている点で「絶好の入門書」だと評価している。また「文芸戦線」一九二七年一月号（文芸戦線社）の「我々は何を読むべきか（一）」一二六―一二七ページでは、改造社版『唯物史観』を紹介している。

（27）平林たい子「林房雄氏の『転形』」、前掲「文芸戦線」一九二七年五月号、一〇五―一〇六ページ。倉田はこの時期の平林たい子やその周辺で「意志」や「行動」という言葉が使われていることに注目しているが（前掲「「理知」と「意志」のフェミニズム」）、これらは当時邦訳されたブハーリンの

『史的唯物論の理論』に頻出する用語であり、特に「意志」の問題は同書の第二章で詳述している。第二章「決定論と非決定論（必然と意志の自由）」でブハーリンは、「組織されざる社会」では、社会現象は「『意志』の闘ひの成果として成立」し、「組織された共産社会」では「社会現象は個人意志の合力として成立」すると述べている（前掲『唯物史観』改造社、三八―七六ページを参照）。

(28) 前掲『唯物史観』改造社、五一八―五九一ページ

(29) 前掲「平林たい子論（Ⅲ）」、前掲「施療室にて〈平林たい子〉」

(30) 青野季吉「自然生長と目的意識」、前掲「文芸戦線」一九二六年九月号、三―五ページ、同「自然生長と目的意識再論」、前掲「文芸戦線」一九二七年一月号、一〇二―一〇五ページ

(31) 前掲「自然生長と目的意識再論」一〇三ページ

(32) 山田清三郎『プロレタリア文学史』下、理論社、一九五四年、二八―二九ページ

(33) 飯田祐子「プロレタリア文学における「金《かね》」と「救援」のジェンダー・ポリティクス――「現代日本文学全集」第六十二篇『プロレタリア文学集』にみるナラティブ構成」、前掲『プロレタリア文学とジェンダー』所収、六八―九八ページ

(34) 黒島伝治「『施療室にて』――平林たい子短篇集」「文芸戦線」一九二八年十一月号、文芸戦線社、六〇―六二ページ

(35) 前掲「「理知」と「意志」のフェミニズム」九ページ

(36) 前掲『平林たい子全集』第一巻、九六―九七ページ

(37) 同書九七ページ

(38) 同書九三ページ

(39) 「プロレタリヤの星」「プロレタリヤの女」と「愛情の問題」については、グプタ・スウィーティ

『平林たい子——社会主義と女性をめぐる表象』（翰林書房、二〇一五年）、前掲、岡野幸江『平林たい子』を参照。
(40) 前掲『平林たい子全集』第一巻、九五ページ
(41) 同書九八—九九ページ
(42) 同書一〇〇ページ
(43) 同書一〇三ページ
(44) 同書一〇四ページ
(45) 同書一〇五ページ
(46) 藤永壮「日露戦争と日本による「満州」への公娼制度移植」、「飲む・打つ・買う」研究プロジェクト『快楽と規制——近代における娯楽の行方』（「産研叢書」第八巻）所収、大阪産業大学産業研究所、一九九八年、六五—七三ページ。ただし李東振によれば、中国人性売買従事者は妓院の等級に関連づけられるかわりに、芸妓、酌婦、娼妓の区分なしにすべて「妓女」と呼ばれるなど、日本と中国の二種類の性売買制度が存在したため、のちの満洲国にも二種類の統計が存在したという（李東振「民族、地域、セクシュアリティ——満洲国の朝鮮人「性売買従事者」を中心として」「Quadrante」第二十二号、東京外国語大学海外事情研究所、二〇二〇年）。また倉橋正直は、当初公娼制が実施された大連で、税金を下げるために娼妓から酌婦に身分を変えたいという遊郭の陳情で公娼制が名目上廃止されたことを報じる記事（「満洲日日新聞」一九〇九年十二月三日付）を紹介している（倉橋正直「満州の酌婦は内地の娼妓」、愛知県立大学文学部・愛知県立女子短期大学紀要委員会編「愛知県立大学文学部論集」第三十八号、愛知県立大学文学部・愛知県立女子短期大学、一九九〇年）。
(47) 田中益三『長く黄色い道——満洲・女性・戦後』せらび書房、二〇〇六年、八—四六ページ

(48) 前掲、岡野幸江『平林たい子』一二八―一四五ページ

第2部　暴力を描く地点

第4章　強制労働の記憶／記録
——松田解子「地底の人々」

はじめに

第2部「暴力を描く地点」では一九四五年以降の小説を取り上げ、戦争をめぐる物語が「戦後」にどのようにつくられ、共有されてきたか、それらはどのような政治的・社会的状況のなかで出現したかについて、いくつかの文学作品を通してみていくことにしたい。その最初として、まずは松田解子「地底の人々」を取り上げる。これは戦時期に日本に強制連行され、秋田県の花岡で鉱山労働に従事させられていた中国人労働者たちが一斉蜂起した事件、すなわち「花岡事件」を描いた小説である。本章では、この小説が発表された雑誌「人民文学」（人民文学社）に注目したうえで、五〇年代初頭の左派にみられる対米や民族独立、アジアの連帯を謳う言説の枠組みのなかで、強制労働という戦時の植民地支配の問題がどのように語られたのかについてみていくことにしたい。

一九五二年四月、前年九月に調印された、日本の対戦勝国処理を定めたサンフランシスコ講和条約とアメリカ軍基地残留を定めた日米安全保障条約が発効された。これらの条約はアメリカ主導の戦後体制への日本の編入を決定するもので、この時期の知識人や論壇メディアの多くは、中国やソ連を含まないサンフランシスコ講和条約を「片面講和」と呼んで批判していた。例えば雑誌「世界」一九五〇年二月号、三月号、十二月号（岩波書店）には、安倍能成など数多くの知識人らによる平和問題談話会の声明が掲載され、全面講和、中立不可侵、軍事基地提供反対が唱えられた。社会党もまた五一年一月の党大会で全面講和、中立堅持、軍事基地提供反対、再軍備反対の平和四原則を決定、同年三月には総評（日本労働組合総評議会）も平和四原則を決定した。日本共産党や産別会議（共産党指導下の組合組織、正式名称は全日本産業別労働組合会議）などは全愛協（全面講和愛国運動協議会）を結成し、全面講和と再軍備反対の署名運動を始めた。この時期、「世界」に集うオールドリベラリスト、知識人とメディア、社会党や共産党などの革新政党、総評や産別といった労働組合組織など、さまざまな立場を超えて「全面講和」の訴えが広がっていったのである。

それは朝鮮戦争の勃発を前提として、平和国家を目指すはずの日本が冷戦という新たな戦争に組み込まれることへの危機感からくるものだった。そのため平和問題談話会や社会党、総評などは全面講和とあわせて「中立」的立場を守ることを主張したのだが、当然ながら日本共産党は「中立」方針をとらず、結果、社・共統一には至らなかった。興味深いのは、この時期の共産党が「帝国主義」に対する「民族的抵抗」という枠組みを謳っていたことであり、全面講和の主張もその文脈でみる必要があるということである。一九五一年二月に開催された日本共産党第四回全国協議会（四全協）では、朝鮮戦争を「平和を愛する民主陣営と、戦争に狂奔する帝国主義反動陣営」の闘いとし、さらにそうした闘いが日本を「民族滅亡の様相」を呈するような事態に陥れると見なしていた[1]。また、共産党が主導した全面講和運動組織である全愛協について調べた吉田健二は、特徴として「講和問題を民族独立の問題との関連でとらえていた」こと、そして「単独講和」すなわち「片面講和」を「民族の従属ないしは植民地化」と把握していたことをあげている[2]。本章では日本共産党所感派（主流派）と深い関わりがあった雑誌「人民文学」を取り上げるが、そこでみられるアジアへの言及や「帝国主義」と「民族的抵抗」という構図には、こうした背景があることを理解しておく必要があるだろう。

また、ここで留意すべきは、日米安保条約と同時に締結されたサンフランシスコ講和条約が、交戦国に対する日本の賠償支払いを大きく軽減するものだったことである。冷戦の激化によって「戦後処理と防衛」の問題がリンクして意識されるようになり、結果、日本は敗戦後に果たすべき責任だったはずの賠償を軽減された[3]。サンフランシスコ講和会議総会で演説したアメリカのジョン・F・ダレス代表は、会議には招請されていない「中国（中華人民共和国・中華民国）」が要求できる適切な金額は千億ドルと見積もることができると述べており、当然のことながら、戦争で日本が中国にもたらした多大な損害は認識されていた[4]。しかし冷戦が激化するなかで、大陸の中国共産党と台湾の国民党のどちらが国としての代表権を得るかという争いが進行していた時期でもあり、中華人民共和国と中華民国は会議に招聘されず、ともにサンフランシスコ講和条約からは外された。そしてこの条約が発効した一九五二年四月に、日華平和条約が日本と中華民国との間で調印されるのである。しかしこの条約は、国際的な承認を得たい中華民国に対して日本が有利に交渉を進めた面が否めず、条文内に「賠償」の文言は明記されなかった(5)。またこれによって大陸の中国共産党と日本政府との関係は悪化することになる。

このような情勢を背景として日本の賠償負担を軽減するような、すなわち戦争責任を減免するかのような条約が結ばれたこの時期、アジアに対する日本の戦争責任はどのように語られ、あるいは語られなかったのか。また、戦後の労働者と戦時の労働者をつなぐ糸はどこに求められたのか。そして戦時の中国人強制労働と彼らによる蜂起は、どのように描かれたのか。この問題を考えるために、一九五一年十月から雑誌「人民文学」に連載され、五三年に世界文化社から単行本として刊行された、松田解子の小説「地底の人々」を取り上げる。

日本共産党はコミンフォルム批判による分裂や朝鮮戦争開戦に伴うレッド・パージの打撃を受けて勢いを失っていった時期であり、分裂した一方の所感派（主流派）幹部は北京に亡命した。今回取り上げる「人民文学」は、日本共産党分裂の際に、新日本文学会に対抗するかたちで所感派（主流派）寄りの人々が創刊した文学雑誌である。所感派は「五一年綱領」で、アメリカ帝国主義がアジア支配のために日本を新しい戦争に引き入れようとしていると批判し、日本の解放や民主的変革を平和的手段で達成できると考えるのは間違いだとした。そして中国共産党の成功にならって、農村を革命拠点とすべく山村工作隊を派遣するなど武装闘争路線をとったのである。

本章ではこうした背景を踏まえながら、「人民文学」のアジア言説において「帝国主義」と「民族」による抵抗、そして「人民」「労働者」「民族」による「連帯」という枠組みが機能していることを確認したうえで、アジア太平洋戦争末期の中国人労働と蜂起を描いた松田解子「地底の人々」を取り上げることにしたい。

1 春川鉄男「日本人労働者」評と帝国主義をめぐるナラティブ

「人民文学」の帝国主義と民族の言説を確認するために、まずは同誌一九五一年六月に発表された春川鉄男「日本人労働者」をめぐる評価言説にふれておきたい。春川鉄男は「人民文学」でデビューした労働者作家で、進駐軍の日本人管理者に対する労働者の怒りや行動を描いたこの作品は注目を集めた。同年八月に第二部が同誌に掲載されたのち、十二月には修正補足された第二部が掲載された。「日本人労働者」は技術的には未熟とされながらも「人民文学」や「新日本文学」（新日本文学会）誌上で好評を得るが、その理由の一つに、進駐軍の基地に雇われる労働者を描くことで、闘うべき相手を国際帝国主義（具体的にはアメリカ占領軍）と明確化したことがあげられるだろう。例えば島田政雄は「進駐軍備員の姿は、いまの占領下の日本民族の奴れい的な状態の縮図」といい、「民族的な関心が、この作品によせられるのも、あたりまえ」[6]と述べている。また江口渙は「新日本文学」誌上で「日本人労働者と国際帝国主義とが直接的にふれあう場面をとり上げた点で、日本ではじめての新しい作品」[7]と位置づけている。ほかにも「人民文学」誌上には、「祖国日本を占領し続けている外国の帝国主義者の真の姿」は「軍事的な植民地的な支配者のそれ」であると示唆し、それとの闘いを「有史以来の日本民族全体の闘い」「アジア全民族の運命にもかゝわるもの」と意味づけたうえで、「日本人労働者」が「この課題と取りくみ、これにこたえる道を労働者階級の闘いのなかに見出し」たことを「大きな成功のひとつ」とする評などが掲載された。(8) このように「日本人労働者」は、占領下日本の労働者の闘いを「国際帝国主義」への抵抗として描いた点が評価されたのであり、またそうした闘いは「アジア全民族の運命に」関わるものと謳われていた。(9)

では、「人民文学」で「アジア」はどのように語られていたのか。まず一九五一年十一月の「人民文学」に掲載された「郭沫若氏のよびかけに答える」を取り上げてみたい。これは一九四九年成立の中華人民共和国で要職にも就いていた文学者・郭沫若が発表した「日本人民におくる公開的なメッセージ」に対する文学関係者の意見を集めた記事である。そこには、郭沫若が示したメッセージとして「単独講和条約の草案が、平和と独立をのぞむ日本人を中国人民へのあらたな戦争にけしかけようとするもの」で、「中国人民」はこの「講和に反対」であること、また「中国人民は日本の軍閥、財閥どもには腹の底からの無限に深い憎しみをいだいていますが、日本人民に対してはいままでずつと兄弟同様の親しみを感じて(10)」いることなどが紹介されている。同様の言説は五二年九月の「人民文学」に掲載された松山繁「平和の鳩とともに——モスクワから北京へ」にもみられる。松山繁は、モスクワでの国際経済会議や北京で開かれたアジア太平洋平和会議の準備会議（一九五二年六月）に参加した高良とみの元秘書である。高良は国際経済会議日本代表として日中民間貿易協定を結ぶのだが、その際の中国側代表が「日本政府と日本人民とをわけて考えなくてはならぬ」

といい、「吉田は、伊藤、近衛と同じ反動であり、六〇年間中国を侵略した一派」で「アメリカ帝国主義者の走狗」として「朝鮮及び中国え（ママ）の侵略の方向を歩むもの」であり、彼らへの恨みは消えないが「日本人民と共に手をたずさえようとする願いは強い」と述べたと書いている。また五二年七月の「人民文学」に掲載されたまつだ・あきらと宮崎ひろしの「アジアにひろがる民族解放の文学」には、中国革命の勝利による「民族解放の喜びにわき、平和な祖国をきずく希望に燃えている中国の人々が、日本再武装を聞いたとき」に思い浮かべたのは「万人坑」や「千人井」などの日本兵による残虐行為であり、そのため「叫ばずにはいられなかった」とある。そして、敵である日本政府を「かってかれらに対して犯した罪悪をつぐなうどころか、いままた日本を帝国主義の軍事基地に供し帝国主義の手先になりさがり、ふたたび中国を、アジアを侵略しようとする一部の売国奴」とし、それ以外の「日本人」を「友好と提携」の対象として語るのである。つまりこの時期、中国側の発言を含み込んで、アメリカ帝国主義とその手先を敵として、アジアの平和のために中国人民と日本人民が手を結ぶという語りが「人民文学」誌上で流通していたといえるだろう。また、さらに留意すべきは、アメリカ帝国主義の手先である日本政府の戦前との連続性が強調されていた点である。

　これらは、当時の日本共産党の方針と軌を一にしたものでもあった。例えば先にふれた郭沫若のメッセージ（「日本人民への公開状」）も収録している『解放をめざす日本の友へ』（アカハタ編集局編、五月書房、一九五二年）は、日本共産党創立三十周年を記念して刊行されたものである。序文には、「日本共産党の当面の要求――新綱領」（五一年綱領）とともに、その新綱領を含む党の理論や政策の発展に寄与した国際的批判、助言を収録したとある。ここに周恩来「アメリカの不法な対日単独講和　発効宣言に関する声明」が収められているが、周はサンフランシスコ講和条約と日華平和条約を結んだ日本政府を「アメリカ帝国主義に追随して、その日清戦争いらいの中国にたいする武装侵略の陰謀をつずけ《ママ》、再び大陸に侵入して中国とアジア人民にたいする帝国主義的支配を復活する準備を決意した」とし、「日本は一九三一年の九・一八事変（満洲事変）いらい中国人民にたいしておこなった侵略戦争の状態が、まだ終っていないばかりか、かえってアメリカ政府の援助の下に新しい侵略戦争を行う準備を進める危険が存在している」と述べる。そのうえで、日本政府のおこないは「日本のすべての愛国人民が、中華人民共和国と戦争状態を終結させ、平和関係の回復を闘いとろうとする希望とは絶対に相容れないもの」とし、アメリカ帝国主義やその手先である日本政府および反動勢力に対して「中国・ソ同盟および日本人民をも含めたアジアのすべての平和を愛好する国家と人民が、一致団結」して立ち上がるよう呼びかけるのである。

つまり春川鉄男「日本人労働者」が発表された時期の「人民文学」は、戦前から継続する帝国主義的支配にいまもさらされている日本人民が、中国人民やアジアの人民と連帯し、闘うべく立ち上がるというナラティブが渦巻くなかにあった。松田解子の小説「地底の人々」は、このような状況下で発表されたのである。

2　暴力の位相——松田解子「地底の人々」の初出と世界文化社版から

前述のとおり、松田解子「地底の人々」は、戦時期に日本に強制連行され労働に従事させられていた「中国人」が一斉蜂起した事件、すなわち「花岡事件」を描いた小説である。秋田県花岡鉱山の下請けだった鹿島組には、九百八十六人の中国人が強制連行され、劣悪な環境のなかで働かされていた。彼らは非道な扱いに堪えかね、一九四五年六月に蜂起を起こすのだが失敗し、捕らえられ、多くの者が暴行を受けた。終戦後数カ月たって彼らが解放されるまでの一年八カ月の間に四百十九人の死亡者を出したという。(1) これが「花岡事件」である。小説「地底の人々」は、「中国人労働者」の第一次が到着する約一カ月前（一九四四年五月二十九日）に起きた七ツ館《だて》坑の落盤事故の話から始まる。この落盤事故は、乱掘によって坑道の上を流れていた花岡川が陥落して起きたもので、生存者がいるにもかかわらず、会社側は坑道埋め立てを指示し生存者を見殺しにした。そしてこの事故を受けておこなわれることになった花岡川の水路変更工事に「中国人労働者」たちが従事させられたのである。

ここで確認しておきたいのは、「地底の人々」が発表された一九五〇年代前半に、強制連行や「中国人労働者」虐殺が暴力として認識されていたか否かについてである。戦後に発見された花岡事件の大量の遺骨に関する報道でいえば、「アカハタ」こそは五〇年一月二十日に「〝強制労働〟で脱走の四一六名大虐殺／秋田・花岡鉱山事件ヤミに葬る政府／還らぬ中国人捕虜」という見出しで大きく取り上げているが、その後の新聞報道などを追うと、必ずしもそうではない。例えば、「読売新聞」一九五三年一月十六日付夕刊記事（「在日中国人問題等で申し入れ」）には「在華同胞帰国打合せ代表団」の申し入れの一つとして、「戦時中から日本にいる中国人留学生約百名の帰国」への協力などと並んで、「花岡鉱山で戦時中集団虐殺された中国人捕虜三百六十三人の慰霊焼香会」への政府代表出席や「遺骨を集め中国へ送還する」ことへの協力があったと記してある。この時期の新聞報道では、花岡事件の問題は遺骨送還問題として引き揚げの問題に接続されていく傾向があり、強制連行や虐殺といった暴力が前景化されることはあまりなかったようだ。[12]つまり五〇年代前半の時点では、強制連行や虐殺などは特筆すべき暴力として認識されていなかった可能性が高いといえるだろう。そうしたなかで「地底の人々」がこれを問題化しえたのは、「人民文学」のナラティブにみられたような、過去の戦争といまの状況を重ねて捉える枠組みがあったからにほかならない。それを念頭に置いたうえで、小説をみていきたい。

「地底の人々」は、一九五一年十月から五二年七月までの間に「人民文学」で連載され、最初の単行本は世界文化社から五三年三月に刊行された。のちの七二年六月には民衆社から改訂版が出ている。その後、澤田出版から刊行された『松田解子自選集』第六巻（二〇〇四年五月）に収められたが、これは七二年刊行の民衆社版を底本にしている。「人民文学」の初出は第二部までで、これは単行本の第二章にあたり、また本文の一部に単行本の第四章に該当する部分がみられるだけである。

前掲『松田解子自選集』第六巻の「解題・解説」で江崎淳は、「作者の側に、書き続けられないという主体的な事情があったとは想像しにくい」と述べており、連載が第二部で終わった理由はわからないが、「人民文学」に「地底の人々」は「読みにくい」などの意見が寄せられていたのは事実である。[13] そもそも読者からの投稿欄で「地底の人々」にふれたものは少なく、反響がいい作品とはいえなかったようだ。「人民文学」一九五二年十月号（第二部終了後）掲載の小説合評では、岩上順一が「地底の人々」について「始末に負えん作品になってしまった」としたうえで、「もう少し分析して整理しなければいけない」「あっちこっちいったりきたりしている」[14]と批評している。世界文化社から刊行された単行本は、こうした読者の声を踏まえて書き直した面もあるだろう。ただ、ここで留意したいのは、初出と世界文化社版単行本、そして民衆社版単行本の間にみられる本文異同には、前節でみたナラティブに潜む遠近法、すなわち「帝国主義者」対「労働者」「人民」「民族」、そして「労働者」「人民」「民族」による「アジアの連帯」という枠組みが潜んでいるということである。例えば、五三年刊の世界文化社版「あとがき」には「日・朝・中をふくめたアジヤの人民、とくに労働階級の、今日につながる共通の立場を、あたうかぎりあきらかにしたい」という文言がみられる。また松田解子「小説をかくくるしみ（入門文学講座）」（「人民文学」一九五二年二月号）という文章にも、「花岡事件」の現地で出会った、朝鮮出身者を含む労働者や中国の学生たちから「帝国主義侵略戦争屋にとどめ」をさす「力」のありかとしての「民族」と「階級」について教えられ、「戦時にさかのぼって書き」ながらも「現在の花岡に寄与する立場から」書く決意をしたことがつづられている。のちに「地底の人々」を韓国語訳した金正勲は、作品に「国境と身分」を乗り越えた「労働者の連帯」を見いだすが、[15] それは「人民文学」にみられた五〇年代前半のナラティブに支えられたものでもあったともいえるだろう。しかし丹念にテクストを追うと、必ずしも連帯の構図がうまくいっているわけではない。そしてそのうまくいっていないところこそが、この時期の遠近法では覆いきれない問題を浮き彫りにしているのである。

例として、作中で花岡鉱山の朝鮮出身の労働者である林が、到着したばかりの「中国人俘虜」の様子を見にいく場面をあげよう。「補導員」らに追い立てられる中国人たちを見た林は、故郷で自分が連行されたときのことを思い出す。初出では「その夜明け前の悟谷面の母たちの号泣と、七ツ館陥没の日の遺族たちの泣きごえが、一つになって林の耳にきこえた」とあり、林の「母たち」の悲しみは「七ツ館陥没の日の遺族たち」の悲しみに重なるものとして語られる（「人民文学」一九五二年五月号、第二部第七章）。ここでは、支配者に虐げられる者たちの苦しみとして、「朝鮮人労働者」たちが日本へ強制連行されたことと花岡の七ツ館落盤事故が重ねられるのである。生活圏から追い立てられ、頼る者もいない土地で過酷な労働に従事させられ、故郷に戻れないまま命を落とすこともある強制連行は、いうまでもなく植民地支配という巨大な権力構造下の暴力にほかならない。政治学者の石田雄が指摘しているように、このとき「朝鮮人」は公的に「人的資源」とされたのであり、林は、支配圏域拡大のために植民地や侵略地の人々を「資源」として移動させ、使い捨てていく帝国日本の暴力を被った人物でもある。(16) さらに実際の七ツ館落盤事故で「日本人労働者」十一人、「朝鮮人労働者」十一人が亡くなったことを踏まえれば、林のような立場の労働者は二重の暴力にさらされていたのである。

興味深いのは、初出では重ねて語られていたこれらの暴力が、一九五三年に世界文化社から単行本化する際には分節化されていることである。林が連行される際の母の号泣は、七ッ館落盤事故の遺族の涙ではなく、彼が「日本そのもの」から受けてきた「数しれぬ屈辱、虐待」の記憶に結び付くものへと書き換えられている。そして「日本そのもの」「日本人ぜんたいにたいする反感」や「会社や警戒」（私警）への「殺してやりたいほどの憎悪」は「外国人にこずかれたことはない人間」には「けっしてわからない気持」とされ、その気持ちがあるからこそ林は「中国人俘虜」を「見とどけねば」と思う（第二章第七節）。実際、世界文化社版第三章第一節には、「中国人労働者」である趙有義老人とその息子（十六、七歳）の青児が連れてこられた経緯が書かれており（別の箇所にはほかの人物の連行経緯の叙述もある）、朝鮮から強制連行されてきた林と「中国人」たちとの経験の重なりが暗示されている。つまり世界文化社版は、支配の暴力によって朝鮮と中国から連行されてきた労働者と、その気持ちはわからない「日本人労働者」を区分することで、花岡の労働者たちがさらされてきた暴力を分節化しているのである。(17)

しかし、このように暴力の位相が書き分けられたからといって、連帯を描く試みが失われたわけではない。初出第二部第九章、世界文化社版第四章第七節で描かれた事件、すなわち「朝鮮人労働者」の寮から酒を盗んだ「警戒」たちを労働者が襲撃する事件について、初出では「朝鮮人労働者」三十人による襲撃としているが、世界文化社版では「三十人あまりの日、鮮労働者」と書き換えられている（第四章第七節）。また、世界文化社版には、花岡鉱山で働く地元出身の労働者（娘手子）のとく子と、朝鮮出身である労働者林の恋愛という初出にはない要素が加えられている（初出の林は妾〔朝鮮人の内縁の妻〕がいる設定だが、世界文化社版ではその設定が消えている）。初出、世界文化社版ともに、花岡に「中国人」たちが連れてこられたのを林に知らせたのはとく子であり、その際、初出では「日本いやだべ？」と問われた林が「日本いやいや。花岡は日本でも一等いや！」と応えたことに、とく子は「いきなりなぐられたような衝げき」と「はっきりわからない悲しみと妬み」に襲われるのだが、これ以上は展開しない（第二部第五章）。一方、世界文化社版では、林の複雑な胸中が描き込まれる。林に恋愛感情を抱くとく子は、連れてこられた中国人たちの居どころを知ろうとする林を止めようとするが、その際、林は「じっとしていられない」気持ちを、「朝鮮人も支那人も、いまは日本にいじめられて」いるためと説明し、「おめえは日本人だから、そうしていられるんだ」ととく子に言う。彼は同時に定吉やとく子を「恩人」と思っていることも告げるのだが、とく子は「日本人であることのくるしさ、そうしてせつなさ、それにせめられて」「泣きそう」になる。そんなとく子を林が「おれたちはおたがい、おんなじ坑夫なんだ」と慰めるのである（第二章第五節）。戦前・戦時の植民地支配という権力構造のなかで、とく子と林は支配者／被支配者の関係だが、しかし彼らは同じ「労働者」でもある。世界文化社版は、暴力を分節化しながら労働者としての連帯を描こうと試みたテクストといえるだろう。この場面でいえば、それは恋愛の設定や、支配者側に属する者の苦しみを語る主体として、支配者のイメージとほど遠い、とく子という娘を配置することによって、すなわちジェンダーイメージを利用することによって可能になっているのである。このように世界文化社版では、初出では描ききれていなかった、連帯以前に確固として存在した暴力の位相を腑分けしつつ、労働者の連帯を描いたのである。

3 「中国人労働者」たちの蜂起と連帯

さらにここでは、「中国人労働者」の最後の蜂起の描き方について考えてみたい。これは一九四五年六月三十日に花岡で実際に起きた中国人労働者たちの一斉蜂起を描いた場面である。初出はそこまでいかずに連載終了になったので、ここでは世界文化社版（一九五三年）と民衆社版（一九七二年）を中心にみていきたい。[18]

まず、大きな異同がない部分についてふれておきたい。特に注目したいのは、世界文化社版、民衆社版ともに、その蜂起を本国での抗日戦（特に八路軍の闘い）と結び付けて描いている点である。「中国人労働者」の語りである「——本国。——抗日軍が組織され、八路が活躍していた本国！」（世界文化社版、民衆社版ともに第四章第六節、民衆社版では「本国」が「祖国」に書き換えられている）や「おれたちのいるところは、どこも戦場であるべきだ」（ともに第五章第一節、民衆社版では「どこも戦場ではないのかとね」に書き換えられている）などは、抗日戦と花岡の蜂起とのつながりを読者に意識させるものといえるだろう。蜂起のリーダー「耿順」のモデルである耿諄が帰国後に国民政府軍の後方部で働いていたことは今日ではわかっているが、[19]鳥羽耕史によれば『花岡ものがたり』初版本に収録された詩「その部隊長わ《（ママ）》」には、花岡で決起した中国人の部隊長が帰国後は中国革命に参加している旨が書かれてあったという。[20]なお、世界文化社版テクストに出てくる人物名などから、松田が「地底の人々」執筆時に参照した可能性が高いと考えられる劉智渠述『花岡事件――日本に俘虜となった一中国人の手記』には耿諄の政治的立場への言及はみられないが、口述者の劉は元八路軍兵士で、松田は浅草でおこなわれた花岡の中国人慰霊祭で劉に会っている。[21] こうした点を踏まえると、抗日戦から中国革命への流れのなかで花岡蜂起を捉える見方が、世界文化社版と民衆社版に書き込まれていても不思議ではないといえるだろう。[22]

また世界文化社版、民衆社版ともに、花岡鉱山労働者である定吉や林、とく子、村に住むオスエばあさんなど、心情的に「中国人労働者」の側に近い、支配され抑圧された人々を描いている。例えば、ダムに落ちて死んだ「中国人」の遺体を背負って歩く「中国人労働者」の姿を見たオスエばあさんが「なんだってああいう目にあわせねばなんねんだ」とつぶやく場面（ともに第四章第四節）や、物語も終わり近くで、蜂起失敗後に広場で「中国人」たちが打ち据えられるのを見たオスエばあさんが、「なに鬼達だべナ」と叫んで、警察に引きずられていく場面が書き込まれるなど（世界文化社版第五章第十四節、民衆社版第五章第十二節）、その仕打ちに怒る人々の姿を描いている。

ここで留意したいのは、主人公定吉をはじめとする「日本人労働者」たちの書かれ方であり、これに関する異同がみられる点である。まず定吉は過去に組合運動をしていて、大正期には農民組合と共闘して勝利した経験もあるが、開戦後はおとなしくなっていて、いざというときに動けない人物でもある。それは「中国人労働者」たちの蜂起の際も同じである。坑内に入っているときに蜂起を知り、しかも労働者を外に出さないよう竪坑口がふさがれていると知った際、朝鮮出身の労働者である林は現場に行くというが、定吉は「ぱっととびだせ」ない。定吉に内的焦点化した語りは

「たんに警戒たち、課長たちではないもの。たんに花岡署長でも川島でもないもの。たんに憲兵たちではないもの。たんに兵隊、あるいは軍人といわれるものではないもの。そのうえのうえのもの」「大きくて重くるしいもの」が「目にみえない無数のあいくちを、つきつけている」と感じていることを伝える（世界文化社版第五章第十三節、民衆社版第五章第十一節）。そんな定吉の姿は、朝鮮出身の労働者である鄭の視点からも語られる。戦況について「日本おしまいだね」といった鄭の言葉にぎくっとした定吉を見て、鄭は定吉のなかにさえ「日帝」が「すくっている」と思うのである（世界文化社版第五章第十二節、民衆社版第五章第十一節）。

この定吉に注目するならば、世界文化社版で彼が最後に登場するのは、蜂起した「中国人労働者」たちへの暴行を批判したオスエばあさんが巡査に連れていかれ、ほかの女たちがそれを追いかける一方で、林や定吉らが巡査と警戒に取り囲まれていると告げる語りにおいてであり（第五章第十四節）、定吉という「日本人労働者」の存在が、とりわけ強く印象に残るわけではない。「朝鮮人労働者」である林や鄭よりも動けない状態にあるという印象をぬぐう機会のないまま、定吉は物語からは退場する。そのため、「日・中・朝労働者の連帯」という一九五〇年代的遠近法からすれば、「日本人労働者」だけが浮いたまま、物語は次の場面で終わるのである（第五章第十四節）。

しだいにとおのいてゆく耿順の意識の底にひとりの日本の農民老婆がうかびあがった。かれは討伐隊にせめさいなまれる病同志の一人――、老保学を、白沢の一軒の農家にかつぎこんだ！　そのときそこにいた老婆の顔だった！　カワイソにカワイソに！　老婆はひざですりよって保学をなかへいれようとした！　が、おそかった！　ふたりは数人の討伐隊にわかれわかれにひきずりだされ、わかれわかれにここへはこばれた！　そのとき、大館署長が花岡署長をふりかえった。花岡署長が警官にいった。

「この張本人を署にはこべ」

血まみれの耿順の体がかつぎあげられた。館のなかの俘虜たちがいっせいに身をもがき、やがて耿順が館のそとへ運びだされると、館のまえの広場の俘虜たちがいっせいに、しばられた上身をもがいて、立ちあがろうとした。かれらは声をかぎりに、耿順の共謀者はじぶんだ、とさけんだ。(23)

テクストの最後に描かれるのは、「日本の農民老婆」と「中国人労働者」の連帯であり、また「中国人労働者」同士の連帯である。「朝鮮人労働者」と「中国人労働者」の連帯が物語中にすでに書き込まれていたことを踏まえれば、「日本人労働者」との連帯だけ描ききれないままに物語は終わるといえるだろう。だが民衆社版では、この場面の後に、怒りをもって封鎖された竪坑を突破してきた定吉たちが捕らえられる様子が書き加えられている。その後、物語は次のように閉じられる(第五章第十二節)。

……館内には、なおこの盆地にのこされていた権力機関のかぎりで惨忍にも拷問をつづける者たちのその行為。

わすれるな、花岡。

盆地自身がそう叫んでいるかのような刻々がそこにあった。その地底ふかく声なくねむる死者たちと生者たちの沈黙を抱いて。……

「二度、こったらことに、おれら、させてなるか、……」

定吉は、だれよりも、じぶんにいっていた。だが、しろじろと乾いた足もとの地底、――そのふかくくろい暗闇の底から立ちあがってくる政吉やタツ子や武雄っコや金や朴や、……かれらにも、ちかっていた。

「待っててけろよ、それまでな、……待ってて……」[24]

民衆社版では、権力による拷問を受ける中国人労働者たちを目にし、七ツ館落盤事故で亡くなった政吉たちなどを思い起こしながら、二度とこんなことはさせないと誓う定吉の姿が作品の最後に描かれる。定吉は、死者と生者たちの沈黙を抱きながら未来に向かう存在として、物語の末尾に立ち現れるのである。[25]

校異を調べた江崎淳は、世界文化社版後半は「中国人たちの側に視点が移動しがち」で「特に定吉などの視点で作品世界を統率する力がやや分散する傾向」があると指摘している。[26] それは同時代でも批評の対象になっていた。一九五三年七月の「人民文学」誌上で岩上順一は、中国人労働者たちのリーダーである耿順の人間像は読者にはっきりとした印象を残すのに対し、日本人労働者の中心人物である定吉は物足りない感じを残すと述べている。[27] 岩上によればその理由は、定吉が「会社の正体、戦争の真相、社会の矛盾などを感じたり考えたり」しておらず「戦争と抑圧の中心的な矛盾が反映していないから」であり、それが描けていれば、俘虜たちを支援する行動に出られなかったとしても、性格はいっそう深く描き出され、またそれを通して「定吉たちを圧しつける力と俘虜たちを虐待する力とが同じ日本の資本の権力」であることが明らかにされたと指摘する。この批評もまた、帝国主義に抗する民族独立解放とアジアの連帯を望む遠近法と、そこで志向する「日本人労働者」像を求めたものといえるだろう。民衆社版では、中国人労働者による蜂起の計画や決行の場面がかなり削られていて、本文を書き直す際に、こうした批評が影響を与えた可能性は否定できない。ただここで問うべきは、花岡事件を題材とする小説にさえ、そのような「日本人労働者」像が求められたことである。そもそも事件の記憶がまだ生々しい五三年の時点で、こうした「日本人労働者」像を造形することは可能だったのか。

現実の花岡事件に即していえば、実際に花岡駅近くに住んでいたという小山内キミの証言では、蜂起に失敗し、逃げ出した者の山狩りなどもおこなわれ、共楽館の前に集められた中国人労働者たちは、手や茶碗を洗った後の「人が飲まない水」を飲もうとするだけで「蹴ったり、棒で叩いたり」されたという。また「みんな顔を知っている」「地元の消防団員」たちが「好き勝手に叩いたり、蹴ったり」したといい、「可哀相なものだな」と心で思う者はあっても、それを止める者がいたわけではないことがわかる。(28)花岡事件の調査を続けている野添憲治は、蜂起の際に近隣の町に逃げた中国人二人が、危害を与えたわけでもないのに地元の青年団員たちに殴り殺された例をあげ、花岡では、「補導員」や「末端にいる個人個人の日本人が殺した」場合がみられると述べている。(29)

このような証言を参照するならば、はたして「人民文学」の遠近法が求める「日本人労働者」像を「地底の人々」に書き込むことは可能だったのかという疑問が残る。小説としての深みや、戦時の状態を「今」に重ねて考えられるなどのメリットがあれども、「花岡事件」という、中国から連行され強制労働をさせられた者たちが暴行され虐殺された事件を誠実に描こうとするならば、「戦争の真相」や「社会の矛盾」に悩み苦しむ「日本人労働者」との連帯を組み込むことは困難だったのではないか(30)。戦前から続く帝国主義や独占資本主義と、それに抗する「日・朝・中労働者の連帯」を描こうとしてうまくいかなかった世界文化社版『地底の人々』は、そうしたナラティブでは語りえない問題があることを、すなわち戦前から戦時にかけてのアジアへの暴力という問題を、一九五三年の時点で浮き彫りにしていたといえるのである。

おわりに

松田解子は、慰霊祭や中国への遺骨送還にも積極的に関わっていた。こうしたなかで現地での聞き取り調査もおこなって書かれた「地底の人々」は、事実を損なわずに事件をフィクション化しようとする試みと、帝国主義に抗する民族独立解放とアジアの連帯という遠近法のもとで一九五〇年代の「今」の問題につなげようとする試みとの二つを、亀裂として刻み込んだテクストだったといえるだろう。岩上のような同時代の批判は、そのことに気づき損ねたものだったともいえる。

前述のとおり、「地底の人々」が「人民文学」に連載されていた一九五二年四月、日本と台湾との間に日華平和条約が結ばれた。アメリカの東アジア戦略に沿うかたちで台湾（中華民国）を条約締結の相手とした日本政府は、国際的承認を求める中華民国政府の弱い立場を利用して、終始主導権を握り賠償請求権も放棄させた。当時の新聞記事を調査した和田春樹は、この日華平和条約が衆院本会議で批准された際の反対理由は「中国本土の政府」ではなく「国民党亡命政府」だったからであり、「日本の賠償拒否に目を向ける者はなかった」[31]と書いている。ただし当時の国会質問などでは、賠償請求権をもつのは中国か台湾かという議論もされていたが、いずれにせよ、アメリカや西側諸国、日本、中国政府と台湾の国民党政府などの間で政治的な綱引きがおこなわれていくなかで、戦争責任や賠償の問題が後景化していったことは事実だろう。松田が題材とした花岡事件が引き揚げ問題に関わる遺骨送還運動の文脈で語られていたことはすでにふれたが、王紅艶によれば、当初花岡にある遺骨収集を要求された国民党駐日代表団がそれを拒否したのは、単独講和でマイナスになるという政治的判断と、中華人民共和国と日本の交流の活性化に対する警戒とがあったという。また日本政府は中華民国政府を重んじるために遺骨送還運動への協力姿勢をみせず、結果的にこの運動は民間主体でおこなわれていくことになる[32]。

つまり中国人強制連行と強制労働に対する「戦争責任」の問題は、一九五〇年前後に交差する国際関係の網の目から滑り落ちてしまったかのような状態にあったといえるだろう。そのようななかで「地底の人々」が書かれたことの意義は大きい。だが、その後、戦時の強制連行や強制労働に対するまなざしは変わっただろうか。徴用工問題が現前する今日、「地底の人々」に刻まれた亀裂の意味をあらためて問う必要がある。

注

（1）海野幸隆／小林英男／芝寛編『戦後日本労働運動史』第三編（上）、スペース伽耶、二〇〇九年、一三九ページ

（2）吉田健二「講和運動の軌跡――全愛協、平和推進国民会議を中心に」、新日本出版社編「文化評論」一九八二年六月号、新日本出版社、一五六―一五七ページ

（3）内海愛子『戦後補償から考える日本とアジア』（日本史リブレット）、山川出版社、二〇〇二年、一六ページ

（4）同書一九―二〇ページ

（5）日華平和条約交渉については、殷燕軍『日中講和の研究――戦後日中関係の原点』（柏書房、二〇〇七年）の第三章と第四章を参照した。

（6）島田政雄「人民文学のあるいて来た道――人民文学の一年」「人民文学」一九五一年十一月号、人民文学社、六八ページ

（7）江口渙「文芸時評」、新日本文学会編「新日本文学」一九五二年二月号、新日本文学会、七五ページ

（8）眞崎一男「労働者文学の前進――「日本人労働者」は反帝、労働者作品である」「人民文学」一九五二年五月号、人民文学社、五八―五九ページ

（９）同論文

（10）「郭沫若氏のよびかけに答える」、前掲「人民文学」一九五一年十一月号、二ページ。なお、郭沫若のメッセージは「日本人民への公開状」と題して「新日本文学」一九五一年十一月号（新日本文学会）にも掲載されている。

（11）花岡の地日中不再戦友好碑をまもる会編『フィールドワーク花岡事件——学び・調べ・考えよう』平和文化、二〇一一年、一ページ

（12）ほかにも「読売新聞」一九五三年二月十八日付朝刊には、「三月に両船で三千名」と題して中共残留者引き揚げ問題を報じる記事内に「来月二三日慰霊祭」との小見出しがあり「花岡鉱山で虐殺されたという中国人捕虜の霊を慰め、また遺骨を送還するため（略）」との記事がみられる。なお、遺骨送還問題については、王紅艶「中国人遺骨送還運動と戦後中日関係」（一橋大学一橋学会一橋論叢編集所編「一橋論叢」一九九八年二月号、日本評論社）、坂井田夕起子「中国人俘虜殉難者遺骨送還運動と仏教者たち——一九五〇年代の日中仏教交流をめぐって」（大阪教育大学歴史学研究室編「歴史研究」第四十七号、大阪教育大学歴史学研究室、二〇〇九年）を参照した。

（13）「読者だより」（栃木　青木信夫「小説を読みやすく」、前掲「人民文学」一九五二年一月号、一一一ページ）、「自由な広場」（春日正一〔小菅刑務所〕「最終判決の後で」「人民文学」一九五二年六月号、人民文学社、七九ページ）など。

（14）高橋元弘／野間宏／岩上順一「最近の小説欄から　小説合評（２）」「人民文学」一九五二年十月号、人民文学社、一二八ページ

（15）金正勲「『松田解子『花岡事件おぼえがき』考——朝・日、朝・中労働者の連帯の視点から」、日本民主主義文学会編「民主文学」二〇一〇年九月号、日本民主主義文学会、一三五ページ

(16)石田雄『記憶と忘却の政治学——同化政策・戦争責任・集合的記憶』(明石ライブラリー)、明石書店、二〇〇〇年、九八—一〇五ページ

(17)ただし「鉱夫というものは、もともとただの人間がなったんじゃありません」「世のなかの食いつめものにきまってた」(第一章第十一節)など、鉱山労働者がもともと差別的扱いを受けてきたことも書き込まれている。

(18)なお本文の民衆社版の引用は、松田解子『地底の人々』(「松田解子自選集」第六巻)、澤田出版、二〇〇四年)による。

(19)野添憲治『花岡を忘れるな　耿諄の生涯——中国人強制連行と日本の戦後責任』社会評論社、二〇一四年、一三八—一四六ページ

(20)鳥羽耕史『1950年代——「記録」の時代』(河出ブックス)、河出書房新社、二〇一〇年、四七ページ

(21)劉智渠述、劉永鑫/陳蕚芳記『花岡事件——日本に俘虜となった一中国人の手記』中国人俘虜犠牲者善後委員会、一九五一年。本書では『花岡事件——日本に俘虜となった中国人の手記』(「同時代ライブラリー」)、岩波書店、一九九五年)を参照した。

(22)なお、その傾向は世界文化社版のほうに強くみられる。世界文化社版では、蜂起の中心メンバー六人中、一人(張啓国)を除く五人(耿順、旺盛林、羅士英、粛至道、張金亭)は八路軍であったように読める(第四章第六節、第五章第五節)。また、蜂起の打ち合わせをする中国人労働者たちが「日本の百姓や労働者は、おれたちの味方なんだ、きょうだいなんだ。おれたちとおんなじように、かれらもくるしんでいるんだ」として「この土地の農民に工作をすすめること」を、すなわち「つかめるかぎりの隊員と、地もとの労働者、農家のおじさんおばさん」(第五章第五節)を巻き込むことを相

談するが、民衆社版では削除されている。これは、地域の人々に工作をすすめ、人民を組織して根拠地を建設するという中国共産党の革命戦略を彷彿させるものであり、まさに一九五〇年代だからこそリアリティーをもちえた場面ともいえるだろう。

(23) 松田解子『地底の人々』世界文化社、一九五三年、二七〇ページ

(24) 前掲『地底の人々』（「松田解子自選集」第六巻）、二二五ページ

(25) 「地底の人々」の書評を書いた須沢知花は、作品に「日本人労働者には共有できない悲しみ」と「日本、中国、朝鮮の人びとが手をつなぐ可能性」を見いだしている（須沢知花「「あの大きなもの」に迫る――松田解子自選集第六巻『地底の人々』」、日本民主主義文学会編「民主文学」二〇〇四年九月号、日本民主主義文学会、一六四ページ）。

(26) 江崎淳「解題・解説」、前掲『地底の人々』所収、三四六―三四七ページ

(27) 岩上順一「まだ解決されていないもの――「地底の人々」をめぐって」「人民文学」一九五三年七月号、人民文学社、一七二―一七三ページ

(28) 野添憲治「素足で働かされた中国人　なんであんなに中国人を叩くのか　小山内キミの証言」『強制連行』（「シリーズ・花岡事件の人たち――中国人強制連行の記録」第一集）、社会評論社、二〇〇七年、三三六ページ（底本は『花岡事件を見た二〇人の証言』御茶の水書房、一九九三年）

(29) 清水弟／野添憲治「対談　際限のない営みのなかで」、野添憲治『戦争責任』（「シリーズ・花岡事件の人たち――中国人強制連行の記録」第四集）、社会評論社、二〇〇八年、六六―六七ページ（底本は『花岡事件を追う』御茶の水書房、一九九六年）

(30) 一九四九年の時点でも、花岡に中国人労働者の遺骨が大量に散乱していることを華僑団体に連絡したのは在日朝鮮人連盟花岡支部の金一秀であり、「日本人労働者」ではない。

（31）和田春樹「歴史の反省と経済の論理――中国・ソ連・朝鮮との国交交渉から」、東京大学社会科学研究所編『国際化』（「現代日本社会」第七巻）、東京大学出版会、一九九二年、二九五ページ
（32）前掲「中国人遺骨送還運動と戦後中日関係」二七三―二七七ページ

第5章　歴史の所在／動員されるホモエロティシズム
——大江健三郎『われらの時代』にみる戦争の痕跡

はじめに

前章では、一九五〇年代前半の左派におけるアジア連帯のナラティブが、戦前戦時の植民地主義をどのように捉えたのか、また捉え損ねたのかについて論じた。本章では、五九年に発表された大江健三郎の長篇小説『われらの時代』（中央公論社）を通して、この時期の「若者」たちの戦時／戦後認識とそれを表現するものとしての性表象について考えてみたい。

六〇年安保闘争前後のメディア言説を丹念に調べた大井浩一は、闘争が社会総体の問題として広く顕在化したのは一九五九年十一月二十七日に起きた国会「乱入」デモからだとし、それ以前は「一般の日本人にとっては安保条約改訂そのものの意味合いが、まだ明確なイメージを伴うものにはなっていなかった」と指摘したうえで、「安保前夜」の若者の苛立ちや焦燥を表した例として、当時「怒れる若者世代」とされていた大江健三郎や石原慎太郎など作家たちの主張をあげている[1]。

その若い世代の主張は、「三田文学」（三田文学会）一九五九年十月号から十一月号に掲載された「シンポジウム　発言」（一九六〇年三月、同タイトルで河出書房新社から刊行）や、五九年十月の「文学界」（文藝春秋新社）に掲載された『怒れる若者たち・座談会』にみることができる。大江は「シンポジウム　発言」に寄せた「現実の停滞と文学[2]」という文章を「われわれは停滞している」という一文から始めている。保守政権が一般的な軽蔑の対象になっているにもかかわらずあらゆる選挙で過半数を占めること、日本の外交的側面で外国が主導権を握っていること、日本の再軍備を非難しながらも軍事的に真空状態になった場合の日本をリアルに思い浮かべることができないことなどにふれて、こうした「社会的、政治的停滞が人間的停滞にいまやとってかわろうとしている」という。そして「いかなる若い日本人も、日本および日本人の未来にたいして明確なヴィジョンを持っていない[3]」状態のなかで、「青春のエネルギーは出口を見失ったまま停滞のなかで生きつづける」のであり、文学は「この停滞のなかの人間をリアリスティクに描写しうるリアリズム」を獲得しなければならないと訴えるのである。また、「怒れる若者たち・座談会」で大江は、戦中派を「戦時に回顧的」と見なし「戦争文学には一種の回顧趣味のようなもの、なにか体のなかで被害体験を売っているようなものがある」といい、遠藤周作の「海と毒薬」をあげて「将来の戦争をどうしようという前進的な意味」があるわけではないと批判している。そして同席していた村上兵衛や橋川文三に対して、「戦争体験をまだとび越えてない」というが「それはとび越えてもしようがない」ものであり、ただ「インテリが自分を慰めている」だけなのではないかという。そのうえで「現実変革」の行き詰まりにふれ、「僕らがどんなに進歩的なことを書いても、殺されることのないインテリの欲求不満の独りごとみたいな感じだ[4]」と述べるのである。

当然のことながら、これらの発言には数多くの批判が寄せられた。その一例をあげるならば、佐々木基一は「現実にたいするトータル・ヴィジョン」がないことへの不満と苛立ちは世代を超えて共通のものだと述べたうえで、大江ら若い世代は「現代という時代にたいして、みずから責任を負おうとする気概にかけて」いて「一種の責任転嫁の気配さえうかがわれる[5]」と批判している。本章で取り上げる小説『われらの時代』は、座談会などの大江の発言の延長線上で評価される傾向があり、平野謙が「概して不評だった」と述べているとおり、作品を肯定的に受け止めた批評は多くなかった[6]。だが大井が指摘していたように、『われらの時代』は、六〇年安保前夜の若者が抱いていた閉塞感を描き出したテクストだったとも考えられるのである。

例えば一九六五年の時点で橋川文三は、大江がいう「時代停滞」の閉塞感や石原慎太郎の「生理礼拝」にふれて、「高度独占資本主義とマス化状況と人間の自動人形《オートマトン》化（エーリッヒ・フロム）とによって組成」された現代社会の「平和」が彼らにとっては不条理な「壁」になり、そのために「強烈な自意識の解体化」が生じていると分析し、そのうえで、そこからくる「閉塞感覚」は「幾つかの学生調査からもかなり明瞭にうかがいとることができる[7]」と述べている。また近年では坪内祐三が、大江と同時期に東京大学仏文科に在籍していた仏文学者・海老坂武や小中陽太郎、そして柴田翔『されどわれらが日々』（文藝春秋新社、一九六四年）などを参照しながら、『われらの時代』は武装闘争路線をとっていた日本共産党の方針転換によって革命運動に挫折した後の学生たちの空気を描いたものだと指摘している。坪内は、海老坂が自著で「私たちは彼の小説に登場する若者たちと同じように、小動物のように不安で、閉塞感に捕らわれてい」て、「彼らの持つ孤立感、無力感を自分のうちに抱え」「彼らをさいなむ暗い欲望を身のうちに感じ」「彼らの不決断は私たちの不決断だった」と述べていることや、小中の自伝中に、のちに柴田が『されどわれらが日々』に書くことになる時代の「状況を大江健三郎はよく捉えていた」とあることにふれて、当時を的確に捉えた作品として『われらの時代』(8)を取り上げている。これらの指摘を踏まえるならば、不評だった『われらの時代』は、六〇年安保前夜での若者たちの感覚を映した作品だったといえるだろう。

だが、『われらの時代』が当時の若者の感覚を映し出した作品だったとすれば、そこに組み込まれた「戦時」や「戦争」へのまなざしをどのように理解すればいいのだろうか。『われらの時代』の冒頭で、主人公の一人である靖男は次のように語っている。

希望、それはわれわれ日本の若い青年にとって、抽象的な一つの言葉でしかありえない。おれがほんの子供だったころ、戦争がおこなわれていた。あの英雄的な戦いの時代に、若者は希望をもち、希望を眼や脣にみなぎらせていた。それは確かなことだ。ある若者は、戦いに勝ちぬくという希望を、ある若者は戦いがおわり静かな研究室へ陽やけして逞しい肩をうなだれておずおずと帰ってゆくことへの希望を。希望とは、死ぬか生きるかの荒あらしい戦いの場にいるものの言葉だ。そしておなじ時代の人間相互のあいだにうまれる友情、それもまた戦いの時代のものだ。今やおれたちのまわりには不信と疑惑、傲慢と侮蔑しかない。平和な時代、それは不信の時代、孤独な人間がたがいに侮蔑しあう時代だ。(9)

こうした点を捉えて大西巨人は、「青年のエネルギー、その情熱のありうべき唯一の発動方向が、戦争・ファシズムの幻想へと逸らされて措定されている(10)」と批判した。また、針生一郎は「怒れる若者たち・座談会」の発言にふれて「戦争責任や戦後意識につきまとうている体験と心情の絶対化が、かれらをここまで追いやつた」としたうえで、大江の『われらの時代』や石原慎太郎の作品などは戦中派よりも「回顧的」でないといえるか、また彼らの「現在」への「執着」は「自己の被害感覚への固執を意味するものでないかどうか(11)」は疑わしいと述べている。さらに前述の橋川文三は、座談会の大江の発言に連なるものとして『われらの時代』を分析しながら、「戦争」があって「戦後」があるという「自明の事実」に対して、大江らが「奇妙というほかはないような断絶感によってしか反応を示さない」ことを指摘し、問題は「歴史意識」ないし「歴史責任」の次元で提出されているにもかかわらず、それを「心理もしくは、実感のカテゴリイでしか受取(12)」っていないと批判している。この橋川の指摘は、『われらの時代』の歴史表象を捉えるうえで、きわめて有効なものである。もし『われらの時代』が当時の若者の状況を描いていたとすれば、そこに示された「戦争」へのまなざしや歴史の「断絶感」こそ、戦後の歴史認識に関わる問題として考察される必要があるのではないか。

本章では『われらの時代』が、革命運動後の挫折という若者の「閉塞感」を背景に、「戦争」と

「戦後」の「奇妙というほかはないような断絶感」をもつ若者たちを描きながら、そのなかに歴史を「断絶」しえない存在として在日朝鮮人の青年を描いていることに着目し、歴史の語りと「ホモエロティック」な表象が果たす機能について考察することにしたい。『われらの時代』には多数の性的比喩や描写がちりばめられており、また大江自身が同時期のエッセーのなかで「現代日本の青年一般をおかしている停滞をえがきだしたい」として「政治的人間」と「性的人間」の定義をしていることなどから、それらを踏まえて論じられてきた。例えばジェームス・キース・ヴィンセントは、「性的人間は他者を欠いている」という大江の定義自体が異性間の差異だけを前提とする「ジェンダー化された二者関係《ダイアッド》にもとづ」くものであり、異性愛的男性の欲望の不在は「暗黙裡に同性愛的なものとしてコード化された女性化の作用と結びつけられる」ために、「政治的人間」から「性的人間」への「堕落」も「女性化の暗喩」で示されると分析する。さらに「セブンティーン」や「政治少年死す」などの人江の小説に、「他者の存在を認識しようとしない者としての性的人間というその病理化」という「ホモフォビックな」右翼批判を見て取り、それと「全体主義ファシズムに対するアドルノの精神分析的診断」との類似をあげたうえで、『われらの時代』に「ゲイの欲望のホモソーシャルな、あるいはホモフォビックな配置」を見いだすのである。本章では、キース・ヴィンセントの分析を踏まえながら、まず『われらの時代』をホモソーシャルな世界への参入と失敗を描いたテクストとして読むことにする。そのうえで、テクストで「戦前」「戦時」といった〈過去〉との時間的断絶／接続が表象されるとき、ホモフォビックに配置された性的欲望がどのように動員されるのかに着目したい。比喩化された性は、歴史ないし戦争の語りにどのように作用したのか。性をめぐる表象に注目することで、一九六〇年前後の歴史認識のありようを探ってみたい。

1 「停滞」する世界の表象

長篇小説『われらの時代』は書き下ろしとして、一九五九年七月に中央公論社から刊行された。そこには、「明確なヴィジョン」をもたず「停滞のなかで生きつづける」若者の姿が描かれている。例えば主人公の一人で、仏文科の学生である靖男にとって「《自由》とは、情人が出ていったあとのあたたかいベッドに裸でよこたわって感じる良い気分のこと」である。自分は「悲劇的なものの一切からさえぎられた楽園で生ごろしされている一匹の若い生きもの、みだらでぶよぶよした厭らしいなにか」であると感じる靖男は、弟の滋に「若い日本の人間には、未来などはない」「元気をふるいおこしてとりかかる仕事、未来につながっている仕事がない」と語り、それは「未来にむかって矢印のむいているヴェクトルが現代の日本の若い人間の精神にふくまれていないということ」だと説明する。そして「なにを執行されるかわから」ず「執行は他人まかせ」のままに、「現代の若い日本人は猶予の時間をすごしている」と嘆くのである。このように靖男は、「未来」をあらかじめ奪われ、「停滞」する世界で不満を抱きながら生きる若者として描かれている。

ここでまず確認しておきたいのは、『われらの時代』で、この「停滞」する世界がしばしば嫌悪すべき女のイメージで語られるという点である。例えば、靖男の内面に焦点化した語りは、「猶予」を「なにひとつ新しい行為、希望につらなる行動を禁じられて孤独に膝をかかえて坐りこんでいる状態」と説明するのだが、それは「おれが頼子の性器の匂いのこびりついた体で、げんに今やっている状態のこと」だという。絶望しながらも、靖男は日々、頼子との性交にふけっているのだが、その場面は次のように描写される。

そして彼が腰をふりたて尻をぴくぴくさせ陰嚢を頼子の腿の熱い内側へぺたぺたうちつけながら考えたことは、やはり戦争のことであり《宏大な共生感》であり、結局かれの日常に欠けているものすべてについてであった。射精のときかれは戦火のなかを突撃する兵士のように死ものぐるいの呻き声をあげ、尻をぴくんとひとふりした。(15)

「戦争」や「《宏大な共生感》」からかけ離れたところにいる靖男の性交は、「ぺたぺた」という擬音や、射精の際の「兵士のように死ものぐるいの呻き声」といった大仰な記述によって滑稽に描写される。また、靖男よりも年上で外国人相手の娼婦を十年も続けてきた頼子の身体は「信じられないほど広大無辺な背」や「腰のまわりのたるんでいる肉のひだひだ、ゆったりおちついている尻」「椅子と彼女自身の重みに圧迫されておかしなむきにもりあがった尻の二つの肉塊のあいだ」など、脂肪の重なりやたるみといった緩みが強調される。そんな頼子との性行為の後、ベッドの上で靖男は次のように考える。

おれたちは戦って死ぬことのできる英雄的な時代、若い人間の時代に生きているのではないのだ。色ごのみの老いぼれを養成するための世の中に生きている。この硬く若わかしい筋肉、それは無意味だ。このなめらかに張りきった皮膚、熱く豊かな血、それもインポテンツの男の性器のように無意味で滑稽なかざり、花かざりにすぎない。(16)

「戦って死ぬことのできる英雄的な時代」に生きられない靖男は、自らの「硬く若わかしい筋肉」や「張りきった皮膚」「熱く豊かな血」を「インポテンツの男の性器のように無意味」だと考える。彼の若々しい肉体やエネルギーは、向かうべき先を失ったまま、頼子との性交に浪費されるばかりなのである。そんな靖男は、外にいるときも「頼子の性器のねっとりした触感や酸っぱく濃厚な匂い」といった「頼子との性交渉の汚辱にまみれたイメージ」にとらわれることがあり、彼はそれを自身の肉体が「頼子の性器の陰湿な毒、それにおかされている」からと考える。そして「頼子の性器からの脱出をはからねば」ならないと思うのである。つまり頼子とは、その脂肪の描写や女性器のイメージによって「停滞」する世界を象徴し、靖男をその世界に引きずり込むような人物として語られているのである。

頼子が象徴する「停滞」の世界に沈み込んでいる靖男にとって、「頼子の性器からの脱出」とは、すなわち「衰弱」や「消耗」からの回復を意味する。例えばのちに渡仏が決まった彼は、「衰弱し消耗」した状態から「回復しなければならない」と考えるようになるのだが、この靖男の言葉を捉えて坪内祐三は、「消耗」とは「六全協による「消耗」のことだろう[17]」と指摘している。「六全協」とは一九五五年に開かれた日本共産党第六回全国協議会を指し、そこで日本共産党は五〇年以来の分裂状態を解消するとともに、山村工作隊などそれまでの武装闘争方針を自己批判した。坪内は、この党の転換によって「自己喪失」した学生党員たちが「消耗した」という言葉を用いていたことを指摘し、靖男の言葉もそれを表すものだろうと述べている。フランス政府当局と保守派の出版社がおこなったコンクールに当選して渡仏が決まった靖男は、フランス政府に抵抗するFLN(アルジェリア民族解放戦線)の「アラブ人」に出会い、「連帯」か「敵に奉仕」するかを選ぶよう迫られ、「本能的な自己保存の気持」で耳を閉じようとする。その際、その行為は「入党の勧告をうけた時に、自治会の委員に推されそうになった時に、基地拡張反対のデモで一分隊の責任者にされそうだった時」に「獣のように沈黙し身をすくめ頭上をあれ狂う嵐をやりすごした」ことと同じと説明されており、このことから、靖男が「入党の勧告」や「自治会の委員」への推薦をされるほど運動に関わっていたことや、それらの声がかかっても沈黙することでやり過ごしていたことがわかる。

先にもふれた、六〇年安保前後のメディア言説を調査した大井浩一は、大江ら若い世代が主張する「停滞した現実」の要因の一つに、革新政党への幻滅があったと指摘している。特に六全協での方針転換によって、「命がけ」で「武装闘争」に励んでいた若い共産党員たちは梯子を外されたかたちになり、またその後の学生運動に対する共産党の指導がレクリエーション活動に傾いたことから、その幻滅は大きかったという。そしてこうした閉塞感が「安保前夜」を支配していたと指摘するのである[18]。靖男が運動に関わっていたことを思わせる箇所は前述を除いてほとんどなく、全貌や詳細もわからないが、革命運動挫折後の「消耗」が黙説法的に書き込まれていた可能性は高いといえるだろう。松原新一は靖男の「戦後、死は遠ざかった」という言葉にふれて次のように述べている。

戦後、「死の象徴」のありかは、「天皇」から「革命」の思想に大きく転換されたはずであった。だが、この転換は、わが国の政治的風土にも精神的風土にも、ついに根をおろさず、短い時間のうちについえ去った徒花のようなものにすぎなかった。人を行動をつうじて栄光の「死」にいざなうメタフィジカルな価値の象徴は、空無と帰したまま、新しい確固たる価値の回復と創造の見通しは全く暗い(19)。

つまり『われらの時代』は、戦時の「天皇」制権力体制崩壊や組織活動による「革命」運動の挫折を経て、「メタフィジカルな価値」をもてなくなった若者の閉塞感を描いたテクストだと、ひとまずはいえるのである。

2　ホモソーシャル／ホモセクシュアルな欲望

「メタフィジカルな価値」が存在する世界とは、頼子が象徴する「女陰的世界」の対極にあるものである。渡仏することが決まった靖男は、それを頼子との「薔薇いろのぐにゃぐにゃした女陰的世界」から「硬くひきしまってすがすがし」い「西欧」への脱出と考える。前節でもふれたとおり、彼がはまり込んでいる「停滞」の世界は、緩みを表す「ぐにゃぐにゃ」や「女陰」といった頼子のイメージに重なる言葉で表現されるのだが、その対極にある世界は「硬くひきしまっ」たものとして語られる（これは大江がいう性的人間と政治的人間の対立イメージに重なるものでもある）。特に、フランス行きが決まった靖男が出会うFLNの「アラブ人」は、男性的世界の象徴でもある。靖男がプールで初めて「アラブ人」と出会う場面を次のように描いている。

そして靖男の眼は、女陰的な世界とはまったく無縁の、すばらしく徹底して男性的な人間が男らしい、じつに男らしい方法で自己を誇示するのを見たのである。（略）かれの油質のつやをおびて輝やく鉄色の皮膚と緊張しきったロープのような筋肉は衝撃的だった。かれの体のまわりに、不意にアフリカ的なすべてが蟻集してきたようだった。かれの体は背後に煌々とした青空をになって凝固した血のかたまりのように黒く重くるしい。靖男は胸をふるわせ嘆息した。アラブ人の胸腔が突然ふくれあがる、上体が屈む、そしてあたかも靖男に猛禽のようにおそいかかる勢いで、アラブ人は跳び出してきた。アラブ人の頭は正確に靖男にむかっていた。靖男は眼をつむり体をこわばらせた。水音がひびき水しぶきが冷たく頬にふれ、戦慄が靖男の頭から足指までをつらぬきとおした。脱出、男らしい脱出、それを行わなければならない！　おれは衰弱し消耗している、しかし衰弱しても消耗してもいない男がいるのだ、おれは回復しなければならない。[20]

頼子のイメージとは対照的に、「アラブ人」は「輝やく鉄色の皮膚」や「緊張しきったロープのような筋肉」といった引き締まったイメージを担う人物である。彼は「衰弱しても消耗してもいない」「女陰的な世界とはまったく無縁」な「徹底して男性的」な世界の住人であり、彼の肉体に刺激された靖男は、「男らしい脱出」をおこなうべく「衰弱」や「消耗」からの回復を決意するのである。また、テクストで固有名を付されないこの「アラブ人」は、エジプト革命後にイギリス・フランス・イスラエルを敵にまわし、スエズ戦争で外交的勝利を得たナセル大統領と結び付けられる。靖男は「すべてのアラブ人がナセルを象徴として背後に背負っている」と考え、「精力的、強靭、意志、欲望、昂揚」などのイメージにまみれた「ナセル」に夢中になっていたときのことを思い出す。バンドン会議に出席したとき、国民投票で勝って共和国憲法を成立させたとき、ユーゴを訪問したときなどのナセルの写真をスクラップし、義勇兵募集に応募しようとまで思っていた靖男は、その募集の噂がデマだとわかったときに「ナセル的理想像を見うしなってしまった」のだと語る。「おれは日本人で、天皇という象徴、いかにも消耗や衰弱の象徴らしいあの男をいただいている」と考える靖男にとって、「アラブ人」は「ナセル」に連なる「男性的」世界の象徴なのである。その「アラブ人」は、靖男が当選した論文コンクールの主催がフランス国の反動的な出版社であり、またアルジェリアで弾圧政策を強行しているフランス政府であることを告げ、自分たちと「連帯するか、敵に奉仕するか」選ぶしかないと迫る。即座に断ったものの「アラブ人」の説得的な話に困惑を覚えた靖男は、その夜、妊娠した頼子が無理心中を図ったことで「生きることを選ぶ」決意をし、「アラブ人」との連帯を受け入れる。だがのちに、FLNの「アラブ人」とのつながりが露見した彼は渡仏を諦め、自殺願望を抱き続けるというところでテクストは終わりを告げることになる。

靖男にとって「アラブ人」との「連帯」は、「恥辱の底から這いあが」り「行動する青年として再び青春を始めようと」することであり、それは頼子が象徴する「停滞」した「女陰的世界」から、「アラブ人」やその同胞たちによるホモソーシャルな世界へと「脱出」することでもあった。興味深いのは、このホモソーシャルな世界を象徴する「アラブ人」が、初対面の場面では、エロティックに表象されている点である。先の引用にみられたように、青空を背にした彼の体を見た靖男は「胸をふるわせ嘆息し」、彼が襲いかかる勢いで水面から飛び出してきた際には「体をこわばらせ」、そして冷たい水しぶきに「頭から足指までをつらぬきとお」す「戦慄」を覚える。ここで靖男は「男らしい脱出」へと気持ちを高ぶらせるのだが、これは「アラブ人」から「連帯」か否かを迫られる前のことである。つまり彼のホモソーシャルな世界への憧れは、エロティックなイメージを媒介するかたちで語られるのである。これは大江の小説にしばしばみられる手法なのだが、『われらの時代』では、ホモソーシャル／ホモセクシュアルな欲望を抱くもう一人の人物と比べたときに、興味深い問題がみえてくる。

そのもう一人の人物とは、ジャズ・トリオ《不幸な若者たち《アンラッキー・ヤングメン》》の一員であり、「在日朝鮮人」である高征黒である。《不幸な若者たち《アンラッキー・ヤングメン》》は、靖男の弟である滋、その友人である康二、高の三人からなるジャズ・トリオで、その名が当時イギリスで旧世代や従来の社会体制、階級社会への反発などを描いた若い作家たちの呼称「怒れる若者たち」（Angry Young Men）をもじったものであることは明白だろう。靖男がいう「猶予の期間」を「ぼくは楽しむんだ」という滋は、大型トラックを手に入れて康二や高とともに走り回る夢を抱いている。彼ら三人は、トラックという大型の「貨物自動車にむかって大いなる勃起をおこしていた」のだが、ある日、「天皇」の映画見物とそれを迎える右翼の集まりに行き合わせ、雇われてその隊列に参加する。「猛々しい牡の襲来を待ちのぞ」む「発情した牝」のように演説する初老の男の「天皇陛下こそ日本国民の尊き独裁者である」という言葉に面白さを感じた彼らは、「勃起させる独裁者」を求めて声を上げるのだが、「黒ぬりの凄い上等の外国製自動車が行く、そのなかに白っぽい温和な紳士の顔」を見て「がっかり」する。つまり「天皇」が「勃起させる独裁者」ではなく「白っぽい温和な紳士の顔」であったことに落胆し、「《天皇》に由来する一種の憂鬱症にかかりそう」になるのである。

だからこそ彼らは、あの「《静かなる男》をびっくりさせ」るために、天皇の車の前で手榴弾を爆発させるという「勃起させる」計画を思いつく。だが、いざ実行の際に、トイレの汚物入れに隠した手榴弾の上にかぶさった、月経の血にまみれた汚物を見た康二が嘔吐したために不首尾に終わる。靖男が頼子の「女陰的世界」につなぎ留められていたように、彼らを「勃起させる」計画もまた「女」によって妨げられてしまうのである。計画が失敗した後、滋は「おれたちは天皇に、あのこぢんまりした男にすっかりいかれてしまった」「心の隅ずみまでインポテンツな、正真正銘の天皇の子だ」と屈辱を感じる。そして在日朝鮮人である高が「この天皇の子の日本人め」と自分と康二を侮蔑しているかのように感じるのである。

だが、このときの高の内面は、滋が想像するようなものではなかった。彼は見張りをしていたときに感じていた「極度の恐怖の残り滓が眼の底によどんでいるのを見られて軽視されたくない」ために、眼をつむっていたのである。高が見張りをしている場面は、次のように語られている。

《ああ、もし天皇が爆死したら！》かれは新しい恐怖におののく。今、歩道にたたずんでいる群集は怒りに眼をむいて逆上しきって、かれをとらえにおしよせてくるだろう。かれは虐殺されるだろう。（略）《しかしおれは虐殺されることよりも、天皇自体がおそろしいのだ、天皇を爆死させること、それはこの大地を破壊しさることのように、歴史がすべて暗い虚無に沈んでしまうようにおそろしい。それは地球が消滅して、方向も時間もない宇宙におれが一つの粒子としてただよいはじめるようなおそろしさだ。それは死よりもおそろしい。おれを屋上の見張りに追いやり、ゲームからおれを排除したあいつら、あいつら日本人の少年たちよりも、朝鮮人のおれに天皇のおそろしさは骨身にしみているのだ。[21]

「日本人の市民の手」で「祖父母」を虐殺されたという高は、もし間違えて「天皇」が爆死したら「虐殺される」のではないかと恐怖におののく。しかし彼はその「虐殺される」恐怖よりも「天皇自体がおそろしい」という。彼にとって天皇の爆死とは、「歴史がすべて暗い虚無に沈んでしまうよう」な、「地球が消滅して、方向も時間もない宇宙におれが一つの粒子としてただよいはじめるようなおそろしさ」を感じさせるものである。つまり日本の植民地支配の痕跡をその身体に刻み付けている高にとって、「天皇」は、いまも侵すべからざる畏怖の対象としてあり続けているのである。そんな彼が「天皇」だけでなく、朝鮮戦争でともに従軍していた「米兵」たちの記憶をも身体に刻印していることが、その後の展開で明らかになる。

　手榴弾計画の失敗で三人それぞれが「孤独」と「卑劣さ」を感じていたとき、高は朝鮮戦争で一緒だったアメリカ兵のジミーと再会し、性的関係をもつ。ホテルの部屋で性交した後、ジミーは「たるんでさがっている腹には我慢できない」が自分も「今や、そうなろうとしている」と言い、それを聞いた高は「むしろ逞しくなっているよ」と答える。「高よ、おまえも、五百人の朝鮮女を強姦できるくらいの勇ましさだぜ」と返すジミーに再び欲望を感じた高は、シャワーを浴びながら壁の複製画のなかの死に瀕した兵士に目を留める。高に焦点化した語りは次のように述べる。

> 今や、ぐっさりつきこまれた短剣は射精しおわった瞬間の性器であり、泡だち流れる真紅の血は高められた精液だ。殺されようとしている若い兵士の腹部、胸板から下腹部にいたる幾重にもくりかえされるくぼみと高まりの緊張した連続は、気が遠くなるほどの衝撃を高にあたえる。朝鮮戦線で、不恰好な軍服を着たアメリカの若者のほとんどすべてがこの見事な腹をもっていたのであり、殺戮された朝鮮人たちは栄養失調で青黒く脹れあがった汚ない腹を白日のもとにさらしたのだ。おれは、あの汚ない腹の朝鮮人の同胞ではない、おれは倒錯した性愛をつうじて朝鮮人でも東洋人でもない存在に変ったのだ、おれは超越者だ！

　高は、涙と微笑にゆがんだ顔をうなだれて奴隷のように膝まずいて、その瀕死の若者の圧倒

的な腹部と香ぐわしい男根に頬と脣をふれている自分を夢みた。(22)

ジミーとの性的関係を通じて「青黒く脹れあがった汚ない腹」をさらす「朝鮮人」でも「東洋人」でもない「超越者」になったと高揚する高は、「見事な腹」をもつジミーや複製画の兵士たちの世界に参入しうる者として自らを定位する。ここで注目すべきは、靖男の語りにみられた、緊張感がある身体／緩んだ身体、ホモエロティックに表象されるホモソーシャルな世界／「停滞」の象徴である女陰的世界という二項対立に、アメリカ兵／朝鮮人が加えられていることである。「白人」としか寝ないという高にとって「同性愛は、名誉回復の儀式」、すなわち「民族的な序列を一挙にひっくりかえし挽回するための息苦しい儀式」と語られる。「天皇」への畏怖が身体に刻み付けられている高は、朝鮮半島を代理戦争の場とし、その後も「日本」「韓国」を実質的な管理下に置く「アメリカ」の白人兵士との性行為を通じて、自らを劣位に置くもろもろの序列的関係を転覆するのである。だがその後、「トラック」を買う金を出してほしいという高に激怒したジミーは、高を「すぐに代償を欲しがる恥しらずの淫売だ」「東洋人の乞食の淫売だ」となじり、「おれが朝鮮女を強姦したといってもおまえはにやにやしている」が「おまえのお袋を強姦したのかもしれないじゃないか」と非難する。「金のためなら妹だって強姦させる豚野郎だ」と侮辱されたことで、自分が「同胞を虐殺する外国兵の暴力にうむをいわせず鶏姦される幼い男娼」であったことを思い出した高は、「朝鮮人のゲリラがやる残酷で執拗な手で」ジミーの喉を押しつぶし、殺してしまう。ホテルのフロントの前を震えずに歩き抜けた彼は「五百人の男に強姦された女のように疲れきっ」

た状態で滋や康二のもとへ急ぐ。「五百人の朝鮮女を強姦」できるようなたくましさをもっていたはずの彼は、序列的関係を転覆しようとした報いを受けたかのように、「五百人の男に強姦された女」の状態でホテルを去るのである。

　キース・ヴィンセントは、「男性のホモセクシュアル／ホモソーシャルな超歴史的きずなとみえるものへの回帰」というかたちで「ジミーと一緒に恍惚となっている瞬間、高は戦後のアメリカ帝国によってだまされ、一瞬、異国民間の協同《コープティション》に従事」したと捉えたうえで、それは「日本の天皇という戦前の形象によって彼がそうさせられたのとまったく同じこと」であると指摘する。そしてジミーからの侮蔑によって「取り返しのつかないほど女性化され人種化され」た彼は、その「超越的なホモソーシャル連続体」に加わる資格を剝奪されたとして、テクストにおける「ゲイの欲望のホモソーシャルな、あるいはホモフォビックな配置[23]」をみる。エロティックな修辞によって表象されるホモソーシャルな世界は、ホモセクシュアルな欲望を呼び寄せながらそれを排除すると同時に、人種的民族的超越の幻想とその破壊によって、彼を危機に陥れるのである。

　このようにみていくと、靖男と高は、どちらもエロティックに表象されたホモソーシャルな世界への参入を求めて挫折するという点で共通しているといえるだろう。しかしこの二人の挫折を同様に扱っていいのだろうか。実はここには、誰が歴史を背負わされたのかという「戦後」的問題が潜んでいるのである。

3　歴史の免責と暴力の傷痕

靖男によるホモソーシャルな世界への参入の失敗は、ジミーを殺害した高と康二が手榴弾による度胸だめしで死んだ事件に関わって、弟の滋が救いを求めてきたことが原因である。滋を助けようとした靖男は「アラブ人」と行動をともにしていたことがばれ、反政府的な彼に協力しないことを約束するようフランス大使館員から説かれる。だが「アラブ人」との連帯を優先した靖男は「non」と答え、結果的に「女陰的世界」からの脱出に失敗してしまうのである。そのことを知った「アラブ人」が「友情に感動していた」と耳にした靖男は、自分たちの関係が「連帯」ではなく「友情」になってしまったことにむなしさを感じるのだが、しかし一時的ではあれ、彼が「アラブ人」との間に連帯的関係を築いたことに代わりはない。それは、宗主国に抵抗する被植民者との連帯であり、西洋世界に対抗する側につくという点でも、「英雄的」行為を求める彼を満足させるものだったろう。また、靖男にとってホモソーシャルな世界への参入は、彼のアイデンティティや「日本人」という枠組みを脅かすものではなかった。大江がエッセーで述べているように、アルジェリアの問題について「日本人」は「どんな責任もおっていない」ために安全な立ち位置を確保できるのであり[24]、アルジェリアの「アラブ人」との絆の成立／不成立が彼のアイデンティティを揺さぶることはないのである。一方、高にとってのホモソーシャルな世界への参入とその失敗は、アイデンティティに深く関わるものである。ホモセクシュアルな欲望が媒介する白人男性との絆は、一見成立したかのようだったが、それは幻にすぎなかった。民族的序列の転覆を伴う男同士の絆という幻想の崩壊は、彼のアイデンティティを切り裂いてしまうのである。

こうしてテクストは、ほかの作中人物たちには関わりがないかのように、歴史的暴力の痕跡のすべてを高に背負わせる。高に焦点化した語りは、それを端的に表している。

仲間たちが、おれをおかまだと知ったら、おれはかれらからたちまち見棄てられるだろう、仲間たちは、おれの同性愛の儀式としての意味を知らない、理解しようとさえしないだろう。あいつたちは、生れてから今まで、真の屈辱を味わったことがない、天使的な子供だ、そしておれは、東洋人のなかの最も汚ならしい民族の、屈辱になれっこになった民族の落し子ときている！㉕

ホモフォビックな志向をもつこのテクストでスティグマ化された高は、自らを「東洋人のなかの最も汚ならしい民族の、屈辱になれっこになった民族の落し子」と位置づける。その際、滋や康二らは「生れてから今まで、真の屈辱を味わったことがない、天使的な子供」として語られるのである。この両者の非対称性は、作中人物たちを描く際の時間的射程とも関わっている。例えばテクストで、靖男や頼子、滋や康二らの過去が語られることはほとんどない。高と年齢的に近いはずの靖男の過去もほとんど語られず、学生運動との関わりを匂わせる記述以外に、彼が頼子との性生活にふけるまで何を経験してきたかが語られることはない。むしろ語られないことで革命運動の挫折がトラウマ的に表象されているともいえるのだが、いずれにせよ、彼の歴史の起点は学生運動ということになるだろう。一方、「在日朝鮮人」である高の歴史の起点は戦時に置かれ、子ども時代の「天皇」にまつわる思い出から始まっている。つまり靖男たちは、高とは異なり、「停滞」する現在以外の時間を削ぎ落としうる存在として、すなわち過去からも未来からも切断された時間を生きることができる人物として、テクストに登場するのである。

このような、断片化された時間の意味を隠喩的に表すようなエピソードが物語中にみられる。それは靖男の幼児期の最初の思考の記憶として不意に語られる、亡き父との会話である。幼い靖男が「樹はなぜまっすぐ空へむかってのびるの、地面をはいずりまわってのびることはできないの？」と問うた際、父は「それじゃあ、ぼうや、収集不可能だよ！」と答えたというもので、靖男に焦点化した語りは、「収集不可能」という言葉は後年の翻訳だろうと断りながら、そのとき初めて「この世界が収集可能という幻影のうえに建てられている城だということ」を知ったと語る。この会話は、航空隊の将校だった父が南方へ出撃するための別れの場面で交わされたものであり、その後父は行方不明になってしまうのだが、「収集可能」な世界に生きる父の未来には「南方への出撃」という命をかける行為があり、そこからさかのぼって現在や過去を物語的＝歴史的に整序することができる。だが、未来を奪われ「停滞」する現在に生き続ける靖男にとって、時間は物語的＝歴史的に整序できない「収集不可能」なものである。つまり「停滞」する世界の住人たちが過ごす「執行」までの「猶予」の時間は、断片化され、はいずりまわっているがゆえに、整序しえないものなのである。

未来や過去から切断された現在だけに生きる靖男たちとは対照的に、「在日朝鮮人」である高という人物は過去から語り起こされる。再現的描写はなく叙述的な記述ばかりだが、しかし彼の具体的な経歴はテクストに明示されている。戦時中、彼の一家は山村の町工場に住み込んでいて、彼自身「日本陸軍の兵士になり天皇陛下のために死ぬことになるのを疑わな」い少年だった。両親ともに「朝鮮人」だったが《故国》を知らなかった彼は、朝鮮戦争時に兵隊の友達の世話でキャンプのクラブで働くようになり、「雑役夫」の資格で兵隊たちと一緒に朝鮮に渡る。《故国》の土に胸が震えたが、地獄のような戦争と不愉快な生活、汚辱に満ちた振る舞いも強いられ、彼と親しかった兵隊の友人は気が狂い、木にぶら下がってしまう。天涯孤独で行き場がない自分を発見した高は、死に物狂いで隊を離れ、非合法に日本に戻ってくるのだが、その際「朝鮮、《故国》、そこでの戦争、過度の労働と暴力と恐怖、不潔、憎悪と死、それらはかれの少年期と一緒に深い忘却の淵のなかへまっさかさまに落ちこんで行った」という。つまり高は、自身の記憶から消し去ったものも含め、過去の歴史と暴力の痕跡をその身に刻んだ人物なのである。

一方、過去が語られないほかの青年たちは、まるで歴史とは無縁であるかのように描かれている。《不幸な若者たち《アンラッキー・ヤングメン》》の三人が右翼に雇われて隊列に参加した際、高は「おれは天皇にまいってていた」と言い、「人間宣言したときには食欲をなくしたよ」と話すのだが、滋は「おぼえてないよ、きっと朝鮮人の学校だけ教えたんじゃないか？」と答える。また金を払った右翼を指して「あのやろう、おれが朝鮮人だと知ったらなあ、おれに金をはらうかわりに唾をかけたぜ」といっぱいくわせたことを喜ぶ高に、「なぜ唾を、おまえになぜ唾をかけるんだ」「え？　おまえ、あいつは右翼だぜ」とわかっていない反応を示したり、三人のなかで「《日本人の国歌》」を歌えるのは高だけで「日本人の二人はその旋律をおぼえてさえもいなかった」りする。つまり過去の歴史と切断された現在を生きる青年たちは、高がいまでも背負っている「大日本帝国」の暴力の歴史とは無縁の存在、すなわち歴史を免責された存在として描かれているのである。なお、滋と康二は十六歳、高は二十歳と、年齢差が設定されているが、大学生である靖男や中年の頼子にも過去が付されていないことを踏まえれば、その非対称性は明らかだろう。

このような、テクストにみられる歴史の切断は、大江の認識が反映されたものと考えられる。先にも述べたように、大江は「怒れる若者たち・座談会」で、「戦中派」を「戦時に回顧的」と見なし、また「戦争文学には一種の回顧趣味のようなもの、なにか体のなかで被害体験を売っているようなものがある」として、「将来の戦争をどうしようという前進的な意味」があるわけではないと批判していた。『われらの時代』にみられる過去を切断された若者たちの造形が、この大江の見解に支えられたものであることはいうまでもないだろう。だが、高のようにアイデンティティを含む彼の現在が、戦前戦時、そして朝鮮戦争のような、いわゆる「戦後」の戦争と切り離しえない場合があることを踏まえるならば、「戦時」へのまなざしを「回顧」と見なせること自体、あるいは現在を過去から切断して捉えられること自体に、すでに特権性が潜んでいるのではないか。高の造形について、高と康二の爆死を告げる新聞記事の見出しに付された「戦後派少年」という言葉に注目する北山敏秀は、「戦後派」という議論の外あるいは副次的位置にあった「朝鮮人」である高にそのラベルを付すことで、「日本人」の枠を相対化する「他者」として高を描きえたとして評価している。[26] 北山が指摘するように、確かに高は「他者」としてテクストに配置されているといえるだろう。だがそれは「日本人」の枠を相対化するというよりも、歴史から切断して語りうる「現代の日本」の若者たちという枠組み自体に亀裂をもたらす存在としてなのである。『われらの時代』の若者たちが免責されたはずの歴史の暴力をいまなお身体に刻み付けている高は、時間的断絶を前提とする靖男らの物語を補強すると同時に内破するような、境界的存在としてテクストに立ち現れるのである。

おわりに

歴史と切断された現在を描く『われらの時代』の物語に高がもたらした裂け目について、発表当時において目が向けられることはなかった。橋川文三は、石原や大江などの戦後派は「ひたすら現在を求め、その現実の苛酷さという言葉に惑溺」して「感性的行動の氾濫」を生むばかりで「歴史における他者——それこそが現実の構造である——の意識」をつかむことがないという傾向を示したうえで、前述の「怒れる若者たち・座談会」での「回顧趣味」発言に対し次のように反駁する。

その一つ——戦争体験論が回顧趣味でないのはなぜか？　この弁明は簡単である。「回顧趣味」とは、一種の嗜好（Geschmack）にほかならないが、およそ趣味・嗜好とよばれるものにおいては、人間の主体的責任の問題が介入することは原則的にありえない。趣味としての回顧は、実質的に一個の心理学的カテゴリイに属する作用であり、それは人間における歴史的認識と責任の追及とは全くカテゴリイを異にする。しかし、戦争体験論は、まさにその責任意識において成り立っているものにほかならない[27]。

橋川による「歴史における他者」欠如批判や「歴史的認識と責任の追及」の重視などは、まさに『われらの時代』の高をめぐる議論へと発展しそうなものだが、彼の論理を追うと、必ずしもそうではないことがみえてくる。

橋川は自分が「戦争」にこだわるのは「メタ・ヒストリイク（歴史意識）」の立場からだといい、「わが国の精神伝統の中に」初めて「歴史意識」を「創出」しようとする「戦争体験」論をなしくずしに阻害するのが、歴史意識のない「世代論」であるという。

彼によれば「歴史意識」とは「巨大かつ急激な社会変動の場合に発生」するものである。そして「自然の秩序のように疑うことのできない」ものになっていた「戦争体制」が「敗戦」によって崩れたことで、「国体という擬歴史的疑念に結晶したエネルギーそのもののトータル（全的）な挫折」が生じ、「本来的な歴史意識のための、本当の解放」がもたらされたという。さらに橋川は、ヨーロッパの歴史意識を生んだ「歴史過程の弁神論的直観」を成立させたのは「歴史的事実とみられたイエスの磔刑に対する深い共感の伝統」であるとし、「イエスの死がたんに歴史的事実過程であるのではなく、同時に、超越的原理過程を意味した」のと同じ意味で、「日本の精神伝統」では「太平洋戦争とその敗北」が「超越的な原理過程」になるのではないか、そのため、「戦争体験論」は回顧や感傷とは異なるのではないかと述べるのである。(28) この橋川の論は、戦争体験を原理化することで「日本の精神伝統」と個に普遍性を帯びた「歴史意識」をもたらすためのものである。もちろん、橋川による日本のファシズム形成追究の成果はいまさらいうまでもないのだが、しかしここでいう戦争体験の原理化が『われらの時代』の高のような存在を照らし出すものかといえば、そうとはいえない。「太平洋戦争」を「超越的な原理過程」と捉えるような「歴史意識」を共有しえず、植民地支配時の暴力や朝鮮戦争の記憶を抱えたまま過去との連続性のもとで生きざるをえない高のような人々への「責任」は、橋川がいう「戦争体験論」の「歴史的認識と責任」とは異なる次元にあるのではないか。日本の戦後思想における、アジア侵略行為に対する「戦争責任」の問題について、尹健次は次のように述べている。

いわば近代天皇制が戦争を媒介に国民統合をなしとげた前史を引き継いで、知識人そして民衆はネガティブな感情の壁にさえぎられて、天皇制およびそれと密着したアジアへの侵略行為に関しては思考停止の状況に追いやられ、戦争責任の問題は日本人のアイデンティティ（民族性）や「国民感情」「民族感情」といった抽象のなかに解消されてしまう傾向を示した。事実、戦後の日本においては、「日本人」という共同体意識から自由になれないまま、戦争や侵略についての自己批判も、多くの場合「日本人論」という枠組みのなかで語られがちであったと言ってもよい。[29]

橋川にもみられたように、戦後の「戦争」をめぐる議論は「日本人論」の枠組みでおこなわれがちであり、アジアへの侵略、植民地の問題を置き去りにしてきた。そして『われらの時代』が図らずも描いてみせた非対称性、すなわち高のように植民地支配の暴力や「戦後」の戦争と切り離せない現在を生きる人々と、歴史を免責されたかのように現在を生きる若者たちという構図もまた見過ごされてしまったのである。

だがその要因の一部はテクストにある。高はこの物語で、「停滞」する現在の「日本」に違和を生じさせないような「他者」として配置されていて、その配置を可能にしているものの一つがホモフォビックに描かれる同性愛的欲望である。右翼の隊列に加わった際に、滋と康二が「ファシスト党」や「ナチス」の親衛隊に入りたかったといい、「ユダヤ人の娘を強姦」し「その娘の胸を銃剣でひとつきするのが仕上げだ」と興奮して語るのだが、「自分の民族が強姦され、銃剣でひとつきされる戦場にいたことがあ」り「大虐殺にちかいものを見たこともある」高は、次のように思う。

かれは二人の少年ファシストにたいして性的な激しい熱情をそだて、胸を熱くした。ああ、おれはこの二人の少年ファシストをどんなにか抱きしめ頬ずりし、かれらの野菜のようにみずみずしく硬い性器でおれの情念そのもののようなあたたかく濡れた直腸の奥ふかくまでつらぬきとおしてもらいたいことだろう。かれは二人の少年ファシストに強姦される弱いユダヤ女、銃

剣でえぐられる女陰をもったユダヤ女だった。(30)

暴力の歴史を身体に刻み込んだ高が抱きうるはずの「ファシスト」への反感は、あるいは大日本帝国の歴史やその後の戦争加担を「戦後」という境界線で切断し免責しえたかのような若者たちへの複雑な感情は語られず、代わりにホモセクシュアルな欲望が描出される。それによって高は、「現代の日本」を攪乱することがない「他者」として、『われらの時代』の一員になるのである。

一九五九年発表の『われらの時代』が、「在日朝鮮人」という立場の高に戦前戦時、そして戦後の暴力の歴史を一身に背負わせ、ホモフォビックな志向によってスティグマ化しながら「現代の日本」に違和感を生じさせない「他者」として彼を描いたとすれば、そしてそれが疑問視されることなく広く受容されていたとすれば、この時期の歴史認識や戦争へのまなざしを問う必要があるのではないか。軍事基地提供や物資補給、掃海隊派遣など、その遂行に日本が関わっていた朝鮮戦争、そして五六年のフィリピンとの平和条約・賠償協定締結や五九年のベトナム共和国との賠償協定締結、六五年の日韓条約締結と、アジアに対する戦争責任の問題はサンフランシスコ講和条約で終結したわけではなく、存在し続けていた。また、原爆被害者などへの公的な対応も不足していた。にもかかわらず六〇年前後の時点で、戦争と断絶された現在として「戦後」が語られていたのである。こうした点も踏まえて、次章では、原爆被害をめぐる物語である「黒い雨」に着目することで、「戦前」「戦時」「戦後」という時間がどのように表象されていたのかを問うてみたい。

注

（1）大井浩一『六〇年安保――メディアにあらわれたイメージ闘争』勁草書房、二〇一〇年、二三―四五、四七―五二ページ

（2）本章の引用は、のちに刊行された単行本（江藤淳ほか『シンポジウム　発言』河出書房新社、一九六〇年、三八―四八ページ）による。

（3）これはシンポジウムの出席者である浅利慶太や石原慎太郎にもみられる現実解釈で、例えば浅利は、「われわれは現状を変えようという意志を捨てたのではない。だが可能なかぎりの現実行動のパターンはすでに出つくしている」と述べている（同書二二ページ）。

（4）石原慎太郎／浅利慶太／村上兵衛／大江健三郎／橋川文三／江藤淳「怒れる若者たち・座談会」「文学界」一九五九年十月号、文藝春秋新社、一三二―一四一ページ

（5）佐々木基一「「怒れる世代」をめぐって」、前掲『シンポジウム　発言』所収、二二九―二三〇ページ

（6）平野謙／野間宏／久保田正文／小田切秀雄「〈座談会〉一九五九年度の文学の問題と傾向」「新日本文学」一九五九年十二月号、新日本文学会、一二五ページ。ただし平野謙は吉本隆明が評価していることにもふれていて、また「僕はそんなに悪くないという気がした」と述べている。またこの作品を「大江さんの脳髄のなかに夢見られたメルヘン」（前掲「怒れる若者たち・座談会」一三九ページ）と称したのは江藤淳だが、島尾敏雄もまた「彼は、むかしばなしを書くように」「彼が現代だと考えたものを、おとぎばなしで描いてみせてくれた」と評している点は興味深い（島尾敏雄「大江健三郎『われらの時代』」「三田文学」一九五九年九月号、三田文学会、三四ページ）。なお服部訓和は、結末

の安易な絶望や「われら」という主体の状況への寄りかかり、自己と世代を直結する「観念性」などに対する厳しい批判があったことを指摘している。
(7) 橋川文三『増補 日本浪曼派批判序説』未来社、一九六五年、三〇八―三〇九ページ
(8) 坪内祐三『昭和の子供だ君たちも』新潮社、二〇一四年、八三―九六ページ。なお、坪内が文中で引用しているのは、海老坂武『〈戦後〉が若かった頃』(岩波書店、二〇〇二年)、小中陽太郎『ラメール母』(平原社、二〇〇四年)の記述である。
(9) 大江健三郎「われらの時代」『大江健三郎全作品2』新潮社、一九九六年、一二九―一三〇ページ。以下、本文の引用は同書による。
(10) 大西巨人「大江健三郎先生作「われらの時代」の問題・その他」「新日本文学」一九五九年十一月号、新日本文学会、一七七ページ
(11) 針生一郎「文芸時評　檻のなかの野獣」、同誌一八〇―一八二ページ
(12) 前掲『増補 日本浪曼派批判序説』三二〇―三二一ページ
(13) 大江健三郎「われらの性の世界」『出発点』(『大江健三郎 同時代論集』第一巻)、岩波書店、一九八〇年、一四〇―一五一ページ。初出は「群像」一九五九年十二月号、講談社。
(14) ジェームス・キース・ヴィンセント「大江健三郎と三島由紀夫の作品におけるホモファシズムとその不満」竹内孝宏訳、「批評空間 第Ⅱ期」第十六号、太田出版、一九九八年、一三六―一四一ページ
(15) 前掲「われらの時代」一四六ページ
(16) 同小説一三七ページ
(17) 前掲『昭和の子供だ君たちも』九四ページ
(18) 前掲『六〇年安保』三〇―三一ページ

(19) 松原新一『大江健三郎の世界』講談社、一九六七年、一二九ページ
(20) 前掲「われらの時代」一二四ページ
(21) 同小説二一九―二二〇ページ
(22) 同小説二六一―二六二ページ
(23) 前掲「大江健三郎と三島由紀夫の作品におけるホモファシズムとその不満」一三九―一四一ページ。なお、キース・ヴィンセントはここにエディプス・シナリオの失敗をみたうえで、このテクストの同性愛は、二人の男の間の、また彼らが属する国民国家間の権力関係を置換し、否認するためのメカニズムにすぎないと批判している。
(24) 大江健三郎「戦後世代のイメージ」、前掲『出発点』一八ページ(初出は「週刊朝日」一九五九年一月四日号―二月二十二日号、朝日新聞社)
(25) 前掲「われらの時代」二一四ページ
(26) 北山敏秀「「戦争体験論」の意味――『われらの時代』を「批判」するということ」、言語態研究会編「言語態」第十四号、言語態研究会、二〇一四年、一四四ページ
(27) 橋川文三「日本近代史と戦争体験――歴史意識の問題を中心に」、現代の発見編集委員会編『戦争体験の意味』(「現代の発見」第二巻)所収、春秋社、一九五九年、七―一三ページ
(28) 同論文二一―三四ページ
(29) 尹健次「戦後思想の出発とアジア観」、中村政則/天川晃/尹健次/五十嵐武士編『戦後思想と社会意識』(「戦後日本――占領と戦後改革」第三巻)所収、岩波書店、一九九五年、一五八―一五九ページ
(30) 前掲「われらの時代」一九六―一九七ページ

第６章　「戦時」をめぐる歴史的時間の編成

――井伏鱒二「黒い雨」

はじめに

前章では、六〇年安保前夜の若者たちを描いた大江健三郎『われらの時代』が、ホモフォビックにスティグマ化された「在日朝鮮人」に「戦争」の痕跡を一身に背負わせることで、「戦争」という過去から切断された「若者」像をつくりあげていたことを確認した。この構図は、「戦争責任」を含む議論や歴史認識のあり方に通じるものといえるだろう。本章ではさらに歩を進めて、「原爆」の物語にみられる「戦争」をめぐる時間のナラティブに目を向けたい。それはおそらく、「戦争」の記憶のあり方を問うことにもつながるはずである。

井伏鱒二「黒い雨」は「新潮」（新潮社）に一九六五年一月号から一九六六年九月号まで連載さ

れ、六六年十月に単行本として刊行された。広島で被爆して「原爆病」を患いながら暮らす主人公の閑間重松は、原爆投下から五年が過ぎようとしている語りの現在に、広島市から四十何里離れた小畠村に住んでいる。彼は実の娘のように面倒をみている姪の矢須子の縁談に心をくだくが、被爆者であるという噂のためにうまくいかない。重松は、矢須子が被爆していないことを証明しようと、当時の矢須子の日記や自分の日記などを清書し始めるのだが、そのうちに彼女は「原爆病」を発病してしまう。この主筋に沿って、重松などの日記や記録につづられた原爆投下時を中心とする戦時と、矢須子の縁談や「原爆病」発症を軸とする戦後——日記を書く契機になった矢須子の破談は五〇年六月ごろと考えられる——が並行して語られていく。この作品は「連載中から評判になり、完成後もこれほど文壇こぞっての称賛を受けた作品は近ごろめずらしい[1]」といわれるほど注目を浴び、一九六六年度第十九回野間文芸賞を受賞した。刊行後半年もたたないうちに書かれた多田道太郎「戦後ベストセラー物語[2]」には販売部数十五万部という記述があり、その時点ですでに多くの読者を獲得していたといえるだろう。

同時代評では、河上徹太郎が「黒い雨」を「世界最初の原爆小説[3]」と呼んだように、大田洋子や原民喜などそれ以前に原爆被害を描いた作品と差別化して評価された。例えば平野謙は、それまでの原爆を描いた作品は「私どもにおなじみの私小説的リアリティがまず前提されていた」が「黒い雨」は「ひとつのフィクション」として「あえてヒロシマ原爆を一長編にまで構築した[4]」と述べている。平野はその評価に続けて次のようにいう。

むろん作者はこの題材をイデオロギーぬきに書いている。原爆投下という生き地獄を、名もなき庶民の日記というかたちをかりて、いわば事実を事実として描いている。[5]

また「原爆をどんなイデオロギーにも曇らされぬ眼で、これほど直視し切った小説を私ははじめて読んだ」と書いた江藤淳も、「黒い雨」が「「知識人」的慣用句でとりあつかうこと」を軸にするのではなく「地方の生活に深く根ざした控え目な生活者の視野に局限」したことや「異常事を語ろうとする者の心の高ぶり」がみられないことを評価し、作品の「動かしがたい説得力の秘密は、二十一年前の広島におこった異常事を語るにあたって、作者が見事にこの平常心をつらぬき通し[6]」たことにあると述べている。こうした「イデオロギーぬき」に対する評価は、原水爆禁止運動などの「反戦」を主張する姿勢とは対照的な、被害者ゆえに平和を希求する「庶民」の声を称揚するものであると川口隆行は指摘している。[7]本章で取り上げたいのは、そうした「イデオロギー」の対立項として見いだされ肯定された「庶民」や「日常」「平常心」であり、またそれらが生み出す戦時の記憶とその枠組みである。「イデオロギーぬき」に「事実を事実として」描いたと評された「黒い雨」は、戦時下の「庶民」をどのように描いていたのだろうか。また、井伏自身が「ベトナム戦争が盛んな頃で、戦争反対の気持も含めて、極力事実を尊重してルポルタージュとして書いた[8]」と述べていたように、作品を発表した一九六五年前後はベトナム戦争報道が盛んになった時期であり日韓条約の締結期でもあった。現在進行形の戦争と過去の戦争に向き合うことを求められたこの時期、「黒い雨」は「庶民」や「日常」をどのように表象することで「戦時」を、あるいは「戦争」を描いたのだろうか。

「黒い雨」をめぐっては、一時期、もとになった日記や手記との関わりから作品の自律性を疑って批判する声も上がったが、それらの日記や手記が刊行された現在においてその批判の有効性がどこまであるかといえば首をかしげざるをえない[9]。ただし滝口明祥がその声の背景に「体験者が書き遺した多くの原爆文学が無視黙殺されていくなかで、非体験者が書いた『黒い雨』のみが高く評価され、ベストセラーになったことに対して、複雑な思いを抱いた被爆者は少なくなかったよう[10]」な状況をみていることは留意すべきだろう。本章では体験者／非体験者という区分によるアプローチはおこなわないが、「黒い雨」を原爆だけでなく「戦時」あるいは「戦争」の記憶を描いた作品と見なすことで、原爆被害者が物語構造上どのように位置づけられているかを浮かび上がらせることにする。「黒い雨」に描かれた「戦時」という時間や被爆者の姿は同時代のナラティブとどのような関わりをもっていたのか、またそこで不可視化されたものは何か。一九六五年前後の状況を踏まえながら、これらの問題について考察を試みることにしたい。

1 「庶民」の表象と「異常な戦時」

松本鶴雄は、「黒い雨」の基調を「〈異常〉から脱出して〈日常〉に復帰したい」という「生への意志[11]」にみる。実際、井伏自身が「日常の平凡な行事を書かなければ戦争の浅間しさが出ないような気がして、対照するために書いた[12]」と述べているように、小説は「日常」の儀式や慣習を描くことで、原爆投下によって秩序が破壊された世界の「異常」さを描き出していく。戦後の小畠村の暮らしのなかで重松は、六月の「芒種」に農家の戸主がおこなう道具の整理や翌々日の「虫供養」などといった昔ながらの行事をこなしていくのだが、小説の語りは「この貧相な幾つものお祭は、昔の百姓たちが貧しいながらも生活を大事にしてゐたことの象徴のやうなもの」と意味づけ、「被爆日記」を清書する重松が「あの阿鼻叫喚の巷を思ひ出すにつけ、百姓たちのお祭が貧弱であればあるほど、我れ人ともに、いとほしむべきものだといふ気持になつてゐた」と伝える。儀式や慣習は「あの阿鼻叫喚」を経て再び得た「日常」の象徴として提示されているのである。もちろん、このような儀式や慣習、そして先人の知恵への従順さは「戦時」の行動にもみられるものである。重松の妻であるシゲ子がつづった「広島にて戦時下に於ける食生活」には、戦争に備えて「燐寸と塩」を買いためるなど、日露戦争時の祖母の知恵を生かしていたことが記してあり、防空壕に避難する際の風呂敷包みには非常食の焼き米と一緒に「祖先の名前を書き並べた書類」を入れていたとある。また「被爆日記」につづられた、横川駅での被爆後、横川小学校の防火用水を飲む場面で、重松は「三度含嗽してから」飲む。それはよその土地で水を飲む際の子どものころからの習慣であり、「水あたりを防ぐためばかりではなく、井戸や清水の水神様に敬意を表するすべだと云はれていた」からである。しかし原爆によって引き起こされた事態は、そのような「敬意」の保持を困難にする。原爆投下後、比治山の南側に回り、女子商業学校の横を過ぎたあたりで共同水道のバケツを見つけた重松は「飲み初めを三度に区切つて飲むべきことも忘れ」て「ただ飲」む。被爆後の状況を、身体化された儀式や慣習を忘れさせるほどの「異常」な事態として描いているのである。

もちろんこの「異常」さは、原爆投下が引き起こしたものである。ただ留意すべきは、このテクストが、原爆によらない「戦時」の事柄をも「異常」として描くために、原爆による被害が「戦時」の「異常」に包摂されるものであるかのように読めるということだ。この「戦時」の「異常」は、例えば「上」の者の横暴さや「下」の者への暴力として示される。重松の妻シゲ子が書いた「広島にて戦時下に於ける食生活」には、国定教科書の宮沢賢治の詩が「一日に玄米四合ト……」から「三合ト……」に変えられたと批判したために「流言飛語は固く慎め」と「その筋に呼び出され」た人の話をつづっている。また自分たちの食事は「大豆飯と大豆の無糖佃煮が献立の六七割を占めて」いたという記述とともに「大東亜共栄圏の諸国の使臣や外務省の外郭団体の人たち」が宿泊していたらしい「帝国ホテル」ではどんな献立になっていたのかと記しているなど、上下の断絶を強調し、「上」の暴力的振る舞いとそれに不信感をもつ「下」の者たち――重松ら「中流階級」も含めて――という構図を示している。さらに、そうした「上」の横暴ぶりは「軍」に象徴される。重松の「被爆日記」には、原爆投下から数日後に工場長の指示で石炭配給の嘆願に行ったときのことが書かれている。会社はなく焼け跡だけだったため被服支廠を訪ねたところ、管理部の中尉は「上司の御意見を伺つて、命令を受けなくてはならん」の一点張りで、「軍需会社であるによつて、敢て軍に頼らなくとも、諸君の考へ通りで何でも自由に出来る」だろうという。そのやりとりのうちに重松は、日頃から配給で足りない分を「被服支廠の威光を笠にきて」仕入れ、会社の運営を円滑にするために被服支廠に「人聞きの悪い奉仕」をしていることを思い出し、「軍に頼つて軍に叩かれ、むさぼられるよりも」「独自の方法を考へなくてはならぬ」と思うのである。この場面の前には、内務官僚出身だが「庶民的で部下の者には優しく」「気骨があつた」という栗屋市長の被爆死と、市長亡き後の市政を統括すべく着のみ着のまま市庁舎で働いている柴田助役ら職員たちのことにふれており、「軍」の横暴さがより目立つ構成になっている。また、原爆投下の二、三日前に汽車の座席を占領して眠っていた陸軍中尉の長靴に乗客が握り飯を放り込んだというエピソードも紹介し、軍人対庶民という構図を強調している。そして「広島被爆軍医予備員・岩竹博の手記」では、軍人の横暴さが具体的につづられる。岩竹ら召集された医師たちは、「軍隊では貴様たちの知識は全然通用しない。貴様たちの頭の中は馬糞同様で軍人精神は蚤の糞ほどもない」と罵倒され、訓練では「手のつけられない無頼漢になつた倅に蹴られ」るかのように暴力的な仕打ちを受ける。つまり『黒い雨』には「軍」という「上」の暴力がまざまざと描かれているのである。

それと対照的に、テクストは「戦時」以前の「昔」の思い出として牧歌的な上下関係も描いていく。例えば重松の子どものころの話として「郵便ホイ、また来たホイ、お上の御用で、また来たホイ」「お上の御用で、エッサッサ」という囃子言葉とともに優良逓送人として「大臣」から表彰された類五郎爺さんのエピソードが語られている。また、曾祖父が中央の「役人」にケンポナシの実を贈った返礼に受け取ったというインク書きの手紙が保管されていたのを知った重松が、「ひい爺さんは、この手紙をよほど大事に思つてをつたんだな」と述べる場面もある。この類五郎爺さんや曾祖父のエピソードは、「上」と「下」の関係が良好だったのどかな時代を表すものであり、「お上」への憧れや敬意、従順さをもつ存在として「下」の者を印象づける。それによって、本来であれば「下」から尊敬され慕われるはずの「上」の者が、「下」の者に暴力を振るうという出来事が、「戦時」の「異常」さとして際立つのである。

そしてもちろん重松もこの従順な「下」に含まれる。例えば彼は、アドルフ・ヒトラーを批判した正宗白鳥について胸をすくようだと思っていたのに、軍需工場にいるうちにヒトラーが勝てばいいと思うようになり、原爆でまた手のひらを返したようになったという自分の矛盾を語る。彼は確固たる思想や姿勢をもつことなく社会の秩序や規範を受け入れてきた人物であり、そんな彼が「上」のあまりの横暴さに本来であれば口にしないこと、すなわち「上」の意に背く反戦的なことを口にするほど堪え難い状況だったことが表現される。このような、従順さを伴いながら戦争を厭う人々の姿が「イデオロギーぬき」の「庶民」という解釈を招いたと考えられるだろう。さらに「上」の者の暴力にさらされる「下」の者たちという図式は、上空から投下された原爆がその下に住む人々の世界を阿鼻叫喚に陥れるという構図と比喩的に重なるために、より説得力をもつ。原爆投下直後の重松は次のように述べている。

「あそこに転がつてゐる、あの弁当を敵が見てくれないかなあ。あの握飯を見たら、敵はもう空襲に来なくてもいいと思ふだらう。もうこれ以上の無駄ごと、止めにしてくれんかな。僕らの気持、わかつてくれんかなあ。」

「閑間さん、めつたなこと云つちやいけません。[13]」

こうして重松らは、「軍」や「敵」「原爆」といった、「上」からの重層的暴力に苦しめられる従順な人々＝「庶民」として表象されていく。そして「戦時」の「異常」な上下関係についての語りは、原爆投下による「異常」をも包摂して「異常」な「戦時」というイメージを構成していくのである。

2 去勢された家長と敗戦

先にも述べたように「黒い雨」というテクストでは、重松らによってつづられる「異常」な「戦時」の物語と「戦後」の小畠村での生活の物語が並行して進む。「黒い雨」に描かれた戦争は敗戦として終結し、重松ら家族は、「異常」な世界から穏やかな「日常」へと移行するはずだった――これは戦争がなければ彼の一家は困ることなく生活できる階層だったことを表し、またこの穏やかな「日常」という表象は物語の現在が占領下であることを捨象することで可能になっている――が、それはなしえなかった。敗戦後の暮らしで、重松の被爆症状はもちろんのこと、矢須子は「耳鳴り」がし「食欲もなく、頭の毛を梳くと可なりの脱毛が認められ、歯茎の発赤腫脹が顕著」になるほど容体が悪くなっていく。この「日常」を破壊する症状こそ、原爆の脅威の時間的二重性を読者に印象づけるものといえるだろう。それは「戦時」を生き延びて迎えたはずの現在／未来に、終わったはずの過去（の被爆）がいつ侵食してくるかわからないという恐怖にほかならない。(14)ただここで注目したいのは、発症した矢須子が担う物語構造上の役割と、「戦時」に分断されていた「上」「下」を「去勢」イメージによって再接合するかのようなテクストの語りや構造である。

具体的にみていくことにしよう。矢須子の発症は、物語の構造レベルで重松の「家長」としての役割遂行を阻むものである。被爆直後の広島市内を歩き続ける場面で重松は、妻や姪である矢須子の先に立ち、周囲を見渡して判断したり指示したりと、家族を守る長としての役割を積極的に果たしていく。また戦後の小畠村の暮らしでも矢須子の結婚を心配し責任を感じて日記を清書し始めるなど、やはり家長としての役割を担おうとする。しかしその役割は矢須子の発症によって妨げられる。「原爆病」の症状が出始めた矢須子はそのことを重松夫妻になかなか打ち明けず、「これが世間に知れたら、重松夫妻は原爆病の養女が重態になつたのに、まだ放つたらかして置いたと曲解される」と重松が案じるような状態にまでなってしまう。また彼女は重松などに相談なく縁談先に「原爆病」の「症状が現れはじめたことを泣きの涙で知らせ」、それまでの重松の奔走を無にしてしまう。その後、離れに伏すようになった矢須子は「重松を煙たがつてゐるやう」でもあり、さらに医者を変えるために重松とシゲ子と矢須子の三人で相談をするが決まらず自身に選ばせることにしたところ、何の相談もなく隣村の病院に入院してしまう。つまり発症してからの矢須子は家長である重松の管理下から逸脱する存在であり、その意味で彼女の発病以後の重松は、去勢された家長としてテクストに立ち現れるのである。

そして注目すべきは、この去勢された家長をめぐるもう一つの物語が、重松の「被爆日記」の末尾の場面、玉音放送で敗戦を知る場面にみられることである。その日、重松は「恐るべき重大事が言葉によって発せられ」ると知りながら、ラジオがある食堂に行かず、裏庭に行く。ここで注目したいのは、この日記が重松の視点で書かれているために、そして彼がラジオを聞きにいかないために、玉音放送をめぐる描写が直接にはなされないという点である。重松は伝聞で知った内容を断片的にしか語りえず、しかも放送を聞いた者によると天皇の言葉は「ラジオの調子が悪く」て「はっきり聞こえ」なかったという(ただし「後日記」として刷り物で見た「詔勅」の一部を引用している)。そのため、ラジオを聞いた一人が今後も戦うように告げていたと言いだし、ほかの数人がこれを否定する意見を出したことで敗戦という結論に落ち着くのだが、ここに描かれているのは、最高位にある天皇から「恐るべき重大事が言葉によって発せられ」たにもかかわらず、それが「下」の者に伝わらないという事態である。すでにその前日の記述には、八月六日以来、軍人は従来のように威張っていいかどうか判断がつかなくなったとあり、「戦時」の上下関係が崩壊しつつあったことを示している。このような、「上」の力が損なわれることの象徴として伝わらない玉音放送があるのだとすれば、去勢された家長としての天皇がここに描かれているとみることもできるだろう。重松の敗戦に対する感情も、この去勢を前提にすると理解できる。ラジオが終わったころに食堂に行き、工員たちが泣いたり険しい表情をみせたりしているのを目にして、重松も「涙が込み上げ」るのだが、その意味を次のように説明している。

僕の涙はもう引込んでゐたが、正直なところ、それは今月今日正午すぎの涙として正統派に属するものであつたとは云はれまい。僕は幼いとき近所で遊んでゐて、要市といふ背の高い半ば白痴の無法者によくいぢめられた。それでも、その場で泣くのは我慢して家に逃げ帰り、お袋にねだつて拡げた胸元から出してもらつた乳房を見ると同時に泣きだすのであつた。いまだに乳の味が鹹つぱかつたのを覚えてゐる。ほつとした瞬間の涙であるが、今日の涙もそれと同じ種類のものではなかつたかと思ふ。(15)

重松は、玉音放送後の自身の涙を「ほつとした瞬間」のものと説明する。ここで、いじめられて帰宅し母親の乳房で泣くという、いわば口唇期への退行体験を比喩として用いていることに注目したい。被爆直後の広島で家長として、あるいは工場長に近い立場にある者として振る舞ってきた重松の敗戦への感情は、いじめっ子から逃れた後の安心感に例えられる。彼が感じたこの母子密着的安心感とは、「上」の権力の崩壊という、まさに声の主である天皇＝家長の去勢によってもたらされたものであり、その涙は「上」による理不尽な暴力への「我慢」から解放された瞬間のものと読めるのである。そしてこの場面が、重松の日記の末尾、すなわち戦後の小畠村の生活で矢須子の病状が悪化したシーンの後に書かれているために、去勢された家長という、ストーリー上では未来にあるはずの重松のイメージもここに重なることになる。語りの順序と出来事の順序が一致しないこのテクストで、矢須子の逸脱による重松の去勢は、敗戦による天皇の去勢と響き合う。こうして去勢のイメージは敗戦や原爆を媒介としながら、庶民としての重松と天皇を近接的な存在として立ち上げていく。つまり「戦時」に断絶されていた「上」「下」を再接合させるものとして、「去勢された家長」という表象が機能するのである。だとすれば敗戦を母子密着的安心感に例える語りが立ち上げるものとは、「異常」な「戦時」から解放された体験――それは民主化への移行を暗示するものでもあるだろう――としての去勢の共有によって、天皇をも含んで一体化しうるような「われわれ」という表象なのではないだろうか。

3　「喪失」と「回復」をめぐる遠近法

「黒い雨」が発表された一九六〇年代の言説を参照すると、「去勢された家長」という表象が、当時の天皇イメージに合致することにあらためて気づかされる。敗戦後、戦争責任や新憲法下での国家元首化の是非などその位置づけを含め、「天皇」は右派左派を問わず争点として存在し続けていた。[16]五六年、天皇の元首化や再軍備のための憲法改正を望む保守勢力の声を受けて憲法調査会法が成立、内閣に憲法調査会が設置され、その最終報告書が六四年に提出された。冨永望は、憲法の天皇条項をめぐる審議がおこなわれたこの時期に、「国民一般の間でも、権威権限の弱い天皇という意味」で「象徴天皇（制）」という「用語が肯定的文脈において広まっていた」[17]と指摘している。ケネス・ルオフによれば、五九年に東京都民千人を対象に「東京新聞」がおこなった調査で天皇を「象徴」とすべきと答えた人は七六％に達していて、「元首」と答えた一一％に大きく差をつけたという（残り一三％は「分からない」と回答）。五四年の同調査で「象徴」とする回答が六二％であったことを踏まえると、天皇を国民統合の「象徴」とする見方がより浸透していたといえるだろう。[18]

この浸透について渡辺治は、「戦前の明治憲法体制下の天皇」すなわち「軍刀を持った天皇」を天皇制史の「例外」「間違い」として否定し、「戦後天皇制こそ天皇制の本然の姿に戻ったもの」とする評価を含むことで可能になったと指摘している。つまり「戦時」を含む近代の天皇を例外と評することで、「民衆の中」にある「根強い戦争への忌避や軍国主義への警戒心」と共存するかたちで象徴天皇が天皇制イデオロギーの主流になりえた[19]と述べているのである。こうした見方は、憲法調査会会長だった高柳賢三によっても言及されている。高柳は六二年に発表した「象徴の元首・天皇」のなかで、「一つの〝学説〟」の紹介として、政治的な力だけに力点を置いて元首を考えるならば「日本歴史中、武家時代には将軍が元首であって、天皇は元首でなかった、それが明治維新後になって初めて天皇が元首になったのだ、と結論を出しても、論理的にはあやまりであるとはいえない[20]」と記している。また六四年に『大東亜戦争肯定論』を刊行した林房雄は「武装せる天皇」と題した章で、天皇は武家政治の七百年間、武装なくして存在したが、いままた「戦争状態の終結」が「武装せる天皇制」を終わらせたという。林は「歴史においては、試験管の中に現われる純粋な還元はあり得ない」と断りながらも次のように記している。

> たしかに占領軍とマッカーサー元帥の努力によって、日本は明治維新前のごとき国に再変形された。あの天皇制は非武装のまま七百年存続した。この非武装天皇もまた国民に敬愛され親愛されつつ、少なくとも何百年間はつづくかもしれない[21]。

林は「大東亜戦争は百年戦争の終曲であった」として開戦時を明治維新の約二十年前にみる立場をとっている。[22] つまり敗戦後の天皇を「戦争」以前のそれに重ねて論じているのである。こうした言説を踏まえるならば、ケネス・ルオフが指摘しているように、一九六四年春に始まった生存者叙勲など栄典の授与に伝統的かつ本質的な天皇の役割再開という意味をみることも可能だろう。[23] つまりこの時期の「象徴天皇（制）」の浸透は、それを近代以前の「回復」とする見方をはらんでいたのである。

ここであらためて「黒い雨」に戻ろう。ジョン・W・トリートは、「黒い雨」にみられる「儀式の喪失という主題はその回復という主題に行き当たる」[24] と指摘しているが、この「儀式の喪失」と「回復」という「主題」は、当然のことながら「戦時」が終わっても「日常」に「回復」しえないものがあることを、すなわち矢須子の発症に象徴される被爆の後遺症などの問題があることを強調するものである。ただ、ここではむしろ「喪失」と「回復」という時間を捉える枠組み自体に注目したい。前節までで論じたように、「黒い雨」は昔の上下関係を牧歌的なものとして語りながら、「軍」に代表されるような「上」の暴力を描くことで「戦時」を「異常」な時代として表象する。このような、「異常」さを軍事的な力に象徴させながらそれを「戦時」特有のものであるかのように見なす歴史的時間の編成は、近代の軍事的天皇のありようを特殊と見なして外部化することで「日本」なるものの一貫性を確保する言説や歴史観に近接的である。つまり「黒い雨」が編成する「戦時」の記憶は、象徴的統合としての「天皇」受容を支える歴史観やそのナラティブと齟齬をきたすことがないものだったといえるだろう。[25]

そして矢須子は、「異常」な「戦時」から本来的状態への「回復」という歴史において滑落した存在にほかならない。主人公である重松も「原爆病」を抱えているが、この小説が前景化するのは「回復」からこぼれ落ちた存在としての被爆者、矢須子であるといえるだろう。ただし彼女の心中はわからない。そもそも重松が書いた日記や彼の指示で集められた記録が大半を占めるこの小説で、矢須子が自身の心情を語ることはほとんどない。例えば病院から戻って離れに伏す矢須子は「重松を煙たがつてゐるやう」だが、「実家へ帰りたがつてもゐない」ために真意はわからない。この直前に、重松に焦点化した語りは「同じ原爆病患者でありながら」「先の鳥と後の鳥の病状が転倒し、先の鳥が後の鳥を振り向く目は後の鳥にとつては不快なものだらう」と説明しているが、これはあくまでも推測にすぎない。もちろん、矢須子の内面を描いていないのはモデルになった人物の日記が処分されていたことに起因する[26]のだが、しかしそれが謎や狂気という「女」をめぐる物語の定型を呼び込むこともまた事実である。例えば、矢須子の病気が進んでしまった理由として「若い女性の羞恥心」や「婚約がまとまりかけて、嬉しさ恥づかしさで血の道が起つたやうになつてゐた」ために打ち明けるのをはばかっていたことなどをあげる語りや、病院を渡り歩いたあげく相談なしに隣村の病院に入院してしまった際に「病気が病人を迷わせると云ふ俚諺は嘘ではない」と説明する語りは、彼女の言動を重松には理解できないものと意味づけていく。ショシャナ・フェルマンは「理性／狂気」という二項対立が「男／女」という対立に一致し「男の側に存在するとされる理性」が「女の狂気に相対したとき、それを専有しようとする」さまをバルザックのテクストから浮かび上がらせた[27]が、重松ないし彼に焦点化する語りと矢須子の関係もまた「理性／狂気」「男／

女」という二項対立から読み解くことができる。「理性的」な重松に焦点化した語りは、矢須子の「謎」や「狂気」を「専有しようとする」。矢須子の狂気が「原爆病」由来のものとされているために、語りの専有の試みは「病」の治癒の試みにみえ、その暴力性が隠蔽されてしまうのだが、一方で、前述のとおり彼女は重松という家長の支配から逸脱し続ける存在でもある。矢須子の内面という「謎」はテクストの空所にほかならず、そのため「女」をめぐる二項対立の物語を呼び込むと同時に、それを脱構築するような、すなわち男女一対を自明とする強制的異性愛を脱中心化するような対抗表象としての可能性を示すものでもある。[28]だが、重松の「理性」は、矢須子を「女」や「病」として範疇化し他者化することで彼の物語に取り込んでいくのである。重松に焦点化する語りが志向する「理性」のコードに沿って読むならば、矢須子は理性の世界に「回復」しえない、自らを語らない／語れない他者にほかならない。作品の末尾で重松が「五彩の虹が出たら矢須子の病気が治るんだ」と「叶はぬことと分つて」いながら占う場面は、理性ではどうすることもできない、病に冒された「女」として語られた矢須子を象徴的に表しているといえるだろう。

さらに、前述の「象徴天皇（制）」の浸透に一九五九年の皇太子成婚が深く関与していることを踏まえるならば、「回復」しえない矢須子の物語は、当時の家族神話のもとで消費されたと考えられる。同年の「中央公論」四月号、八月号に掲載された「大衆天皇制論」で松下圭一は、皇太子成婚に関するメディア分析などから、「君臨」するだけの「君主」は「幸福な家庭」という「大衆ことに小市民層の日常的欲求の理想」の体現者としての役割を果たすことを指摘している。[29]こうした家族神話の浸透を背景とすれば、またテクストの語りの志向に沿うならば、「黒い雨」の矢須子は

「象徴天皇（制）」に投影された理想としての「家庭」を築けない存在にほかならない。本多秋五は「黒い雨」を、「忘れてならない国民的体験」を描こうとした作品と価値づけたが[30]、矢須子はまさに「象徴天皇（制）」のもとに一体化しうる「われわれ」とその象徴としての「幸福な家庭」から滑り落ちた、すなわち「異常」な「戦時」にいまもとらわれた、救済すべき娘＝被爆者として配置されているのである。

おわりに

「黒い雨」はベストセラーになり、原爆被害者の苦しみを多くの人に伝えることになった。また一九六八年には「原子爆弾被爆者に対する特別措置に関する法律」が制定され、認定要件という大きな問題を抱えながらも、健康管理手当、特別手当、医療手当、介護手当などの支給が開始された。医療に限定されていた従来の法ではなく、原爆被害者全体の医療と生活を総合的に保障するための被爆者援護法を日本原水爆被害者団体協議会（被団協）が求めるなかで、六七年には前東京大学学長・茅野誠司ら世界平和アピール七人委員会が中心になってその制定を求める要望書を首相宛てに提出した。そこには川端康成や平塚らいてう、大江健三郎とともに井伏も賛同者として名を連ねている[31]。ただ直野章子が指摘するように、被団協が求めるような「国が被害を引き起こした責任を認めたうえで、二度と被爆者を作らないという意志のもと」に「国家が被害を償う」というかたちでの被爆者援護法[32]は、現在も制定されていない。

これを踏まえるならば、「黒い雨」が前景化した原爆被害者像が、救済すべき「われわれ」の「娘」であったことに留意が必要なのではないか。直野は被団協が運動を展開していくなかで、初期の「国家に救済を求める」傾向から「国家の戦争責任を問うものへと転換[33]」させていったことを指摘しているが、「黒い雨」が描いた原爆被害者は「国家の戦争責任」を問いただすような存在ではなく、むしろ天皇を含む「われわれ」が救うべき「娘」だった。つまりテクストが前景化した語らない／語れない「娘」という「被爆者」像は、まさに「国民的」主体としての「われわれ」が受け入れやすいものだったといえるのではないだろうか。

また越前谷宏は、「黒い雨」のシゲ子の手記に、広島は「あれだけの大きな街でも戦前には貧民窟が無かつた」とあることにふれて、「全国有数の規模といわれる広島市の二部落」の存在や「在広朝鮮人の存在を黙殺[34]」したと指摘している。はたして「去勢」によって一体化した「われわれ」の「娘」が代理表象する被害者像に、その一体感を揺るがしかねない立場の人々は含まれえただろうか。天皇の名のもとで対国家戦争を遂行した時間を「異常」として切断するまなざしは、近代において行使されてきたさまざまな位相の暴力を外部化すると同時に、植民地支配や侵略、移動などで「戦後」の生活までも激変させられた人々、つまり「回復」という修辞では覆えない人々の存在を不可視化するものだったのではないか。重松が日記を書く契機になった矢須子の破談は一九五〇年六月前後のことだが、占領下の状況に関する記述もなく、また滝口明祥が指摘したように朝鮮戦争開戦や朝鮮人被爆者に関する記述もない[35]。「イデオロギーぬき」で原爆を描いたとされる「黒い雨」は、ただひたすら「上」から抑圧され続けた存在として「庶民」を表象することで、また「戦時」を除くそれ以前と以後で一貫した「日本」が存在するかのように語ることで、戦争や植民地支配に付随する国家の暴力やそこに生じたであろう権力の諸様態を「戦時」の「異常」として外部化しながら、天皇のもとで一体化しうる「われわれ」の歴史として戦争の記憶を専有することに寄与してしまったのではないか。

「黒い雨」が連載されていた一九六五年は日韓条約締結の年でもあった。五一年に調印されたサンフランシスコ講和条約で、朝鮮半島は日本の交戦国ではなく連合国でもないとして署名国から外され、賠償条項の適用も受けられなかった。日韓交渉は五一年から六五年まで約十四年間続き、最大の争点だった戦後の賠償ないし補償に関わる問題は「財産及び請求権に関する問題の解決並びに経済協力に関する日本国と大韓民国との間の協定」として着地するが、それは「植民地支配に対する賠償、補償、さらには請求権の弁済という名目ではなく、経済協力、とくに、反共自由主義陣営の結束強化という要請[36]」によるものだったのである。近年、日韓の会談関連文書が公開されたことに伴い、外交的圧力だけでなく日韓交渉の実務レベルでもアメリカが関与していたことがわかってきており、李鐘元は、そこで重んじられたのは「冷戦の論理」であり「歴史の論理」への認識は欠落していたと指摘している[37]。もちろん、「黒い雨」や「象徴天皇（制）」言説に「戦争」や「軍国主義」への否定がはらまれていることは事実であり、また「黒い雨」が被爆者の苦しみを多くの読者に伝えたことは疑いえない。だが、作品が示した「戦時」の枠組みは、過去の戦争や植民地支配の問題を回避する回路を補強し、それらが「戦後」の現在に深く関わるものであるという事実を消去して戦争や平和を捉える視点を提供するものだったともいえるのではないか。また「経済協力」方式で韓国が妥結した背景には、朴正熙軍事政権が基盤とする資金確保の問題もあり、[38]当然ながら「日本」も「冷戦の論理」のもとでの積極的行為者だった。同時期のベトナム戦争に抗する言説には「庶民」の立場から「戦時」の記憶を語ることで戦争に反対するというパターンもみられるが、[39]韓国が参戦した「ベトナム戦争」を、過去の「戦時」に重ねて語るだけの立場でいられたのは「冷戦の論理」の布置によるところが大きいといえるだろう。こうしたことを踏まえれば、歴史的・政治的文脈を欠落したかたちで流通する「戦時」語りがもつ功罪をあらためて考えることの重要性が浮かび上がってくる。

原爆投下後の「異常」さを「戦時」の「異常」へと包摂していく「黒い雨」は、「日常」に「回復」しえた「われわれ」なるものを主体とする「国民的《ナショナル》」な枠組みで切り取った「戦時」を描いてみせたといえるだろう。それは「回復」からこぼれ落ちた救済すべき無言の他者として「被爆者」を表象し、また「回復」という物語にさえ乗れない人々を不可視化してしまうものだった。「戦争」や「軍国主義」に抗し人々の反戦的感情を掻き立てたであろう「黒い雨」が描いた戦争の記憶とは、はたして誰のものだったのか。その記憶の主体として誰が想定され、誰が想定されていなかったのか。小説は、いまなお問題のありかを提示してくれるのである。

注

(1)「'66文壇10大ニュース」「読売新聞」一九六六年十二月二十八日付夕刊

(2)多田道太郎「井伏鱒二「黒い雨」ふるさとに落ちた原爆——戦後ベストセラー物語71」、朝日新聞社編「朝日ジャーナル」一九六七年三月五日号、朝日新聞社、三六ページ

(3)河上徹太郎「「黒い雨」讃」(「昭和四十一年度第十九回野間文芸賞 井伏鱒二氏「黒い雨」に決定」)「群像」一九六七年一月号、講談社、二九六ページ

(4)平野謙「九月の小説(上)ひときわ光る「黒い雨」」「毎日新聞」一九六六年八月三十一日付夕刊

(5)同記事

(6)江藤淳「文芸時評(上)平常心で語る異常事」「朝日新聞」一九六六年八月二十五日付夕刊

(7)川口隆行『原爆文学という問題領域』創言社、二〇〇八年、二四—二八ページ

(8)伴俊彦「井伏さんから聞いたこと(その十一)」『井伏鱒二全集』第十三巻「月報」、筑摩書房、一九七五年、三ページ

(9)広島在住の歌人・豊田清史が『『黒い雨』と「重松日記」』(風媒社、一九九三年)などで「黒い雨」の下敷きになった資料からの引用が多いことを暴露的に指摘して問題視したが、今日では主人公のモデルである重松静馬の日記や、作品内でも紹介している広島軍医予備員岩竹博の手記を収録した『重松日記』(筑摩書房、二〇〇一年)が刊行されていて、豊田の批判の非妥当性も明確になっている。なお、この問題の経緯などについては黒古一夫『井伏鱒二と戦争——『花の街』から『黒い雨』まで』(彩流社、二〇一四年)所収の第六章補論「『黒い雨』盗作説を駁す——捏造される文学史」を参照した。

(10) 滝口明祥『井伏鱒二と「ちぐはぐ」な近代――漂流するアクチュアリティ』新曜社、二〇一二年、三五六ページ（第十一章注（10））
(11) 松本鶴雄『井伏鱒二論全集成』沖積舎、二〇〇四年、二七九ページ
(12) 小沢俊郎「インタビュー 井伏鱒二氏に聞く「黒い雨」のこと」「国語通信」一九七二年三月号、筑摩書房、五ページ
(13) 井伏鱒二『井伏鱒二全集』第十三巻、筑摩書房、一九七五年、四三ページ。本文の引用は同書による。
(14) この問題については、拙著『その「民衆」とは誰なのか――ジェンダー・階級・アイデンティティ』（青弓社、二〇一三年）の第7章「〈未来〉の諸相――原水爆禁止署名運動とジェンダー」（二五七―二九三ページ）および紅野謙介／内藤千珠子／成田龍一編『〈戦後文学〉の現在形』（平凡社、二〇二〇年）収録の「大田洋子『半人間』交錯する時間と身体――原爆を語る」（五五―六〇ページ）を参照。
(15) 前掲『井伏鱒二全集』第十三巻、二九五ページ
(16) 論壇の〈天皇制〉に関する議論については、根津朝彦『戦後『中央公論』と「風流夢譚」事件――「論壇」・編集者の思想史』（日本経済評論社、二〇一三年）が「風流夢譚」事件以前の言説を整理している。また、「象徴天皇」の元首化や改憲をめぐる議論については、冨永望『象徴天皇制の形成と定着』（思文閣出版、二〇一〇年）が詳しい。
(17) 前掲『象徴天皇制の形成と定着』二一三―二一四ページ
(18) ケネス・ルオフ、高橋紘監修『国民の天皇――戦後日本の民主主義と天皇制』、木村剛久／福島睦男訳（岩波現代文庫）、岩波書店、二〇〇九年、一一七、一二三ページ。冨永は、「象徴天皇」という

言葉は「元首でない天皇」という意味で発生したものにもかかわらず、この時期の保守派が外交儀礼の実績や欧州の例などを根拠に「象徴天皇」に「元首」の意味をもたせはじめたこと、しかしそれを明文化することはなかったことなどを指摘している（前掲『象徴天皇制の形成と定着』二〇二―二一二ページ）。

（19）渡辺治『戦後政治史の中の天皇制』青木書店、一九九〇年、二四六ページ

（20）高柳賢三「象徴の元首・天皇」、「自由」編集委員会編「自由」一九六二年五月号、自由社。本章では、「自由」一九八九年二月号に再掲されたものから引用した（三七ページ）。なお同じく一九六二年五月号に掲載された座談会「天皇制の変質」のなかで竹山道雄も「天皇は、明治維新までは、政治権力なんかもっていなかった」が、「近代国としてのかっこう」をつけるために「そういう地位に置いた」とし、「以後天皇ははじめて武装をするようになった」と述べている（引用は一九八九年三月号、四五ページ）。

（21）林房雄『大東亜戦争肯定論』番町書房、一九六四年。なお翌六五年には続篇が同出版社から刊行された。本章では二〇〇八年八月に夏目書房から刊行された『大東亜戦争肯定論 普及版』を定本とする中公文庫版『大東亜戦争肯定論』（中央公論新社、二〇一四年、一四三―一四四ページ）によった。

（22）前掲『大東亜戦争肯定論』（中公文庫）、一九―二〇ページ

（23）前掲『国民の天皇』三二ページ。ケネス・ルオフは、一九六〇年代にみられる「戦後の象徴天皇を伝統への回帰と見なす」姿勢について、政治面だけでなく文化面でも「あまりに単純化された見方」であると指摘している（同書一三二―一三三ページ）。

（24）ジョン・W・トリート『グラウンド・ゼロを書く――日本文学と原爆』水島裕雅／成定薫／野坂昭雄監訳、法政大学出版局、二〇一〇年、四〇〇ページ

(25) このようにみていくならば、「黒い雨」発表後の一九六六年秋の文化勲章受章者として井伏鱒二が選ばれたこともうなずけるだろう。
(26) 前掲「井伏さんから聞いたこと（その十一）」二ページ
(27) ショシャナ・フェルマン『女が読むとき 女が書くとき——自伝的新フェミニズム批評』下河辺美知子訳、勁草書房、一九九八年、五二—五三ページ
(28) 矢須子の内面は〈謎〉であり、そのため彼女を男性との「婚約」を望まない主体として解釈することと、すなわち異性愛あるいは婚姻制度を脱中心化する主体として読むことも可能である。ただ重松に寄り添う語りが異性愛結婚を前提として矢須子の内面を忖度するため、語りの志向に従えば、後述のように彼女は男性との結婚を望みながらそれを果たせない「娘」としてテクストに立ち現れることになる。
(29) 本章では、松下圭一『戦後政治の歴史と思想』（〔ちくま学芸文庫〕、筑摩書房、一九九四年）八八—八九ページによった。
(30) 本多秋五「重い国民的体験」「読売新聞」一九六六年十二月八日付夕刊
(31) 「被爆者援護法を」「読売新聞」一九六七年六月十三日付
(32) 直野章子『原爆体験と戦後日本——記憶の形成と継承』岩波書店、二〇一五年、六二—六三ページ
(33) 同書五九ページ
(34) 越前谷宏「国語教科書の中の戦争——井伏鱒二『黒い雨』の場合」「龍谷大学論集」第四百六十五号、龍谷学会、二〇〇五年、一六〇ページ
(35) 前掲『井伏鱒二と「ちぐはぐ」な近代』三二六ページ
(36) 木宮正史「韓国の対日導入資金の最大化と最適化」、李鍾元／木宮正史／浅野豊美編著『歴史とし

ての日韓国交正常化Ⅰ　東アジア冷戦編』所収、法政大学出版局、二〇一一年、一三四ページ

(37)李鐘元「日韓会談の政治決着と米国」、同書所収、一〇七ページ

(38)同論文九三、一〇七ページ

(39)この点については拙稿「『黒い雨』とベトナム戦争」、原爆文学研究会編「原爆文学研究」第十三号（花書院、二〇一四年）で言及した。

終章　未来を語る／語らないこと
――井上ひさし『父と暮せば』

はじめに

本書では、暴力の問題に深く関わる文学や思想言説を取り上げ、そこにみられるさまざまな生の痕跡や歴史認識に関わる同時代のナラティブとの関係について考察を進めてきた。第1部では、一九一〇年代から三〇年代に異なる「未来」を目指して立ち上がった女性たちが、階級とジェンダーが交差する地点でどのような闘いに挑んでいたのか、また彼女たちはどのように語り、語られたのかについて、当時の作品や資料から論じた。また第2部では、一九五〇年代から六〇年代に発表された長篇小説を通して、強制労働、戦争、原爆などの出来事をめぐる時間がどのように整序されて語られていたかを考察した。そしてそれらが戦後処理や歴史認識をめぐる同時代のナラティブと共鳴しあう関係にあることを論じてきた。

本書で扱った主なテクスーは一九一〇年代から六〇年代に発表されたものだが、しかしそこに潜んでいた問題は、いまなお対峙され介入されるべきものとして存在している。そのことを考えるために、終章である本章では、現在も劇場で繰り返し再演される井上ひさしの戯曲『父と暮せば』を取り上げることにしたい。これは、「過去」の暴力をめぐる記録／記憶に潜む「未来」を語る／語らない声に耳を澄ますための考察でもある。

1　『父と暮せば』の時間

『父と暮せば』は、一九九四年九月のこまつ座第三十四回公演を初演とし、翌月の「新潮」に戯曲が掲載された。その後、九八年五月に新潮社から単行本化され、二〇〇一年以降は新潮文庫として刊行されている。この作品は、被爆の問題を正面から扱ったもので、数多くの資料に基づくリアリティーと問題提起で評価を得てきた。例えば関きよしは、〇五年再演時におこなわれた秋葉裕一との対談で、初演から十年たつことにふれたうえで「原爆の恐ろしさを伝えていくということではもう古典のよう」であり「日本の現代劇としても、日本の民衆にとっても大事な作品」[1]であると述べている。また「自分史つうしん　ヒバクシャ」の発行者である栗原淑江は、『父と暮せば』初演を観たときの「衝撃」にふれ、一時間半という短い芝居に「私が長年にわたって被爆者たちから学んできたことのエッセンスがぎっしりと凝縮されて」いたこと、「原爆もの」につきまといがちな「重さ、暗さ」ではなく「父娘の情の通い合う広島弁による軽妙な対話に泣いたり笑ったりしているうちに、原爆は人間に何をしたのか、人はどうしたらその苦しみをのり越えて生きていくことができるのか、という基本的なテーマが胸に落ちてくる」[2]ことなどを記している。この作品は再演を重ね、一五年七月のこまつ座公演で五百回に達し、[3]さらにこまつ座による〇一年のモスクワ公演や〇四年の香港公演[4]のほか、リーディング上演がパリ、ニューヨーク、オタワ、トロントなどでおこなわれるなど、[5]海外でもたびたび上演されている。また〇四年には黒木和雄監督・脚本、宮沢りえ・原田芳雄主演で映画化もされた。多くの人々に原爆の問題を訴え、「古典」ともいわれてきたこの作品の重要さは疑う余地もない。

作品は、原爆投下から三年がたとうとしている広島で図書館に勤務する二十三歳の福吉美津江と父・竹造との二人の生活を描いた一幕四場の戯曲で、一九四八年七月の数日間を物語の舞台としている。数日前から美津江の前に現れるようになった竹造は、広島文理科大学の助手であり原爆瓦などを資料として保存しようと集める青年、木下の話を美津江から聞き、二人を恋仲にしようと唆す。家のなかを舞台に「恋の応援団長」を買って出る父とそれを拒む娘の二人が繰り広げる対話劇で、対話のなかで竹造はすでに亡くなっていることがわかるようになっている。さらに物語が進むにつれ、美津江は八月六日に亡くなった友人に対する生き残りとしての罪責感や、助けられなかった父との別れという封印された記憶を抱えていて、それが木下を拒む理由になっていることが明らかになっていく。

その日に職場で起きたことを話す美津江と、それを聞いてちゃかしたりユーモラスに自説を語ったりする竹造とのやりとりは、理想的な父娘の関係のようにみえるが、二人で過ごすこの時間は、実は原爆によってすでに失われている。被爆後の三年間を美津江が一人で過ごしてきたこと、竹造が姿を現し始めたのは数日前のことで、美津江が木下と出会った日であることは台詞でも語られており、また竹造は、美津江が木下を思うときのため息や願いから自分の手足や心臓が生まれたと語っている。この父との暮らしは、木下との出会いで美津江に未来の可能性が生まれたときに、原爆がなければありえたかもしれない時間として出現したものといえるだろう。

そのため、読者／観客の日の前で展開するのは、失われたはずの父と娘の満たされた時間である。美津江は罪責感のために未来に向かうことを恐れるが、竹造は彼女の生を無条件に肯定してみせる。原爆による生死の分かれ目は残酷なほど偶然であり、その境界に必然性はない。原爆投下時、友人である昭子に宛てた封書を落として拾おうとかがんだために助かった美津江が昭子に助けられたと語るのは、そこに必然性を見いだそうとするからなのだが、しかし一方で彼女は、自らの生を意味づけることができない。それは、被爆後に錯乱していたらしい昭子の母から「なひてあんたが生きとるん」「うちの子じゃのうて、あんたが生きとるんはなんでですか」と責められたことで、昭子と自分の生死が反転可能であったことを突き付けられたからである。答えようのない問いを抱えて、生き延びたこととの必然性を実感できないままの美津江は、生き残りに値するか否かというフレームで自らの生を否定し続ける。死んだはずの竹造は、そんな美津江を、恋という生の領域に向かわせようとするのである。

被爆体験を子どもたちに伝えるために、原爆資料を使ってお話が作れないかと木下に言われたときも、よく知られている話に原爆資料を組み込んでみることを竹造から提案されたときも、美津江は、話をいじらないのが「広島女専」（広島女子専門学校）の「昔話研究会」のやり方だといって拒む。それを聞かない竹造が語りだした「ヒロシマの一寸法師」のなかの身体に突き刺さるガラスの話に、二の腕を押さえながら「やめて！」と叫ぶ美津江にとって、原爆は過去をよみがえらせ、情動を激しく揺さぶるものにほかならない。また、話をいじらないという美津江の思いに注目する林京子は、その姿勢を「被爆者が体験を書いたり話したりする場合の、基本的な姿勢」[6]と指摘している。それらを踏まえたうえで、ここでは、美津江が「広島女専」の「昔話研究会」で決めたことにこだわっている点に注目してみたい。カロリン・エムケは、迫害や拘束を受けた人々の例をあげて、例外的極限状況を生き延びる人間の助けの一つとして「迫害と拘束以前の時代の思い出、その時代との結びつき」に言及し、「かつての生活やかつての自分との結び付きを可能にしてくれるもの、それらとの連続性を保証してくれるもの」によって、「こちら側の生」と「あちら側の生」とを「二重化」することが「現在を乗り越える助けになる」[7]場合があると述べている。被爆の記憶を抱える美津江が、それ以前に昭子とともに所属していた昔話研究会にこだわるのも、過去との連続性を希求することの表れと見なせば、彼女は原爆が投下された時間を切り落とすかたちで、自らを支えているということもできるだろう。そして、その切断した時間に向き合わせることで、美津江の記憶の二重化した世界を修復する役割を担うのが、竹造（と木下）なのである。次節では、美津江の記憶の回復における竹造（と木下）の役割を、物語の構造面から捉え直してみたい。

2 記憶の回復／整序と再生産的未来

前述のとおり、竹造の出現は、美津江が放棄していた「未来」の可能性を木下がもたらしたことに由来する。舞台上に登場しない木下は、原爆瓦や曲がった瓶など原爆資料を集めて原爆の記憶を継承したいと考えており、もし美津江が彼とともに歩む未来を選択するならば、切断してきた時間との対峙は避けられない。つまり作中で展開する竹造との時間は、美津江が記憶と向き合い、未来に向けた一歩を踏み出すための時間なのである。平川大作は、ナチスで原爆の開発を進めていた科学者を描くマイケル・フレインの戯曲『コペンハーゲン』と『父と暮せば』を「記憶の演劇」の例としてあげ、問題とされる出来事が「表象されざるもの」として提示されるところから、物語が始まると指摘している。[8] 平川は、「うまく思い出せない」という「想起の挫折」を描く両作には、「世界を時系列においてとらえ、その出来事の因果関係をドラマとして構成するような歴史劇のもつ安定した視座はない」とし、「うまく思い出せない状態」から「記憶の獲得」までの過程が「プロットの骨子」になっていると述べる。この平川の指摘を踏まえるならば、『父と暮せば』とは、記憶の回復と整序によって、美津江が過去から未来への時間を単線的に紡ぎ直す物語といえるのではないか。さらに、井上ひさしはこの戯曲について、恋を自らに禁じて「しあわせになってはいけない」と「いましめる娘」と、恋を成就させることで「しあわせになりたい」と「願う娘」の二つに分け、「願う娘」を「亡くなった者たちの代表として」の父に演じさせるという、いわば「見えない自分が他人の形となって見える」劇場の機知を用いたと述べている(9)。つまりこの作品は、被爆体験者の未来への思いを、そしてまた原爆による死者たちを代弁／代表する存在を「父」と設定することで、原爆をめぐる記憶の回復／整序の物語を、父娘の幸福な関係の物語に重ねるのである。

ここでは、その重なりについて、美津江が記憶を獲得する場面、すなわち父との最期の別れを思い出す場面に着目しながら考えてみたい。昭子の母の「なんで」に答えられない美津江が、自らの生の意味を見いだせずにいることは、すでに述べたとおりである。さらに物語が展開すると、彼女の心理の奥底には、父を見捨てた記憶が潜んでいたことが明らかになっていく。それは、木下が置いていった原爆関連資料のなかに焼けた地蔵の頭を見つけた美津江が動揺する場面から始まる。気を取り直して居間に戻った彼女は、木下の郷里の岩手に行こうと誘われたことを話し、竹造はそれを「求婚」だと喜ぶ。しかし竹造が風呂の火加減を見にいっている間、再び地蔵の顔を見つめていた美津江は、突然これから生け花の先生のところへ行くと言いだし、竹造は、木下が戻ってくるのだからと慌てて止めるのだが、美津江は聞こうとしない。その竹造と美津江のやりとりのなかで、竹造の最期が語られていく。

「あんときのことはかけらも思い出しゃあせんかった」という美津江は、焼けただれた地蔵の顔が建物の下敷きになって焼け死んでいった父の顔に重なったといい、実は本当に申し訳ないと思っているのは父に対してなのだと話し始める。昭子に申し訳ないと思うことで、自分がしたことに蓋をしていたと語る美津江は、父を火の海に見捨てて逃げた自分に幸せになる価値はないという。木材に組み敷かれたまま火に襲われる父を助けようとする美津江と、ここから娘を逃がそうと必死になる竹造とのやりとりが、過去の再現的台詞と現在からの回想的台詞との交錯で描かれるこの場面は、まさに作品のクライマックスといえるだろう。そしてそのやりとりの後、両者納得ずくの最期だったと言い聞かせる竹造は、それでも自分は死ぬべきだったという美津江に次のように語る。

竹　造　わしの一等《えっとー》おしまいのことばがおまいに聞こえとったんじゃろうか。「わしの分まで生きてちょんだいよォー」

美津江　(強く頷く)……。

竹　造　そいじゃけえ、おまいはわしによって生かされとる。

美津江　生かされとる?

竹　造　ほいじゃが。あよなむごい別れがまこと何万もあったちゅうことを覚えてもろうために生かされとるんじゃ。おまいの勤めとる図書館もそよなことを伝えるところじゃないんか。

美津江　え……?

竹　造　人間のかなしいかったこと、たのしいかったこと、それを伝えるんがおまいの仕事じゃろうが。そいがおまいに分からんようなら、もうおまいのようなあほたれのばかたれにはたよらん。ほかのだれかを代わりに出してくれいや。

美津江　ほかのだれかを?

竹　造　わしの孫じゃが、ひ孫じゃが[10]。

父から「あよなむごい別れ」を伝える役割を与えられ、だからこそ「わしによって生かされとる」と言われて、美津江は再び自分の生の意味を取り戻すことになる。この後、美津江は竹造に今度はいつ来るのかと尋ね、「おまい次第じゃ」と言われて「(ひさしぶりの笑顔で) しばらく会えんかもしれんね」と返す。この美津江の姿は、木下との結婚に踏み出す未来を予感させるものであり、ここで、抑圧されてきた記憶の回復／整序は果たされ、過去と未来につながった現在が浮かび上がるのである。

ただ留意したいのは、父が美津江に、その「生かされ」た命で「あよなむごい別れがまこと何万もあったちゅうことを覚えて」おくよう求め、さらにそれが「分からんようなら」「ほかのだれかを代わりに出してくれいや」と言ったときの誰かが、「孫」「ひ孫」であるということだ。子どもの比喩で表される未来、すなわち木下との結婚という未来によって、美津江は過去から未来へという単線的時間を紡ぎ直す。杉原早紀は、竹造が求める「語り手としての孫・ひ孫」とは、証言の聞き手が次の「潜在的語り手」になるという「記憶の未来化の比喩」として捉えるべきだと指摘している[11]が、やはり気になるのは未来が「子ども」に例えられ[12]、また美津江の単線的時間の回復が、再生産言説への接続によってなされているという点である。いうまでもなく、原爆をめぐる記憶を獲得し、「孫」「ひ孫」という未来の比喩によって整序される美津江の時間とは、異性愛体制下の再生産＝生殖家族に則した時間である。もちろん村上陽子のように[13]、被爆を体験した女性たちが長い間結婚差別にさらされてきたことや、出産に伴う身体的リスク、退け難い死者からの要請という点を踏まえつつも、この物語の終わり方自体に大きな意味を見いだすことは可能だろう。しかし杉原が指摘するように、この物語は「後遺症や差別といった種々の問題について、観る者（読む者）にほとんど意識させずに、安堵感だけを残して終わるという危うさ」をも抱えている。そこで、この「安堵感」について、もう少し踏み込んで考えてみたい。

竹造と木下は、ともに原爆の記憶を継承しようとする点で共通している。『父と暮せば』を構造的に読み解くならば、ともに記憶の継承を欲する竹造から木下に、記憶の所有者である美津江が移譲される物語とみることもできる。つまり美津江の原爆の記憶の回復／整序の過程は、家父長制下の男による女の交換の過程に重なるものなのである。そのため物語は、子どもを未来の比喩とする再生産＝生殖家族の時間への美津江の復帰を着地点とする。つまり被爆の記憶の回復／整序を描いたこの物語は、一方で、家父長制下の家族制度からこぼれ落ちそうになっていた女性をすくい上げ、復帰させる物語でもあるのだ。そのため、この作品が既存の秩序を脅かすことはない。むしろ被爆を体験した女性の記憶の回復／整序を支え、その存在を包み込むような、安定感がある父や（未来の）夫を描くことで、その体制を温存させるものであるともいえるだろう。このように、本作が家父長制下の再生産＝生殖家族を普遍的な枠組みであるかのようにみせてしまう点には、やはり注意が必要である。なぜなら、被爆を体験した女性がさらされてきた結婚差別とは、被爆者に対する差別的まなざしと家父長制下の生殖を中心とする性規範、そして未婚女性を社会的・経済的苦境に陥らせる社会制度との交差によって生じていたものだからである。だとすれば、被爆をめぐる女性の記憶の物語を受け入れる主体が誰に設定されているのかという問題を、小さく見積もることはできないだろう。では、既存の体制を脅かすことのないこの物語が見えなくしているものは一体何なのか。それについて考えるための参照軸として、大田洋子の小説『夕凪の街と人と――一九五三年の実態』を取り上げることとしたい。

3 単線的時間の（不）可能性――大田洋子『夕凪の街と人と』を参照軸として

一九五五年に発表された『夕凪の街と人と――一九五三年の実態』は、大田洋子自身を思わせる小説家の篤子が、母や妹が住むH市に三年ぶりに帰郷し、原爆の被害を受けた街の実態を見るために、さまざまな人や場所を訪ね歩くという小説である。すでに別論があるため、[14]今回は『父と暮せば』の単線的時間と対照しうるところだけを取り上げたい。[15]被爆を体験している篤子は、バラックがひしめく基町への親しみを強く抱き、「同じ日、同じ時間に強大な戦禍によって傷ついた者」としての一体感を求める。しかし話を聞いていくうちに、「いったい引揚者のなめた苦労と、原爆にやられたひとらとは、どっちがよけい悲惨でしょうかねえ。この街では原爆にあった人らが、自分たちこそは世界中でいちばん残酷な目にあったような顔をして、いばってるんですからね」と語る女や、「一九四一年に私は南鮮出身の学徒兵だったんです。そして同じ四一年に八路軍に逮捕されて、北支の太陽山――八路軍の最初の根拠地です――へ連れて行かれたんです」と語る、「共産党」だと周囲からのけ者にされている男に出会う。被爆体験をもつ篤子は、「強大な戦禍」である原爆を過去の起点とすることで、現在までの単線的時間を編成しようとするが、同じ時間に異なる体験をした人、移動した人々の存在によって、その試みは失敗し続けることになる。[16] また被爆の後遺症も、篤子の単線的時間の編成を妨げるものの一つである。「あれからもう丸々八年をすぎています。現在、血液に破壊がなければ、もう、だいじょうぶなのでしょうね?」と問う篤子に医者は、「原爆後遺症は、いつ誰に出るかあるいは出ないか誰にもわかりません」と答える。また身体の異変を感じた篤子は、原爆後遺症かもしれない青年の「膝にあったダリヤの花に似ているという、大きな斑点」や、被爆による外傷のために医師の診断を受けていた人々の姿を眼前に浮かべ、「なにかの病気の前兆ではないか」と動揺する。過去が未来に侵入するかのように、「原爆後遺症」は彼女の「未来」を脅かすのである。つまりこの作品には、原爆を起点とする過去から現在へという単線的時間を紡ぐことができない主体が描かれているといえるだろう。この『夕凪の街と人と』における時間編成の失敗を踏まえたうえで、あらためて、『父と暮せば』に目を向けてみたい。

『父と暮せば』は、物語の現在である一九四八年七月の数日間と、回想的に再現される四五年八月六日の原爆投下の瞬間とを行き来することで成立している。つまり四八年七月という時間と四五年八月という時間が、点と点で結ばれるかたちになっているのである。その意味でいえば、物語上で再現される時間はきわめて限定されているといえるだろう。また、物語には四五年八月六日の被爆時を境界線として時間を区分するまなざしが潜んでいるが、これは美津江の内面にクローズアップした物語だからと考えることができる。例えば、敗戦以後である四五年からの三年間は、美津江が自らの生に意味を与えられず苦しみ続けた時間であるために、物語上で再現されることはない。また、原爆以前の時間が語られる際にも、日常のなかで美津江と竹造も見聞きしたであろう三一年の満洲事変や三七年の日中戦争開戦、四一年の太平洋戦争開戦、さらに帝国と植民地のネットワークにおける人や物の移動などの社会的事象が、美津江の物語と交わることはない。また、空間も家のなかに限定されており、『夕凪の街と人と』が描いたような人々が登場することもない。一九四八年という時代性が垣間見えるのは、木下の原爆遺物収集に関わって占領下の検閲の話が出てくることくらいだろう。つまり『父と暮せば』は、時空間の限定によって、個の被爆体験とその記憶の回復／整序に焦点を絞った物語として成立しているのである。

ただし急いで付け加えたいのは、原爆を描いた作品のなかに、同時期に起きた歴史的・社会的事象や事態などを必ず入れるべきだといいたいわけではないということだ。そうではなく、このように制限された時空間で展開される個の物語を、『父と暮せば』という物語の読者／観客が、物語内時間に同時に生じていたさまざまな事態や歴史体験と交差するものとして捉えうるか、そのような歴史認識をもって作品を受容する状況にあるか否かを考えなければならないということだ。なぜかといえば、被爆をめぐる言説では、原爆がしばしば普遍化されて語られるからである。例えば『父と暮せば』を「原爆の恐ろしさを伝えていくということではもう古典のよう[17]」な作品というとき、その「原爆の恐ろしさ」は、歴史的文脈から切断されて語られているともいえるだろう。井上ひさしは、文庫版『父と暮せば』の前口上で、原爆を「人間の存在全体に落とされたもの」であり「被害者意識からではなく、世界五十四億の人間の一人として[18]」知らないふりはできないから書くのだと述べている。もちろんこのように、原爆被害を「人間の存在全体」のものとして考えることの重要さは、例えば、核兵器保有国やその傘下にある日本が禁止条約に署名しない現状や、使用可能な核兵器がいまなお脅威や威嚇として用いられる危うさ、そして核共有を欲する声が日本の政治家たちからも出てくる今日において、どんなに強調してもしすぎることのないものである。ただ同時に、この「人間の存在全体」のものとする語りが、一九四五年以前に起きた原爆以外の暴力的事象や帝国の歴史を切り落とし、一般的な「戦争」の恐ろしさの象徴として「原爆被害」を記号化してしまうものであることにも注意が必要だろう。核兵器や戦争の恐ろしさを示す記号としての「原爆被害」ばかりがクローズアップされ、人々の間で共有されれば、歴史的文脈や同時期の事象、事態、そして帝国の暴力とその責任などの問題は「原爆」や「戦争」のナラティブから切断され、忘却されてしまう。そしてそれは、一九四五年八月を境界線としない時間に生きる人々の存在を後景化することにもつながるのである。

もちろん井上ひさしは、前述の文庫版の「前口上」で、アジアに対する日本の加害性にも言及している。さらに『父と暮せば』の続篇として、木下との間に生まれた息子と亡き美津江、そして登場しない韓国女性との物語を描こうとしていたのも事実である[19]。ただむしろ必要なことは、今日の『父と暮せば』の読者／観客が、原爆被害を「人間の存在全体」のものとしながらも、『父と暮せば』の美津江のような個の原爆被害体験を、帝国の歴史と戦争、植民地主義、家父長制などをめぐるさまざまな暴力の諸次元と交差するものとして捉え直して考えることなのではないだろうか。

おわりに

『父と暮せば』初演の三年前である一九九一年には、日本軍従軍「慰安婦」を経験した女性たちが声を上げ始めていた。これまで分析してきたように、『父と暮せば』の美津江が封印していた記憶は父（と未来の夫）によって回復／整序され、再生産＝生殖家族の単線的時間へと編成される。だが、そこで彼女を包摂する家父長制こそが、現実の被爆女性の結婚差別において、そして元「慰安婦」女性たちの沈黙において、抑圧的に作用していたことはいうまでもないだろう。このような両者に共通する構造的暴力を見据えつつ、しかし彼女たちが被った暴力は時も場所も、それを発動せしめた体制も異なるものであることを、そしてその一つひとつを丁寧に追うことこそが重要であるということを、あらためて考えなければならない。そこには、集団の単線的時間からはこぼれ落ちてしまうような単独の時間群が存在したはずであり、それらの時間を「想像」するためにも、序章で述べたような「距離をとりつつ」「取り憑かれる」という二重の体制が必要なのである。

カロリン・エムケは、極限状況を生き延びた人間の語りについて「必ずしも直線的な語りではないし、ましてや完結した語りではありえない」のであり、また痛みや苦しみを覚えながらでなければ想起できないこと、語れないことを「それでも語る」という行為は、「受け取り手が語りに完璧さや首尾一貫性を求めるナイーブさを捨てることでしか、実現しない[20]」と述べている。「慰安婦」

を経験した女性たちに関して、彼女たちの記憶の宛先として重要な位置にあるはずの日本社会が、そのような姿勢で彼女たちの声に耳を澄ませてきたとはいいがたい。そこでは、正確さや整合性の欠如による単線的時間編成の不可能性を証言に見いだすことで、彼女たちの語りを信憑性の問題だけに還元し、おとしめるような言説が生産され続けてきたのである。これらは、整序された記憶や単線的時間編成を当然視する姿勢に貫かれたものにほかならない。だが、ここで本当に必要なのは「自分自身の不在に居合わせる」かのような経験をもたらすものとして、すなわち「空間的・時間的確信」を失わせるものとして「他者」の言葉を聴き、たどることなのではないだろうか。それは時差による介入の可能性をもたらすものであるとともに、自らを縛る時間の秩序から解き放たれる／追放される瞬間を、聴く主体にもたらすものでもある。彼女たちの声に耳を澄まし知ろうとすることは、同時に、自らを変容させることでもあるということを忘れてはならない。

本書では、暴力に潜む生の痕跡をたどり、時間をめぐるナラティブの政治性を明らかにすべく考察を進めてきた。序章で述べたように、暴力が振るわれた地点から現在までの時差を介入の余地と見なし、忘却に抗い、「想像力」をもってともに分かち合おうとすることはできる。自身が所与のものとする時間認識を問い直し、それが暴力を発動する地点とどのように関わっているかを想像すること、その関わりに気づかせてくれる声なき声に耳を澄ますこと、そして「未来」を語る言葉が抑圧するものについて考えること、こうしたことを通じて、過去―現在―未来のイメージ自体に織り込まれた政治に対する交渉や介入を試みることが重要なのではないだろうか。

文学領域を対象とする研究は、しばしば無力なものに見えるかもしれない。しかし「想起の媒体」でもある文学は、時間を断片化して任意に編成することができる。だからこそ歴史認識をめぐる無意識が潜在する場になりうるし、また単線的時間編成が不可視化する人々の生を浮上させ、整序された時間の裂け目を開く場にもなりうる。多声性を有する文学テクストには、その契機が潜んでいる。時間に抗する物語は、常に読み解かれるのを待っているのである。

注

(1) 関きよし／秋葉裕一「対談 演劇時評（第4回）」「悲劇喜劇」二〇〇五年九月号、早川書房、七二ページ
(2) 栗原淑江「被爆者の心 死者たちとともに生きる――映画「父と暮せば」に寄せて」「世界」二〇〇四年九月号、岩波書店、一八八―一九一ページ
(3) 「こまつ座「父と暮せば」500回上演達成2015年7月」「エンタメターミナル」(https://enterminal.jp/2015/07/chichitokurasaeba500/)［二〇一一年十一月七日アクセス］
(4) 小田島恒志／萩尾瞳「演劇時評（第6回）」「悲劇喜劇」二〇一一年十一月号、早川書房、六三ページ
(5) 前掲「こまつ座「父と暮せば」500回上演達成2015年7月」
(6) 井上ひさし／小森陽一編著『座談会 昭和文学史』第五巻、集英社、二〇〇四年、三〇ページ
(7) カロリン・エムケ『なぜならそれは言葉にできるから――証言することと正義について』浅井晶子

訳、みすず書房、二〇一九年、六八―六九ページ

(8) 平川大作「「記憶の演劇」試論――『コペンハーゲン』と「父と暮せば」を中心に」「演劇学論集――日本演劇学会紀要」第四十二号、日本演劇学会、五一―六七ページ

(9) 井上ひさし「劇場の機知――あとがきに代えて」『父と暮せば』(新潮文庫)、新潮社、二〇〇一年

(10) 井上ひさし「父と暮せば」『井上ひさし全芝居 その六』新潮社、二〇一〇年、三六―三七ページ。本文の引用は同書による。

(11) 杉原早紀「九十年代に語られた二つの「広島の物語」――井上ひさし「父と暮せば」『紙屋町さくらホテル』」、広島芸術学会編「芸術研究」第十五号、広島芸術学会、二〇〇二年、一―一二ページ

(12) 藤高和輝訳・解題のリー・エーデルマン「未来は子ども騙し――クィア理論、非同一化、そして死の欲動」(「思想」二〇一九年五月号、岩波書店、一〇七―一二六ページ)によれば、エーデルマンはラカンを参照しつつ「政治的未来をもたらす普遍的価値を表す形象」としての〈子ども〉に注目し、それが「社会的秩序の未来性への同一化を通して私たちのアイデンティティを固定する」かのように機能すると指摘する。エーデルマンによれば、社会的現実の秩序が裂け目のない一貫性をもつものであるかのように見せるのが〈子ども〉という「未来」の比喩であり、それは私たちを再生産=生殖の政治へと呼び戻す。失われた起源としての想像的統一体を取り戻すべく試みられる象徴秩序の安定性の実現は不可能なものだが、その不可能を覆い隠すために動員される形象が「未来」の比喩としての〈子ども〉であるとエーデルマンはいい、その幻想を粉砕するのがクィアネスであると見なす。

(13) 村上陽子「記憶の痛み、物語の力――井上ひさし「父と暮せば」論」「アジア太平洋研究」第四十号、成蹊大学アジア太平洋研究センター『アジア太平洋研究』編集委員会、二〇一五年、一―一〇ページ

(14) 前掲「〈未来〉の諸相」二五七—二九三ページ
(15) 本文の引用は、大田洋子『夕凪の街と人と』(「大田洋子集」第三巻)、日本図書センター、二〇〇一年)による。
(16) 川口隆行は、これらを「復興」のありように違和感を突き付ける「複数の声」として論じている(『広島 抗いの詩学——原爆文学と戦後文化運動』〔鹿ヶ谷叢書〕、琥珀書房、二〇二二年、二二五—二六二ページ)。
(17) 前掲「対談 演劇時評(第4回)」
(18) 前掲『父と暮せば』五ページ
(19) 井上ひさし『演劇ノート』(白水Uブックス、エッセイの小径)、白水社、一九九七年、二四六—二四八ページ
(20) 前掲『なぜならそれは言葉にできるから』一一四—一一五ページ

初出一覧

初出は以下のとおりである（ただし大幅に加筆・修正した）。

序　章　「津村記久子『君は永遠にそいつらより若い』――他者の痛みをめぐる物語」、紅野謙介／内藤千珠子／成田龍一編『〈戦後文学〉の現在形』所収、平凡社、二〇二〇年

第1章　「フェミニズムとアナキズムの出会い――伊藤野枝とエマ・ゴールドマン」、有島武郎研究会編集委員会編「有島武郎研究」第二十三号、有島武郎研究会事務局、二〇二〇年

第2章　「空白の「文学史」を読む――プロレタリア運動にみる性と階級のポリティクス」、日本近代文学会編集委員会編「日本近代文学」第九十八集、日本近代文学会、二〇一八年
「階級闘争におけるセクシュアリティ――女性闘士たちと「愛情の問題」」、飯田祐子／中谷いずみ／笹尾佳代編著『女性と闘争――雑誌「女人芸術」と一九三〇年前後の文化生産』所収、青弓社、二〇一九年

第3章　「残滓としての身体／他者――平林たい子「施療室にて」と「文芸戦線」」、飯田祐子編著／中谷いずみ／笹尾佳代編著『プロレタリア文学とジェンダー――階級・ナラティブ・インターセクショナリティ』所収、青弓社、二〇二二年

第4章　「戦争への抵抗と責任――松田解子『地底の人々』と強制労働の記憶」、「社会文学」編集委員会編「社会文学」第四十六号、日本社会文学会、二〇一七年

第5章　「歴史の所在／動員されるホモエロティシズム――大江健三郎「われらの時代」にみる戦争の痕跡」、坪井秀人編『高度経済成長の時代』（「戦後日本を読みかえる」第三巻）所収、臨川書店、二〇一九年

第6章　「専有された〈戦争の記憶〉――井伏鱒二「黒い雨」における〈庶民〉・〈天皇〉・〈被爆者〉」、日本近代文学会編集委員会編「日本近代文学」第九十三集、日本近代文学会、二〇一五年

終　章　「未来を語ること――井上ひさし『父と暮せば』」、高雄きくえ編『広島 爆心都市からあいだの都市へ――「ジェンダー×植民地主義 交差点としてのヒロシマ」連続講座論考集』所収、インパクト出版会、二〇二二年

あとがき

本書は、前著『その「民衆」とは誰なのか――ジェンダー・階級・アイデンティティ』(青弓社、二〇一三年)刊行から十年の間に書き溜めた論文をもとに再構成したものである。遅筆であり、細部が気になって仕方がない性格のため(そのわりに肝心なところを見落としてしまうのだが)、各論の初出時もなかなか進まず苦労した。一冊にまとめ上げる過程で大幅に加筆・修正したが、知識や思考が追いつかず、行き届かないところも多いと思う。ご批正いただければ幸いである。

この十年の間に、大学院時代の恩師である曾根博義先生、笠原伸夫先生、学部時代の恩師である村井紀先生、そして自分の両親と義父を見送ることになった。悼みの記憶は各論を執筆していた時間の記憶と深く結び付いている。フィクションを扱うとはいえ、現実が引き起こした個々の悲しみや痛みを忘れてはならないと思いながら研究を進めてきたのだが、私的な喪失の体験は、到底及ばないながらも個々の痛みに対する想像力にいくばくかのリアリティーを与えることになった。フィクションを扱う領域だからこそ、論理だけに走ることなく、現実を見据えて研究を進めていきたいとあらためて思う。

刊行にあたっては、二松学舎大学の学術図書刊行費助成を受けることができた。また原稿の内容を私以上に深く理解し、鋭い指摘をくれる青弓社の矢野未知生さんに前著に続いて編集をお願いできたことは、私にとって大きな喜びである。刊行期限があるにもかかわらず執筆が遅々として進まないために多大なご迷惑をおかけしてしまったことをお詫びしながら、深く感謝したい。
過去の陰惨な歴史が忘却され、眼前の戦争や安全保障の名のもとに軍備増強が推し進められるなど、暴力を引き寄せる国家政治のナラティブが氾濫しているいま、それらが覆い隠してきた個の時間とともにあろうとすることを通して、時代に抗っていきたい。

二〇二三年一月

［著者略歴］
中谷いずみ（なかや いずみ）
1972年、北海道生まれ
二松学舎大学文学部准教授
専攻は日本近現代文学・文化
著書に『その「民衆」とは誰なのか――ジェンダー・階級・アイデンティティ』、共編著に『女性と闘争――雑誌「女人芸術」と一九三〇年前後の文化生産』『プロレタリア文学とジェンダー――階級・ナラティブ・インターセクショナリティ』（いずれも青弓社）、論文に「フェミニズムとアナキズムの出会い――伊藤野枝とエマ・ゴールドマン」（「有島武郎研究」第23号）など

時間《じかん》に抗《あらが》う物語《ものがたり》　文学・記憶・フェミニズム

発行――2023年2月24日　第1刷
定価――2600円＋税
著者――中谷いずみ
発行者――矢野未知生
発行所――株式会社青弓社
〒162-0801 東京都新宿区山吹町337
電話 03-3268-0381（代）
http://www.seikyusha.co.jp
印刷所――三松堂
製本所――三松堂

ISBN978-4-7872-9273-5　C0095